Bibliothek der
phantastischen Abenteuer
Herausgegeben von
V. C. Harksen

Über dieses Buch China am Ende der Ming-Dynastie: Unter Kaiser Tien ch'i (1621–1627) blühen die Künste, Philosophie und Schranzentum. Als plötzlich Barbareneinfälle die Halle der himmlischen Harmonie erzittern lassen, muß der Kaiser erschüttert feststellen, daß sich alle die so ergebenen Höflinge, Generäle, Poeten und schönen Frauen eilig aus der Gefahrenzone absetzen und es ihm überlassen, mit der Situation fertigzuwerden. Nur seine Dienerin Kleine Mondfee, die ihn liebt, bleibt bei ihm.
Das Militär ist geflohen, aber der Abt eines buddhistischen Klosters, ein streitbarer Frommer namens Feuer des Himmels, kommt ihm mit seinen 128 mutigen Mönchen zu Hilfe. Mit Hilfe des Erhabenen Spähers Hung, eines taoistischen Gottes, der unerkannt eingreift, gelingt dem kleinen Häuflein die Vernichtung des Barbarenheers.
Aus Dankbarkeit gibt der Kaiser dem Abt drei magische Geschenke: einen Ring aus Jade, ein hölzernes Schwert und das kaiserliche Siegel, das ihm Macht über das gesamte Reich der Mitte verleiht. Durch Schaden klug geworden, mißtraut Tien ch'i seinem Hof und distanziert sich von den Schranzen, was die aristokratischen Familien gegen ihn aufbringt. Als der Kaiser jedoch stirbt und sein Sohn Ch'ung chen (1628–1644) ihm auf dem Thron nachfolgt, beginnen die Intriganten von neuem Einfluß zu gewinnen. Sie schmieden ein finsteres Komplott gegen die Mönche, um das kaiserliche Siegel zu erlangen und damit den jungen Kaiser zu stürzen. Das Kloster wird verbrannt, Feuer des Himmels kann jedoch mit vier Mönchen entkommen ...
Was Frédérick Tristan hier in heiter-ironischer Legendenverbrämung, aber auf der Basis ganz realer, historischer Tatsachen erzählt, ist die Geschichte des Untergangs der chinesischen Ming-Dynastie, die nach fast dreihundertjähriger Regierungszeit ihren Thron nicht länger behaupten konnte. Zugleich wird eine Lesart der Entstehung jener geheimnisvollen Brüderschaften vorgestellt, die in der chinesischen Geschichte eine so bedeutende Rolle gespielt haben – vom berüchtigten »Weißen Lotus« und der Gesellschaft von Himmel und Erde bis zu den Boxern der Jahrhundertwende und den geheimen revolutionären Zellen Mao Tse Tungs – nicht zu vergessen jene sinistren Organisationen, deren führender Kopf Dr. Fu Manchu persönlich war. Der Titel ist dem Hung-Sprichwort »Die Asche ist die Mutter des Blitzes« entnommen und bedeutet den Einfluß der Götter auf die menschlichen Herzen, in deren Asche der Blitz, das Göttliche, immer von neuem entsteht.

Über den Autor Frédérick Tristan, 1981 Träger des Großen Romanpreises der französischen Literarischen Gesellschaft, Verfasser zahlreicher Romane, ist ein bedeutender Kenner der chinesischen Kultur und Tradition und zugleich ein Liebhaber und talentierter Schilderer des Wunderbaren, Abseitigen, Phantastischen.

Frédérick Tristan
Asche und Blitz

Roman

Aus dem Französischen von
Widulind Clerc-Erle

Fischer Taschenbuch Verlag

Deutsche Erstausgabe
Veröffentlicht im Fischer Taschenbuch Verlag GmbH,
Frankfurt am Main, Oktober 1987

Die französische Originalausgabe erschien 1985
unter dem Titel ›La Cendre et la Foudre‹ bei Balland, Paris

Umschlaggestaltung: Die Titelillustration von Claus-Dietrich Hentschel, Konstanz,
zeigt einen Ausschnitt seines Acrylbildes ›Eine Menschengeschichte‹ (1965; 90 × 115 cm);
die Typographie besorgte Manfred Walch, Frankfurt am Main.
Gesamtherstellung: Clausen & Bosse, Leck
Printed in Germany
1280 ISBN-3-596-22728-3

Die Hauptpersonen

Kaiser Tien ch'i	Sohn des Himmels und vorletzter Herrscher der chinesischen Ming-Dynastie
Ch'ung chen	sein Sohn und Nachfolger; der letzte Ming-Kaiser
Kleine Mondfee	Tien ch'is Dienerin
Li Shi choh	Marschall am kaiserlichen Hof
Chu Hung ying	genannt »Feuer des Himmels«, Abt des Klosters Shiu Lam
Ma I fuh	ein rebellischer Mönch
Hu Teh ti Fong Ta hung Ma Chao hung Li Sih khai	die letzten überlebenden Mönche von Shiu Lam
Chan Kan nam	erster Großmeister der Hung-Brüderschaft
Fu Gen Chen, später genannt Schi Tsu	General des Ming-Kaisers, genannt »Feuriger Tiger«; später erster Kaiser und Begründer der Ts'ing-Dynastie
Phan Lung tien	genannt »Dreifacher Bär«, ein tatarischer General
Blutrünstiges Tier	Kaiser Schi Tsus Feldmarschall

Akira Kurosawa in Verehrung gewidmet

Die Asche ist die Mutter des Blitzes
(Hung-Sprichwort)

In einer Winternacht, als er keinen Schlaf fand, erhielt der sehr ehrwürdige Mao tchan Besuch von einer ihm unbekannten Frau, die sich ihm unter dem Namen einer berühmten Adligen aus lang vergangener Zeit vorstellte: Hu Ma t'sen aus der Familie der Wang. Sie war schon seit fast hundert Jahren tot und wünschte sich mit dem sehr ehrwürdigen Mao tchan zu unterhalten, um ihm eine Geschichte mitzuteilen. Die Dame Hu versicherte, sie habe sie, als sie noch auf Erden lebte, im Traum aus dem Mund eines alten Meisters mit Namen T'ao Hung king vernommen. Leider war sie gestorben, bevor sie Zeit gehabt hatte, diese Geschichte weiterzuerzählen und deshalb kam sie in dieser Winternacht, um sich von einer Last zu befreien, die sie daran hinderte, in Frieden das himmlische Glück zu genießen. Der sehr ehrwürdige Mao tchan fühlte sich höchst geschmeichelt, daß die Dame Hu ihn auserwählt hatte, damit er ihre Geschichte höre. Am nächsten Tag, als die Besucherin in das Reich aus Jade zurückgekehrt war, und an den folgenden Tagen schrieb er auf, was er vernommen hatte. Und diese acht Rollen sind es, die ich hier dem Leser weitergeben möchte.

I

Zu jener Zeit herrschte in China Kaiser Tien ch'i, ein ehrwürdiger Greis und Abkomme der edlen Ming-Dynastie. Sein Palast erhob sich in der fünften Provinz, inmitten der Purpurstadt,* die im Herzen der Hauptstadt des nördlichen Reiches, bei jing lag, dem alten Hanbaligh Kubilai Chans, die sein Vorfahre Yung-lo zweihundert Jahre zuvor wieder zur kaiserlichen Residenz gemacht hatte.

Tien ch'i galt als Meister der Dichtkunst. Und so weilten an seinem Hof auch die weisesten Männer des Landes: Schreiber, Schriftsteller, Maler, Architekten, Musiker, Astrologen, Wahrsager und Philosphen, die eine des Kaisers würdige Ehrengarde bildeten.

Die Archive und Chroniken berichten, Tien ch'is Herrschaft sei eine der fruchtbarsten in der Geschichte des Reiches der Mitte gewesen. Und so schrieb denn auch der geniale Wu Thian ching, der unvergessene Autor der *Drachen von der Insel des Westens*, der lange Zeit am Hof lebte: »Kein Herrscher wirkte segensreicher als Seine Majestät Tien ch'i. In seinem Reich war die Schrift am klarsten, die Dichtung am reinsten, die Architektur am übersichtlichsten, die Musik am frömmsten, die Astrologie am erfolgreichsten, die Punktierkunst ** am scharfsinnigsten und die Philosophie am unbestechlichsten. Und ich bin sogar überzeugt davon, daß damals die Pfirsichbäume die besten Früchte trugen und die jungen Frauen die bescheidensten und anmutigsten waren. Die Natur, von einer so klugen Herrschaft herausgefordert, wollte sich mit ihr messen und übertraf sich in dem Versuch, mit ihrem hohen Anspruch Schritt zu halten.« Nun war jedoch eines der Nachbarländer Chinas im Nordwesten von einem tatarischen Volksstamm bewohnt, den sogenannten Eleuthen. Diese neideten ihm den

* Die ehemalige Verbotene Stadt von Peking. (A. d. Ü.)

** Eine aus dem Orient stammende Art, die Zukunft zu deuten. (A. d. Ü.)

Reichtum und den kaiserlichen Frieden. Aufgestachelt und angeführt von einem ebenso ehrgeizigen wie grausamen General, der sich hervorragend auf das Kriegshandwerk verstand, überschritten die Barbaren die Grenze. Plündernd und alles in Brand setzend, was sie auf ihrem Weg fanden, begannen sie, in Richtung auf die Hauptstadt zu marschieren.

Der Tataren-General hieß Phan Lung tien, er war fast zwei Meter groß und wog ebensoviel wie drei Pferde mit vollem Zaumzeug, aber er war so flink, daß er einen Hasen auf der Flucht fangen konnte. Weil er so behaart war und nicht nur sein Gesicht, sondern auch sein Körper unter dem dichten, stoppligen Haarwuchs fast verschwand, hatten seine Truppen ihm den Beinamen »Dreifacher Bär« gegeben.

»Was soll dieses Kaiserreich, das von kleinen Mädchen beherrscht wird?« rief er voller Wut. »Meine Soldaten tragen Leder und eiserne Panzerkleider, während Tien ch'is Leute sich mit seidenen Hemden und Beinkleidern schmücken. Meine Frauen können einem Stier die Augen ausreißen und einer Tigerin ihr Neugeborenes wegnehmen, während Tien ch'is Weiber sich auf nichts als das Flötenspielen verstehen. Unsere Länder sind trocken und von Eis und Schnee bedeckt. Tien ch'is Ländereien sind fett und fruchtbar, alles wächst auf ihnen in Hülle und Fülle, und die Tiere haben ihre Weide. Wir sind tapfer und arm, während man im Reich von Kathay *Gedichte schreibt und das Gold von den Zweigen der Bäume pflückt, als sei dies ein wohlverbrieftes Recht. Ruhm und Ehre den Eleuthen! Fluch Tien ch'i!«

Die Nachricht von dem Einfall der Tataren explodierte wie ein Feuerwerkskörper im kaiserlichen Palast. In diesen Mauern, in denen nur frommes Schweigen oder die Harmonie auserlesener Musik herrschte, in denen jeder Schritt von Verbeugungen und ehrfürchtigem Flüstern begleitet war, in denen selbst die Luft ihren Atem anzuhalten schien, um nicht das rituelle Gefüge des kaiserlichen Lebens zu erschüttern, folgte auf das Erstaunen das

* Alter Name für Nordchina (A. d. Ü.)

Erschrecken, und plötzlich waren alle so aufgeregt, daß sie ziellos hin- und herliefen, ohne recht zu wissen, wohin sie die Trippelschritte eigentlich führen sollten.
Der Kaiser wandte sich fragend an einen seiner Ratgeber: »Was ist denn geschehen?« erkundigte er sich.
»Vielleicht hat ein Pferd im Garten geniest«, erwiderte der Ratgeber.
»Glaubt Ihr, dieser sonderbare Lärm, der an mein Ohr dringt, könne von einem irdischen Tier stammen? Ich glaube eher, es handelt sich um einen Drachen. Schaut doch einmal zum Fenster heraus, denn wenn es ein himmlischer Abgesandter ist, sollten wir ihn mit dem gebührenden feierlichen Zeremoniell empfangen.«
Der Ratgeber schritt zum Fenster, öffnete es, beugte sich hinaus und zog dann rasch den Kopf wieder ein:
»Allerdurchlauchtigster, Allerweisester«, rief er, »es handelt sich weder um ein Pferd noch um einen Drachen, sondern um Menschen.«
»Und weiter?« fragte Tien ch'i und hob dabei leicht die Augenbrauen.
»Sie schreien, die Eleuthen hätten die Grenze überschritten.«
Der Kaiser lächelte:
»Kommt wieder zurück. Das sind doch nur alte Ammenmärchen!«
Der Ratgeber lauschte einen Augenblick aufmerksam, dann fuhr er fort:
»Oh Fürst aller Fürsten, man sagt, die Eleuthen hätten die Stadt Tche Seu eingenommen!«
Der Kaiser fing an zu lachen:
»Was für einen Tag haben wir bloß heute, daß allen die Witze so leicht von der Lunge gehen? Mir scheint, bis zur Zeit der Kürbisse und der Geister ist es noch eine Weile hin...«
»Oh glanzvollster König der Könige, sie schreien, die Eleuthen marschierten auf die Hauptstadt zu!«
Tien ch'i schloß die Augen. Früher einmal, vor zwei oder dreihundert Jahren, waren die Barbaren gekommen. Sie hatten alles ver-

wüstet, die Frauen vergewaltigt und die Schätze geplündert. Sie waren sogar so geschmacklos gewesen, ausgerechnet im Herzen des kaiserlichen Palastes eine Tatarendiktatur zu errichten. Ein paar Jahre lang hatten sie ihre Herrschaft des Schreckens und des Lasters dem Land aufgezwungen. Doch dann hatten die Barbaren durch die Verwilderung ihrer Sitten jede Kontrolle über sich selbst verloren und sich in einem Bürgerkrieg gegenseitig umgebracht. Er muß so grausam gewesen sein, daß die Chronisten dieses Jahr später das »Jahr des reißenden Blutstroms« genannt hatten. Danach wurde das Kaiserreich wiederaufgerichtet, das große Reich der Ming-Dynastie.
»Erhabener Glanz des Morgens«, fuhr der Ratgeber fort, »soeben betritt ein Bote den Ehrenhof. Sein Pferd dampft wie der Stoff im Zuber des Färbers. Der Reiter ist von Kopf bis Fuß mit roter Erde bedeckt, so groß war sein Wunsch, den Wind zu überholen, um die Neuigkeiten von den fernen Provinzen des Reichs in diesen Palast zu bringen.«
»Er möge hereinkommen«, sagte Tien ch'i und öffnete seinen Fächer, um die Erregung zu verbergen, die ihn ergriffen hatt. Glücklicherweise fiel ihm dabei der Vers eines Gedichtes ein: *Das Pferd des Todes braucht nicht rasch zu laufen*, was ihn wieder einigermaßen beruhigte.
Der Bote war übrigens, wie man jetzt sah, rot von dem Blut, das aus seinen Wunden getropft und auf seiner Kleidung und der Haut geronnen war. Es bildete eine Art glänzende Rüstung, die einen bitteren Geruch verströmte. Er warf sich vor dem kaiserlichen Thron nieder, der durch einen mit dem Phönix-Wappen bestickten Wandschirm seinem Blick entzogen war.
»Er soll reden!« befahl der Ratgeber.
»Rede!« sagte der Hofmarschall.
Der Mann hob den Kopf und rief in großer Erregung: »Die Horden der Tataren unter dem Befehl von General Dreifacher Bär sind wie eine Wolke von Raubvögeln, die die Pest bringen. Wo sie auftauchen, bleibt nichts. Unsere Grenzsoldaten haben mit all ihrer Kraft, ihrem Mut und ihrem Kampfgeist Widerstand geleistet,

doch vergebens. Man sagt, diese Eleuthen seien keine Menschen, sondern Geister, und jeder Stoß, den man ihnen versetze, ginge ins Leere. Unsere Alten behaupten, es seien in Menschen verwandelte Dämonen, und ihre Macht rühre von Beschwörung und Zauberei her.«

»Wie viele Städte sind gefallen?« fragte der Hofmarschall.

»Zweiundzwanzig«, erwiderte der Bote und berührte mit seiner Stirn die steinernen Fliesen im kaiserlichen Thronsaal.

»Wie viele Soldaten sind gefallen?« fragte der Ratgeber.

»22 000«, antwortete der Bote und schlug mit seiner Stirn gegen den Boden.

»Wie weit entfernt sind die Eleuthen von der Hauptstadt?« erkundigte sich der Kaiser.

»222 mal 22 Meilen«, erwiderte der Bote, schlug ein letztes Mal heftig mit der Stirn auf den Stein auf und verschied.

»Marschall Li Shi choh! Bewaffnet Eure Männer! Haltet den Eindringling auf! Er ist kaum einen Mond von diesem Palast entfernt!« rief der Ratgeber schreckensbleich.

Der Hofmarschall erwiderte:

»Möge der ehrwürdige kaiserliche Ratgeber einem bescheidenen Offizier der Leibgarde Seiner Majestät verzeihen, aber die Soldaten, die ich zu befehligen die Ehre habe, sind nicht darin geübt, gegen Geister zu kämpfen, vor allem, wenn es sich um Geister handelt, die nicht einmal die elementarsten Regeln militärischer Kunst kennen. Diese Eleuthen sind völlig ungebildet und haben keine Ahnung von militärischer Strategie, wie sie in unseren Offiziersschulen so beispielhaft gelehrt wird. Wie könnten also unsere Krieger, die in den kniffligsten Details dieser erhabenen Kunst bewandert sind, ihr edles Wissen an diese Barbaren verschwenden, die unfähig sind, ein Jadeschwert von einem Säbel aus Pfirsichbaumholz zu unterscheiden?«

Diese typisch militärische strenge Logik verschlug dem kaiserlichen Ratgeber einen Augenblick lang die Sprache, doch dann blähte sich seine Stimme sozusagen wie ein Segel kurz vor dem Sturm: »Marschall Li Shi choh, ich habe die Ausbildung unserer

Offiziere stets für die umfassendste, die vorbildlichste und aristokratischste, die sich denken läßt, gehalten. Unsere Männer fürchten niemanden beim Schachspiel, beim Duell und beim Steinschleudern. Sie können eine Karte verkehrt herum und richtig lesen, wissen eine Antwort auf die 22 Thesen und die 44 Antithesen von Fu Shi, kennen die sechs Bände von Po Sus *Strategie* und die 22 Bände der *Kriegskunst* von Fo Hue auswendig. Aber wenn ein Strolch sie mit nackten Fäusten angreift, fallen sie tot um.«

»Der Krieg ist für diese Barbaren eine zu edle Kunst«, rief der Marschall.

»Aber sie führen ihn ...«, erwiderte der Ratgeber.

In diesem Augenblick betraten die 22 hohen Offiziere der kaiserlichen Armee den Thronsaal. Diese Würdenträger gehörten alle dem Adel an und galten als die Elite der Armee, deren 22 wichtigste Truppenkorps sie anführten. Angetan mit ihren prunkvollsten Uniformen traten sie in Reih und Glied ein und warfen sich, ihrem Rang entsprechend, vor dem Kaiser nieder, der durch den Wandschirm ihrem Blick verborgen war. Einer von ihnen, der redegewandteste, ein gewisser General Chai Li mien, ergriff im Namen aller anderen das Wort:

»Durchlauchtigster und erhabener Glanz, du, dessen Weisheit die Sonne der Gerechtigkeit an dem Himmel des heiteren Friedens aufgehen läßt, deine 22 höchsten Offiziere grüßen dich ...«

»Er möge fortfahren!« sagte der Kaiser ungeduldig.

»Fahrt fort!«, befahl der Ratgeber.

Der General fuhr fort: »Wir haben höchst merkwürdige Nachrichten von den nördlichen Grenzen erhalten. Ein Anführer tatarischer Aufrührer, dem seine Männer den Scherznamen Dreifacher Bär gegeben haben, hat es sich in den Kopf gesetzt, mit uns Streit anzufangen. Aber nach allem, was wir wissen, hat er uns nicht in der gebührenden Form den Krieg erklärt und auch nie den erforderlichen Zeitraum zwischen der offiziellen Erklärung und dem ersten gesammelten Angriff respektiert. Wir protestieren gegen einen solchen Verstoß gegen die Formen.«

»Ausgezeichnet!«, rief der Hofmarschall. »Ich schließe mich Eu-

rem Protest an. Es ist dringend erforderlich, daß unser verehrter Kaiser diesen ehrvergessenen Anführer energisch zur Ordnung ruft und ihm diese Schrift unverzüglich überbracht wird.«
Nach diesen Worten stellte er sich an die Spitze seiner Offiziere, um seine Solidarität mit ihnen deutlich zu machen. General Chai Li mien, von der Haltung des Marschalls ermutigt, ergriff erneut das Wort im Namen aller seiner Kameraden: »In Kapitel 22, §444 des *Traktats über den Krieg* steht geschrieben, daß niemand von sich aus irgend jemandem den Krieg erklären kann, ohne zuvor mit dem, den er zum Gegner gewählt hat, über die Modalitäten zu verhandeln. Eine Gesandtschaft der beiden Parteien hat also die andere jeweils von ihren Absichten zu unterrichten und ein Programm der geplanten Maßnahmen zu erstellen. Wenn eine der Parteien einen einzelnen Punkt dieses Programms nicht billigt, muß eine gemeinsame Besprechung stattfinden, damit man sich darüber einigen kann. Danach und während einer Zeitspanne von sechs Wochen...«
In diesem Augenblick ertönte die Donnerstimme des Kaisers: »Nehmt diesen Wandschirm weg!« Man beeilte sich, seinem Befehl zu gehorchen. Alle fielen auf die steinernen Fliesen nieder und schlugen mit ihrer Stirn auf den Boden.
Wieder ertönte die Stimme aus Erz: »Jetzt reicht es! Das Kaiserreich droht den Eleuthen in die Hände zu fallen, wie es sich vor 200 Jahren den tatarischen Horden ergeben mußte. Und Ihr, unwürdige Offiziere, statt an die Grenzen zu eilen, diskutiert Ihr hier über ich weiß nicht welche gelehrte Kunst, um den Gegner zurückzuschlagen, als hätte der Wind Eurer Worte die geringste Macht über die Angreifer, die das Kaiserreich stürzen wollen. Marschall, was habt Ihr beschlossen?«
Der Hofmarschall hob endlich den Kopf, wie eine Schnecke kurz vor dem Unwetter. »Möge der unsterbliche, himmlische Kaiser in seiner unendlichen Weisheit gütigst bedenken...«
Der Kaiser richtete sich auf seinem Thron auf. Alle Stirnen schlugen erneut auf den Boden. »Und was soll mir eine Versammlung von Generälen, die offenbar im Staub nach einer Eingebung sucht?

Steht auf! Und Ihr, General Chai Li mien, erklärt mir doch einmal, da Ihr Euch so gerne reden hört, welche Befehle Ihr zu erteilen beabsichtigt, um die Truppen dieses Dreifachen Bären aufzuhalten. Wenn ich nach Eurer Furcht urteilte, stünde wohl besser er an der Spitze meiner Armeen.«
Der Marschall und die Generäle erhoben sich angstschlotternd.
»Nun, allerverehrteste Exzellenz«, begann Chai Li mien mit gesenktem Kopf: »Zunächst einmal ziemt es sich, die Wahrsager zu rufen und sich zu vergewissern, ob die Schutzgeister des Reiches wohlwollend unserem Unterfangen gegenüberstehen...«
»Und den Ostwind zu befragen...«, fügte der Marschall hinzu.
Der Kaiser wandte sich an seinen Ratgeber und fragte ihn: »Und was schlagt Ihr vor?«
Der Ratgeber verbeugte sich dreimal und hob seinen rechten Zeigefinger in feierlicher Geste zum Himmel, dann erwiderte er: »Ich zweifle nicht daran, daß sich unter diesen höchsten Offizieren einer als Freiwilliger erbieten und an der Spitze der Armeen den anderen beweisen möchte, wie groß seine Tapferkeit ist...«
»Ausgezeichnet«, entgegnete Tien ch'i. »Möge der unter euch hervortreten, der sich seinem Kaiser gegenüber auszeichnen möchte.« Es lief eine Art stumme Bewegung durch die Gruppe der 22 hohen Offiziere, aber keiner von ihnen trat vor.
»Verräter!« schrie der Ratgeber. »Gibt es denn wirklich keinen unter euch, der noch einen Funken Pflichtgefühl im Leib hat?«
Der Marschall ergriff das Wort: »Wir haben alle die höchste Auffassung von unserem Pflichtgefühl, ja, wir sind von ihm entflammt. Aber Offizieren unseres Ranges anzusinnen, sich mit Barbaren ohne Recht und Gesetz herumzuschlagen, das ist nicht nur unserer selbst, sondern auch unserer Familien unwürdig und bedeckt sie mit Schande. Kann ein Adliger akzeptieren, mit einem Stallknecht auf freiem Feld zu kämpfen? Nein, hier steht unsere Ehre, das tapfere Blut, das in unseren Adern fließt, auf dem Spiel.«
»Der beste und der schlimmste Drachen sind wir selbst«, sagte der Kaiser und verabschiedete sich von seinen Offizieren.

»Erhabenste Exzellenz, Sohn des Himmels«, begann sein Ratgeber, »was soll nun aus uns werden?« und vor Angst klapperten seine Zähne.
»Ihr könntet ja die Armeen anführen«, schlug Tien ch'i vor.
»Ich?« rief der Ratgeber, trat hastig ein paar Schritte zurück und rollte erschrocken mit den Augen. »Aber ich versteh doch nichts von Waffen!«
»Oh«, entgegnete der Kaiser, »wenn schon die Soldaten nicht mehr kämpfen wollen, könnte es ja sein, daß die, die vom Kriegshandwerk am wenigsten verstehen, die besten Soldaten werden.«
Der Ratgeber entgegnete – und wand sich dabei wie ein Aal: »Mag sein, mag sein... Aber wenn ich mir gestatten darf, Eurer Majestät einen Rat zu geben, dann würde ich wohl folgendes vorschlagen: Schickt in alle vier Himmelsrichtungen Eures Reiches Boten, die denen, die eine Armee gegen die Eleuthen aufstellen, eine hohe Belohnung versprechen. Bestimmt findet sich irgendein Adliger, der sich dadurch verlocken läßt.«
»Ihr seid also nicht einverstanden, die kaiserliche Armee anzuführen?« fragte der Kaiser erneut.
»Wer würde sich dann um den Palast kümmern?« fragte der Ratgeber. »Übrigens wissen Eure Majestät doch, daß meine Familie und ich vor dem Altar des barmherzigen Ahnherrn Mi Shi ewigen Frieden zu wahren gelobt haben. Wie könnte ich da wortbrüchig werden?«
Der Kaiser verließ den Thronsaal in großer Eile und ließ von seinem Hofstaat die rufen, denen er am meisten zugetan war: Schreiber, Schriftsteller, Maler, Architekten, Musiker, Astrologen, Wahrsager und Philosphen, um sie in einem so dramatischen Augenblick um Rat zu fragen. Doch kaum war die Kunde, daß die Barbaren nur noch einen Mond weit von der Hauptstadt entfernt waren, zu ihnen gedrungen, hatten all diese Schöngeister den Palast verlassen. Mit ihren Frauen, ihren Konkubinen und ihren jungen Gespielen befanden sie sich bereits auf der Straße nach Süden. Und so entfernten sich ganze Karawanen von Bei jing, die Wagen

vollbeladen bis zum Rand mit Möbeln und anderen Reichtümern.

Das also ist, dachte Tien ch'i betrübt, *die Illusion der Welt. Welches Reich war weiser und reicher als China? Wie ein Wunder der Baukunst erhob sich die Stadt mit den zwölf Toren harmonisch und klar. Die Dichter sangen darin vom Frieden. Doch kaum naht sich ein fauliger Wind vom Nordwesten her, und der Tempel des Glücks verwandelt sich in einen Toten-Pavillon*. Da wurde er gewahr, daß Kleine Mondfee neben ihm kniete. Sie hatte den Kopf zu ihm gewandt und in ihren schönen dunklen Augen schimmerten Tränen. Er legte seine alte, ringgeschmückte Hand auf das Haar der Dienerin. »Du hier, Kleine Mondfee? ... Sag mir, was ist aus deiner Herrin geworden, meiner ersten Frau...« Sie senkte schweigend den Kopf. »Meiner zweiten Frau...« Flehentlich wandte sie dem Monarchen wieder ihren Blick zu. »Sie haben alle den Palast verlassen, nicht wahr? Nicht nur die erste und die zweite, sondern auch alle anderen. Und die Musikinstrumente, die Bilderrollen, die Bücher und nicht zu vergessen die Schmuckkassetten haben sie alle mitgenommen...«

Er lächelte. Kleine Mondfee lächelte ebenfalls unter Tränen. Wäre sie nicht als Dienerin geboren, hätte er ihr seine Liebe geschenkt. Dann fuhr er fort: »Nichts gleicht dem Anblick eines reinen Herzens. Weder Paläste noch Ehre noch Macht, nichts gleicht dem Anblick der Sonne, die über dem Meer der Reinheit aufgeht. Die Dichtkunst ist schuld daran, daß der Hof in Trägheit versunken ist und heute vor den Barbaren flieht. Aber dank der Dichtkunst ermesse ich jetzt die Größe, die in der Entblößung liegt. So wirft die Sonne ihr Licht auf den einen Rücken eines Hügels, während der andere im Schatten liegt.«

»Herr«, sagte Kleine Mondfee, »Ihr müßt das chinesische Volk aufrufen, zu den Waffen zu greifen. Hab ich nicht gehört, wie der Ratgeber Euch vorschlug, Boten in alle vier Himmelsrichtungen zu schicken und dem, der eine Armee gegen die Eleuthen aufstellt, Reichtum und Ruhm zu versprechen?«

»Wenn der Hof schon den Verstand verloren hat, wie sollte dann das Volk plötzlich verständig werden?« fragte der Kaiser. Aber da er keinen anderen Ausweg sah, um das unerbittliche Heranrücken Phan Lung tiens und seiner Truppen aufzuhalten, verfaßte er einen Aufruf an alle Bewohner in jeder, auch der entferntesten seiner Provinzen. Wer von ihnen genug Ehre und Mut habe, solle die Verteidigung des Landes in die Hand nehmen, das seine Würdenträger verlassen hatten.

Zweiundzwanzig Reiter trugen den kaiserlichen Aufruf in die neun Provinzen.

II

Die weißen Mauern des Klosters von Shiu Lam erhoben sich auf dem Gipfel des Berges der Fünf Düfte, der im Regierungsbezirk Fu chu lag, einen Tageritt von Bei jing entfernt. 128 Mönche lebten an diesem abgeschiedenen Ort, die sich gleichermaßen dem Gebet zu Dharma Buddha * wie auch dem Kriegshandwerk widmeten.
Der Gründer des Klosters hatte in seinen Ordensregeln nämlich erklärt, daß »Gebet und Kriegshandwerk die beiden Waffen sind, die ein Mönch braucht, um den heiligen Krieg zu führen, den nämlich der dem eigenen Ich gilt und seinen anderen Erscheinungsformen, der Welt, den bösen Geistern und der kranken Natur«.
Der Abt war ein gewisser Chu Hung ying, der sich vor allen anderen durch seine bewegte aber auch fromme Vergangenheit auszeichnete. Dieser ungewöhnliche Mann hatte sein ganzes Leben lang das aufs innigste vereint, was andere für widersprüchlich hielten: die Trunkenheit und das Fasten, die Liebe zu den Frauen und die Keuschheit, Befehlsgewalt und tiefste Demut. Und so gab es denn auch viele, die ihn für wankelmütig hielten, während seine Mönche, die seine wahre Persönlichkeit besser kannten, ihn mit respektvoller Zuneigung umgaben.
Und so war Chu Hung ying in Wirklichkeit: rasch wie der Blitz, fähig, die Gemüter zu entflammen oder zu beschwichtigen, aber ebenso besonnen und vorsichtig wie die Glut der Kohle. Niemand konnte sich mit ihm messen, weder mit dem Schwert, dem Säbel oder im Ringkampf. Aber niemand konnte auch so lange im Gebet verharren. Sein Wort war wie glühende Lava, seine Willenskraft ein Felsen, auf dem das Kloster ruhte. Seine Mönche hatten ihm den Namen ›Feuer des Himmels‹ gegeben.
Nun ergab es sich, daß der jüngste Mönch des Ordens, als er ge-

* Das ›Gesicht‹, die Lehre. Dharma Buddha läßt sich also mit »der Buddha der Lehre« übersetzen. (A. d. Ü.)

rade im benachbarten Dorf war, um Reis für das Kloster zu holen, den kaiserlichen Aufruf las, den einer der Boten an das Verwaltungsgebäude angeschlagen hatte. Er schrieb den Aufruf ab, kletterte eilends den Berg hinauf und bat, kaum hatte er die befestigten Mauern durchschritten, um Audienz beim Abt. Als Feuer des Himmels den kaiserlichen Aufruf gelesen hatte, rief er: »Hat sich denn niemand im ganzen Reich gefunden, um eine Armee zu bilden und den Tataren Einhalt zu bieten? Was sind das bloß für Offiziere des Hofs, die man wie Hühner aufgezogen hat und die beim ersten Wind gackernd davonflattern? Was sind das für Minister, Wissenschaftler, Dichter und Denker, die in einem solchen Augenblick unfähig sind, aufzustehen und eine Truppe mit genügend tapferen Soldaten um sich zu scharen, um gegen den Feind im Norden zu marschieren?«

Sogleich rief er seine Mönche zu sich, vom ältesten bis zum jüngsten, und fragte sie voller Ungestüm: »Brüder, wollt ihr das Reich in die Hände von Barbaren fallenlassen?« –

»Beim Dharma Buddha, nein!« riefen alle wie aus einem Mund.

»Bei euren kahlgeschorenen Häuptern, an eurer Antwort erkenne ich euer Herz... Wir sind nur einhundertachtundzwanzig und die Eleuthen tausend und abertausend, aber ihre Waffen sind nichts im Vergleich zu den unseren. Wir sind gewohnt, unser Ich zu bekämpfen und seine anderen Erscheinungsformen, die Welt, die bösen Geister und die kranke Natur. Zählten die tatarischen Armeen hundertmal mehr Soldaten, so würden wir sie auch nicht fürchten.«

Die Mönche riefen: »Wehe den Barbaren, die das Reich der Mitte beschmutzen wollen!«

Da erklärte Feuer des Himmels: »Brüder, gleich nach Mittag werden wir das Kloster verlassen und uns in die Hauptstadt begeben. Dort bitten wir den Kaiser um Audienz und bieten ihm unsere tapferen Dienste an. Jetzt geht in eure Zellen zurück und packt eure Sachen.«

»Sollen wir die Säbel und die Schwerter mitnehmen?« fragte einer der Mönche.

»Nur ich werde ein Schwert nehmen«, erwiderte der Abt. »Ihr

werdet euch mit einer Schale und Stäbchen, dem Fächer und Sandalen begnügen. Alles übrige wird euch, wenn die Zeit gekommen ist, gegeben werden von Dharma Buddha, unserem Licht und unserem Führer.«

Sie liefen auseinander, um ihre Vorbereitungen zu treffen.

Feuer des Himmels begab sich anschließend in den Tempel, kniete vor Buddha nieder und sagte: »Ich weiß nicht, ob das auch dein Wille gewesen ist, aber unsere Mönche fingen an sich, zu langweilen. Jetzt werden sie Gelegenheit haben zu zeigen, daß ihr Glaube gleich einem Feuersturm ist und nicht wie eine rauchige Lampe im Winkel einer Hütte. Das ändert zwar nichts daran, daß wir nur einhundertachtundzwanzig Mann sind und die Eleuthen tausend und abertausend. Wenn es also dein Wille ist, daß wir sterben, hast du hier Gelegenheit, deinem Wunsch Genüge zu tun. Aber sollte es dir dagegen widerstreben, dein Reich von Lästerung und Blut besudelt zu sehen, wirst du uns den Sieg nicht versagen.«

Zur Mittagsstunde machten sich die Mönche mit ihrem tapferen Abt an der Spitze auf und marschierten in Richtung Bei jing. Kurz bevor sie hinunter in die Ebene kamen, von der sie noch der letzte Engpaß trennte, sahen sie, wie eine Räuberbande einen Zug von Pferdewagen angriff, der in Richtung Süden fuhr. Sogleich stürmten sie, auf Befehl von Feuer des Himmels, auf die Angreifer ein. Es waren vierundsechzig an der Zahl, bewaffnet mit Schwertern, Äxten und Steinschleudern, während sie nur ihre nackten Fäuste hatten.

Ein kurzer Kampf entbrannte, doch es war ganz offensichtlich, daß die Mönche über sehr viel mehr Erfahrung und taktisches Wissen verfügten als ihre Gegner. Im Handumdrehen hatten sie ihnen ihre Waffen abgenommen, sie zu Boden geworfen und erschlagen. Als alles vorbei war, rief sie ein wohlbeleibter, vornehmer Herr zu sich, der auf Kissen in seiner Sänfte ruhte.

»Habt Dank für euren Mut, denn ohne euch wären nicht nur meine Freunde und ich tot, sondern auch alle Schätze geraubt, die wir mit uns führen. Kann ich etwas für euch tun?«

Feuer des Himmels näherte sich der Sänfte und frage: »Wohin wollt Ihr denn, mit einem so großen Troß? Zieht Ihr um?«
»Ach, teurer Mönch, wir fliehen vor einer Geißel, die schlimmer ist als die Tollwut, die Pest und die Lepra zusammen. Diese drei unheilvollen Schwestern sind, verglichen mit der Sintflut, die das Reich unter sich begräbt, wie drei liebenswürdige Jungfrauen. Wißt Ihr nicht, daß die Tataren in China eingefallen sind? Habt Ihr nie von General Dreifacher Bär gehört und seinen Geisterhorden? Eine Lanze durchbohrt sie, ohne sie zu verletzen...«
»Bei meinem Glauben zum göttlichen Buddha«, sagte Feuer des Himmels, »die Straße ist schwarz von all den Menschen, die aus der Hauptstadt fliehen und Zuflucht im Süden suchen. Denkt denn niemand daran, nach Norden zu reiten, um das Reich zu verteidigen?«
»Ach, teurer Mönch«, erwiderte der dicke Mann in seiner Sänfte, »es hat überhaupt keinen Zweck, gegen diese Ungeheuer zu kämpfen. Sie haben keine Ahnung von Sitte und Brauch. Das sage ich Euch, und ich bin der Hofmarschall...«
Bei diesen Worten spürte der Abt einen ungeheuren Zorn in sich aufsteigen, gleich dem irdischen Feuer, wenn es aus den Eingeweiden der Erde emporbrodelt und wie der Donner in dumpfer Explosion aus dem Vulkan ausbricht. Rasch wie der Blitz packte er den Marschall und setzte ihn auf ein Pferd. Dann sagte er zu seinen Mönchen: »Geschorene Brüder, da die Räuber die Güte hatten, uns ihre Pferde zu überlassen, auf, in die Sättel! Wir werden den Hofmarschall als Eskorte begleiten, und er wird uns geradewegs zum kaiserlichen Palast führen.«
Der Marschall schrie vergebens Zeter und Mordio. Die ganze Schar schwang sich aufs Pferd und galoppierte davon. Die Räuber, die tot am Boden lagen, und die vollbeladenen Wagen ließen sie zurück. Da sie nur vierundsechzig Pferde hatten, saßen die Mönche jeweils zu zweit im Sattel. So kamen sie nach Bei jing bei Anbruch der Nacht, nachdem sie die Scharen derer hinter sich gelassen hatten, die in die südlichen Provinzen flohen, und baten um Audienz beim Kaiser.

»Was sind denn das für Männer?« fragte der Wachoffizier.
»Mönche«, erwiderte der Posten.
»Und was wollen sie?«
»Audienz bei Seiner Majestät.«
Der Wachoffizier lächelte in seinen Bart: »Seit wann können Mönche erwarten, von Seiner Majestät empfangen zu werden?«
»Sie bestehen aber darauf«, sagte der Posten. »Sie kommen von Shiu Lam und wollen vom Kaiser empfangen werden, um ihm ihre Dienste anzubieten.«
»Welchen Dienst können wohl Mönche einem Kaiser anbieten?« wunderte sich der Offizier.
Der Posten erkundigte sich bei dem Abt und kehrte dann zu dem Wachoffizier zurück: »Sie haben den Aufruf des Kaisers gelesen und sind entschlossen, sich dem Feind zu stellen, um ihn zu besiegen und ihn aus dem Land zu jagen.«
Der Wachoffizier lachte laut heraus: »Ein Haufen ungebildeter, stinkender Mönche, die nicht einmal ein Jadeschwert von einem Säbel aus Pfirsichbaumholz unterscheiden können. Kaum haben sie von weitem den Staub der feindlichen Reiterei gesehen, da nehmen sie die Beine in die Hand und stolpern über ihre eigenen Kleider.«
Feuer des Himmels hatte sich inzwischen genähert und alles mit angehört. Und kaum hatte der Offizier seinen letzten Satz beendet, stürzte er sich auf ihn und warf ihn zu Boden wie einen alten Sack. Danach marschierten die Mönche unangefochten durch das Tor der Festungsmauer und betraten den Palast. Den Marschall schoben sie vor sich her. Er war vor Angst wie gelähmt, so daß er keinen Ton hervorbrachte.
Sie gelangten bis zu dem Innenhof, der zu den kaiserlichen Gemächern und insbesondere in den Audienzsaal führte. Die Mönche steuerten geradewegs auf ihn zu. Da die Wachen nicht wußten, ob der Marschall freiwillig voranging oder vielleicht als Geisel mitgeschleppt wurde, wagten sie nicht, sie aufzuhalten, aus Furcht, man würde ihm etwas antun.
»Wo ist der Kaiser?« fragte der Abt.

»In seinen Gemächern, Exzellenz...«, stammelte ein Unteroffizier.
»Dann lauf und sag ihm, die Mönche aus dem Kloster von Shiu Lam seien hier und ersuchten ihn um Audienz, und zwar unverzüglich, denn die Zeit drängt.«
Der Unteroffizier verneigte sich und begab sich vor die Tür zu den kaiserlichen Gemächern, die von dem obersten Haushofmeister bewacht wurden.
»Die Mönche aus dem Kloster von Shiu Lam bitten Seine Majestät um eine Audienz, um ihm vorzuschlagen, gegen die Eleuthen in den Krieg zu ziehen...«, sagte der Unteroffizier.
Der Haushofmeister zuckte mit den Schultern: »Was soll dieser Unsinn? Sag ihnen, sie sollen in ihr Kloster zurückkehren und für das Heil des Reiches beten. Ihre Gebete sind nützlicher als ihr Tod.«
Der Unteroffizier gab nicht nach: »Es sind ziemlich ruppige Burschen, und ich fürchte das Schlimmste, wenn Seine Majestät sich nicht herabläßt und ihnen diese Unterredung gewährt...«
»Das Schlimmste?« fragte der Haushofmeister verblüfft.
»Sie sind durchaus fähig, dem Marschall Li Shi choh, der in ihrer Gewalt ist, die Ohren abzuschneiden...«
Da brach der Haushofmeister in ein schallendes Gelächter aus und lief eilends zum Kaiser, der zu dieser Stunde ruhte. Als er erfuhr, worum es ging, schloß Tien ch'i die Augen und seufzte: »Hab ich nicht schon genug an dieser Leere, die mich umgibt? Muß sie sich jetzt auch noch mit diesen eitlen Traumgespinsten füllen? Was vermag schon eine Handvoll Mönche gegen eine Armee von wütenden Stieren? Diese geschorenen Brüder haben weiß Gott keinen Funken Verstand! Welcher Dichter sagte einmal, daß der Glaube den Wolf in ein Schaf und das Schaf in einen Wolf verwandele?«
»Diese da jedenfalls sind ganz merkwürdige Geschöpfe«, sagte der Haushofmeister. »Auf den ersten Blick würde man sie für Wölfe halten, wenn man nach ihrem Haarwuchs, ihrem Gang und ihrer Sprache urteilt; aber wenn man näher hinschaut, ist ihr Blick eher

wie der von Schafen. Allerdings haben sie Marschall Li Shi choh gefangengenommen, der aus der Hauptstadt geflohen ist, und bringen ihn mehr tot als lebendig zurück ...«

Der Kaiser öffnete plötzlich wieder die Augen: »Was haben sie gemacht?«

Der Haushofmeister wiederholte, was er soeben gesagt hatte, und fügte hinzu: »Es sind keine gewöhnlichen Mönche. Sie machen eher den Eindruck von Räubern oder jenen Ringkämpfern, die auf den Jahrmärkten auftreten, aber da ist noch etwas anderes ...«

»Bei den Manen der Ming und unserem glückseligen Vorfahren Bodhisattva Kuan Yin«, rief der Kaiser, »sollte das das Ende der Zeiten sein? Die Zeichen mehren sich. Und wenn sich jetzt die Mönche auch noch in Tiere verwandeln ...«

Kleine Mondfee, die Dienerin, die neben ihrem Herrn wachte, sagte jetzt mit leiser, aber fester Stimme: »Herr, Ihr müßt diese Leute empfangen.«

Und gerade als sie diese Worte gesagt hatte, gab es im Flur einen großen Tumult, die Tür flog krachend auf, und es erschien Feuer des Himmels, der Abt des Klosters von Shiu Lam, in seinem zerrissenen Kleid.

»Welch ein Graus!« rief der Haushofmeister. »In die heiligsten Gemächer Seiner Majestät einzutreten – welch eine Entweihung!« Er zitterte vor Entrüstung und Wut und vielleicht auch vor Angst.

»Wo ist der Kaiser?« schrie Feuer des Himmels, ohne sich aufhalten zu lassen.

»Bleibt stehen!« fuhr der Haushofmeister fort. »Der Boden, auf dem Ihr geht, ist heilig!«

Der Abt gehorchte, rief jedoch mit Donnerstimme:

»Die Eleuthen sind in unser Reich eingefallen. Die, deren Pflicht es war, unsere Grenzen zu verteidigen, sind erschlagen. Die Armeen der Mitte weigern sich zu kämpfen. Was soll aus China werden? Wir, die Mönche aus dem Kloster von Shiu Lam, haben unsere eigene Armee gebildet. Wir wollen sie dem Kaiser zur

Verfügung stellen. Und jetzt will man uns nicht empfangen? Genug des unnützen Geredes! Wo ist der Kaiser?«
Kleine Mondfee stand auf und ging voller Anmut auf Feuer des Himmels zu. »Vater Abt des Klosters von Shiu Lam, an deinen Worten erkenne ich dich. Niemand anderer als du ist so ungeduldig und so leidenschaftlich, so geradeheraus und großherzig, aber es gibt auch niemanden, der so ungeschickt und so achtlos Sitte und Brauch gegenüber ist... Du bist die Wiedergeburt von Suen, dem zauberkräftigen Affen, der einst mit den Gewalten der Erde und des Himmels kämpfte.« Sie wandte sich an den Kaiser, der noch immer auf seiner Strohmatte ruhte: »Dort steht einer, der wirklich gekommen ist, um uns zu retten.«
Erstaunt richtete sich der Kaiser auf, und in diesem Augenblick erkannte ihn auch Feuer des Himmels. Er fiel mehr auf den Boden als daß er sich hinlegte und vollzog die vorgeschriebene Ehrbezeugung.
Der Kaiser ergriff das Wort: »Dein Eindringen in dieses Zimmer ist gewiß gegen die Etikette, und dein Aufzug scheint mir auch nicht gerade angemessen zu sein, aber da du mit so bemerkenswertem Eifer meinem Aufruf gefolgt bist, wäre ich schlecht beraten, deinen Vorschlag nicht anzunehmen. Allerdings ist mir nie zu Ohren gekommen, daß euer Kloster über eine große Armee verfügt und ihr als Meister in der Kriegskunst geltet. Deshalb möchte ich zu all dem Unheil, das unser Reich ins Verderben stürzt, nicht noch ein neues hinzufügen. Wäre es nicht besser, ihr kehrtet zurück nach Hause und opfertet den Göttern des Friedens und der Barmherzigkeit?«
Der Abt hob den Kopf: »Seine Majestät möge mir verzeihen, aber wir sind einhundertachtundzwanzig, eine Zahl, die besonders glücklich ist. Was die Kriegskunst angeht, so fürchten wir niemanden. Hackt uns die Glieder ab, und wir kämpfen mit den Zähnen. Hackt uns den Kopf ab, und wir vereinen uns mit dem Wind, um die zu vernichten, die es wagen, die ehrwürdige Dynastie der Ming zu stürzen.«
»Oh!« erwiderte der Kaiser und lachte. »So viel verlangen wir gar

nicht. Haushofmeister, veranlaßt, daß diese Mönche gebadet und mit neuen Kleidern versehen werden. Ich stelle ihnen inzwischen einen Passierschein aus, damit sie zur Festung Xhan Lu weiterreiten können, wo zwei treue Generale sie empfangen werden.
»Tausend Dank und hunderttausend Tauben im Himmel, um die Größe des Kaisers zu feiern«, rief Feuer des Himmels und sprang mit einem Satz auf.
Dann rannte er zurück in den Audienzsaal, wo die Mönche auf ihn warteten. Schon von weitem rief er ihnen die Neuigkeit zu:
»Tod den Tataren! Es lebe Tien ch'i, der König aller Könige, der Kaiser des Reiches der Mitte!« Und voller Freude wiederholten die frommen Brüder seinen Kriegsruf.
Der Abt trat auf den Hofmarschall zu, der angstschlotternd auf dem Boden lag. Er fragte ihn: »Und was soll aus dir werden, Li Shi choh? Wie alle anderen hohen Offiziere des Hofes hast du die Flucht dem Kampf vorgezogen. Schande über dich und die, die dich in die Welt gesetzt haben. Nur der Kaiser darf über dein Schicksal entscheiden, und deshalb will ich mich nicht zum Richter aufschwingen. Um dich jedoch ständig an dein abscheuliches Verbrechen zu erinnern, werde ich dir den Zopf abschneiden.«
Der Marschall fuhr erschrocken auf: »Nicht den Zopf! Bei allem, was mir auf der Welt heilig ist, oh frommer Mönch, nicht den Zopf!« Man brachte bereits die Schere.
»Was ist dir das Teuerste auf der Welt?« fragte Feuer des Himmels.
Li Shi choh stammelte unverständliche Worte. Schweißperlen sammelten sich auf seiner Stirn, flossen in zwei Rinnsalen über seine feisten Backen hinunter aufs Kinn und tropften hörbar auf die Marmorplatten. Feuer des Himmels klapperte mit der Schere.
»Hab Erbarmen!« jammerte der Elende und fiel auf die Knie.
»Oh du schändliches Abbild dieser durch Hoffart und Trägheit verkommenen Generation«, fuhr der Mönch fort, »für dich gibt es nichts Teureres auf der Welt als dich selbst. Du trägst deinen Aberglauben wie einen Bauchladen vor dir her und hast den Glauben verloren. Denn was anderes ist der Glaube als die Treue zu dem,

was uns von den Göttern überkommen ist? Wie könntest du diesen Zopf noch tragen, Symbol der Treue zu den Göttern und dem Kaiser, der du wortbrüchig geworden bist? Senke das Haupt und bitte den Himmel, er möge dir verzeihen!«
Der schnitt den Zopf ab, der zu Boden fiel. Alle Mönche wichen zurück. Li Shi choh bedeckte seinen Hinterkopf mit den Händen, stand auf, sah sich verstörten Blicks um und rannte dann davon, als hätte Feuer des Himmels eine Meute toller Hunde auf ihn gehetzt.
»Was habt Ihr getan?« lamentierte der Haushofmeister. »Ihr hättet ihn besser umgebracht, als ihm seinen Zopf abzuschneiden! Von nun an habt Ihr die angesehene Familie der Li gegen Euch. Sie wird nicht eher ruhen, als bis dieser gräßliche Schimpf blutig gerächt ist.«
»Das ist mir ziemlich einerlei«, erwiderte der Abt. »Die Schande, die es jetzt zu rächen gilt, ist weit größer als das verletzte Ehrgefühl einer Familie. Jetzt sollten wir uns erst einmal auf die lange Reise morgen vorbereiten.«
Und so geschah es.

III

Die Festung von Xhan Lu lag im Norden der Provinz, neun Tage zu Pferd von der Hauptstadt entfernt. Doch die Ungeduld unserer Mönche war so groß, daß sie es in fünf Tagen schafften. Ihre Pferde waren so erschöpft, daß sie, kaum waren ihre Reiter abgesessen, sofort einschliefen und erst vier Tage und vier Nächte später wieder wach wurden.

Befehlshaber dieser Festung waren zwei Generäle: der General des Ostens und der General des Westens. Beide waren schon ziemlich betagt, doch während ersterer ein lebhafter, rasch handelnder Mann war, neigte der andere eher zu Langsamkeit und bedächtigem Tun. Als sie erfuhren, daß der Kaiser ihnen Unterstützung schickte, waren sie zunächst hocherfreut. Denn sie wußten nur zu gut, daß die Truppen der Tataren, angeführt von Phan Lung tien, genannt Dreifacher Bär, unaufhaltsam näherrückten und Schrekken und Tod verbreiteten, wo sie auch hinkamen.

»Wenn diese Hilfstruppen erst einmal da sind«, dachte der General des Ostens, »marschieren wir aus Xhan Lu hinaus und ziehen diesen Eindringlingen entgegen, um sie zurückzuschlagen.«

»Wenn die Soldaten des Kaisers erst einmal da sind«, dachte der General des Westens, »schließen wir die Tore von Xhan Lu und bereiten uns auf die Belagerung vor. Dank der Verstärkung werden wir die Festung halten können.«

Und so waren sie denn ziemlich erstaunt, als sie oben von der Festungsmauer aus sahen, wie sich eiligst eine kleine Truppe näherte. »Das muß die Vorhut sein«, dachten sie. Aber als die Staubwolke sich aufgelöst hatte, und sie feststellten, daß die Neuankömmlinge nur einfach Mönche waren, fingen sie an zu lachen: »Verzeiht uns, fromme Brüder, aber als wir euch in so raschem Galopp heranreiten sahen, dachten wir schon, Ihr wärt vielleicht die Vorhut der Armee, die uns unser geliebter Kaiser schickt. Wahrscheinlich flüchtet Ihr vor den Eleuthen und habt Euch in der Richtung geirrt?«

Feuer des Himmels richtete sich in seinen Steigbügeln auf und rief mit seiner Donnerstimme: »Generäle von Xhan Lu, wir sind die einhundertachtundzwanzig Mönche aus dem Kloster von Shiu Lam. Unser geliebter Kaiser hat uns in seiner Güte Euren Exzellenzen zugeteilt. Wir werden Euch im Kampf gegen die Eleuthen beistehen und unterstützen. Mehr noch! Wir ganz allein werden uns dem Feind entgegenwerfen, ihn aus der Reserve locken und dank Dharma Buddhas bis auf den letzten Mann vernichten.«
»Diese unglückseligen Narren!« murmelten die beiden Generäle betreten. »Die Furcht vor den Tataren ist so groß, daß die Bevölkerung den Kopf verliert und in alle vier Himmelsrichtungen flüchtet. Die tollsten Gerüchte gehen umher. Diesen armen Klosterbrüdern ist das Unglück offenbar zu Kopf gestiegen. Sie bilden sich ein, sie seien Helden. Weh unserem Reich! Eine fieberhafte Geschäftigkeit hat es ergriffen: die, die der Agonie vorausgeht.«
Da nun aber die Mönche schon einmal vor dem großen Tor standen, und es äußerst unhöflich gewesen wäre, sie draußen zu lassen, staubig wie sie waren, gaben die beiden Generäle Befehl, sie hereinzulassen und ihnen Tee zu bringen. Danach kehrten sie auf die nördliche Festungsmauer zurück, um von den vorrückenden Eleuthen nicht überrascht zu werden. Doch kaum hatten sie sich wieder an ihrem Beobachtungsposten eingefunden, der eine den Blick nach Nordosten gewandt, der andere nach Nordwesten, rannte Feuer des Himmels, vier Stufen auf einmal nehmend, die Treppe hinauf, die vom Innenhof auf die Festungsmauern führte, und rief, in der Mitte zwischen beiden Männern stehenbleibend:
»Was gibt es denn da zu sehen, edle Herren?«
»Wir beobachten«, erwiderten die Generäle wie aus einem Mund.
»Beim Buddha, was erzählt Ihr da? Die Ebene zu beobachten ist genauso müßig, wie die Federn der Schwalbe zu zählen, wenn die Sonne aufgeht. Ihr verliert kostbare Zeit. Im Augenblick solltet ihr euer Interesse lieber auf mich konzentrieren.«
Die beiden Generäle fühlten sich durch diese Worte zutiefst belei-

digt. Sie zuckten mit den Schultern und fuhren fort, die Ebene zu beobachten, ohne noch ein Wort zu sagen. Da ergriff Feuer des Himmels plötzlich die Wut. Er stürzte sich auf den General des Westens, packte ihn unsanft am Kragen, zeigte ihm den vom Kaiser unterschriebenen Passierschein und fügte in drohendem Ton hinzu: »Wenn die Eleuthen schon so nah sind, daß Ihr sie sehen könnt, ist es zu spät. Sie werden zu Tausenden hinunter in die Ebene reiten und Xhan Lu umzingelt haben, bevor Ihr auch nur einen Befehl geben könnt.«
»Was versteht Ihr denn von Kriegsführung?« fragte der General des Westens entrüstet. »Die Welt ist offenbar schon so verkehrt, daß die Mönche Armeen befehligen wollen, während die Generale Räucherstäbchen vor der Buddha-Statue verbrennen.«
Der Abt erwiderte: »Die Offiziere des Kaisers sind geflohen. Er selbst hat Boten mit einem Aufruf in die neun Provinzen geschickt. Nur wir sind ihm gefolgt. Von jetzt an liegt das Schicksal des Reichs in unseren Händen. General des Westens, ich verlange ja gar nicht, weder von Euch noch von Euren Truppen, daß Ihr mit uns in den Kampf zieht. Ihr könnt hier von der Festungsmauer aus zuschauen, wenn Ihr wollt. Aber erlaubt mir wenigstens, die Landkarte zu studieren, um einen dem Gelände angepaßten Schlachtplan zu entwerfen.«
Der General des Westens war jetzt mehr denn je davon überzeugt, Feuer des Himmels phantasiere. Er riet ihm, sich an den General des Ostens zu wenden. Dieser hielt einen Augenblick in seiner Beobachtung inne und sagte zu dem Mönch:
»Ich habe Eure Worte gehört. Für mich gibt es nur eins: Sobald ich sehe, wie die feindlichen Armeen in die Ebene hinunterreiten, gebe ich der Reiterei den Befehl zum Angriff. Wahrscheinlich werden wir einfach von der Überzahl der Feinde besiegt, aber wenigstens haben wir uns dann tapfer geschlagen. Unsere Seelen werden würdig zu denen unserer Vorfahren eingehen.«
Feuer des Himmels erwiderte:
»Neben der Tatenlosigkeit und dem Selbstmord gibt es noch etwas anderes: die List. Edle Herren, laßt uns von dieser Festungsmauer

hinuntergehen, bevor wir hier noch Wurzeln schlagen, und die Geländekarte studieren.«

»Was soll das schon nützen?« fragte der General des Ostens in wegwerfendem Ton. »Hat es schon je einen Mönch gegeben, der sich auf eine andere Strategie als die der Horoskope und des Wahrsagen aus Schafgarbenzweigen verstanden hätte?«

Da spürte Feuer des Himmels plötzlich, wie das Blut in ihm zu kochen begann. Mit seiner rechten Hand packte er den General des Westens und mit seiner linken den General des Ostens. Und mit einer Kraft, die die Wut ihm verlieh, ließ er die beiden aufeinanderprallen. Die beiden Unglücklichen stießen so kräftig zusammen, daß man kaum noch unterscheiden konnte, welches die Glieder des einen und die des anderen waren. Danach lud er sie auf seine Schultern und stieg hinunter in den Hof.

Die Offiziere und die Soldaten von Xhan Lu waren so fassungslos, daß sie wie versteinert die Szene beobachteten.

»An solchen Männern stirbt das Reich!« rief der Abt und warf die beiden ineinanderverschlugenen Körper auf den Boden. Dann erkundigte er sich, wo sich der Kartenraum befände, um eine der Umgebung angepaßte Strategie auszuarbeiten.

In diesem Augenblick erschien der Erhabene Späher, der hochberühmte Hung Khi shing. Jahrelang hatte er einsam in den Bergen gelebt und die Zeichen gedeutet. Zwei Tage zuvor hatte ein Vogelflug ihm zu erkennen gegeben, er müsse sich unverzüglich in die Festung Xhan Lu begeben, was er ohne sich weiter zu bedenken tat. Und als dieser fromme Mann jetzt Feuer des Himmels von der Festungsmauer heruntersteigen sah, begriff er, warum Buddha ihm diesen Befehl gegeben hatte.

»Sei gegrüßt, der du die Kunst des rechten Maßes kennst und, ohne sie zu verwechseln, das Silber des Mondes und das Gold der Sonne im Schmelztigel zu vermischen weißt«, sagte er und verneigte sich dreimal vor dem Abt. Dann fügte er hinzu: »Bist du wirklich bereit, Eis und Blitz zu trotzen, um den Eleuthen das Reich wieder zu entreißen?«

Hochaufgerichtet erwiderte Feuer des Himmels mit fester

Stimme: »Du, der du die Zeichen kennst und im Auge des Adlers das Schicksal der sichtbaren und unsichtbaren Welten liest, ehrwürdiger Hung Khi shing... Was könnte ich dir erwidern, das dir deine weisen Wissenschaften nicht schon verraten hätten? Diese Mönche und ich haben den verzweifelten Aufruf gehört, den der Kaiser ausschickte, als sich rings um ihn das Reich wie ein Zuckerberg unter einem Sturzregen auflöste. Und hier sind wir, bereit zum Kampf.«

Der Erhabene Späher reichte Feuer des Himmels seine Hand, die dieser ergriff. Gemeinsam überquerten sie den Innenhof, von der Mitte aus, wo sie sich befanden, zum östlichen Flügel der Festung. Über eine schmale Wendeltreppe stiegen sie hinunter in den Geheimsaal, wo die Karten aufbewahrt wurden. Niemand folgte ihnen. Die Zeit blieb stehen.

»Wer da?« fragte ein Schattenmund aus der Tiefe des Abgrunds.

»Der Vater Abt des Klosters von Shiu Lam«, erwiderte Hung Khi shing.

»Was ist sein Begehr?« fragte die Schattenstimme, die wie die uralter Toter klang. Feuer des Himmels begann vor Furcht und Kälte zu zittern. »Er will gegen die Truppen des Tatarengenerals Phan Lung kämpfen.«

»Weh dem, der versucht, sich dem göttlichen Willen entgegenzustellen?« grollte der Abgrund. »Weiß er, wer General Phan Lung ist? Ahnt er, wem er dient?«

Feuer des Himmels war über und über von Rauhreif bedeckt, aber er faßte sich, schüttelte sich, trat am Fuße der Treppe einen Schritt vorwärts und rief: »Ich bin Chu Hung ying und habe den Aufruf des Kaisers gehört. Niemand im ganzen Reich scheint ihn auch nur beachtet zu haben. Soll ich mich jetzt etwa den Feigen und Lügnern zugesellen? Selbst wenn ich mir die Ohren abschnitte, würde ich immer noch den Befehl hören, der mir gegeben wurde. Und selbst wenn ich mir die Beine ausrisse, würde ich immer noch gegen die Eleuthen marschieren. Selbst wenn ich die Arme verlöre, würde ich noch die Waffen schwingen. Und ich würde noch

immer die Männer aufrufen, mir mitten in das Kampfgetümmel zu folgen, selbst wenn meine Zunge zu Staub zermahlen wäre.«
Der riesige Schatten fing an zu lachen: »Die Klinge des Schwerts, das du an deiner Seite trägst, zerbricht wie ein Grashalm. Die Luft dringt pfeifend durch deine Knochen. Dein Kopf ist kaum mehr wert als eine Wetterfahne. Aus welchem Stoff ist das, was schon nicht mehr ist? Dieses ganze Menschengewimmel, das aus dem Nichts kommt, das sich einen kurzen Augenblick lang zum Leben aufschwingt und in den Tod zurückfällt, bevor es auch nur den Geschmack eines Apfels gekostet hat, wonach kann es schon trachten? Die Vergänglichen erheben sich aus dem Schlamm, in dem die Larven kriechen, flattern auf die unerreichbare Lampe zu und landen wieder im Dunkel. Was also erhoffst du dir, kahlköpfiger Mensch? Der Grabstock ist mächtiger als der Kaiser. Es gibt keinen Wurm, der nicht wieder seinen Wurm hätte, um ihn zu verschlingen.«
Feuer des Himmels schüttelte sich erneut. Er versuchte, der Furcht Herr zu werden, die sich in ihm einnistete und ihn schon halb lähmte, und rief: »Ich habe in den verdrehten Augen der Toten gelesen. Durch einen langen, dunklen Flur bin ich ihnen gefolgt bis zu dem Tor, durch das kein Lebender schreiten kann. Dort standen sie zitternd, und ein eiskalter Schweiß bedeckte sie. Hinter dem Tor vernahm man eine Art Raunen, das aus einem Schweigen bestand, das dichter war als die Unendlichkeit der Welt, denn dort gab es keine Welt mehr. Und davor hatten diese armen Toten Angst: Keine Welt mehr! Da ging ich auf sie zu und sagte ihnen das fromme Gedicht der allbarmherzigen Kuan Yin auf: ›Dort, wo du die Welt sahst, gibt es nichts; dort, wo du nichts siehst, ist dort die Welt? Es ist das Licht eines Funkens, das dein Herz in Flammen setzt und, gäbest du nicht acht, es verkohlen lassen würde. Und es wird aus dir einen Wissenden machen, wenn deine Augen sich endlich dem Blick öffnen‹.«
Der Schatten lichtete sich ein wenig und sagte: »Glücklich der, der seinem Bruder hilft, den dunklen Flur entlangzugehen und die Schwelle zu überschreiten. Ich erkenne deine Klugheit, oh Erha-

bener Späher, hochberühmter Hung Khi shing. Dieser Mann, den du zu mir geführt hast, ist würdig, gegen die Eleuthen zu kämpfen. Er muß jedoch wissen, daß ohne Buddhas Geheiß General Phan Lung tien nie hätte geboren werden können, nie sein Pferd hätte besteigen und nie den Fluß hätte überqueren können. In Wirklichkeit sind diese Barbaren durch die Träume des Palastes herbeigerufen worden. Die Fäulnis keimt im Gedicht. Jeder weiß, welch stachliges Gebüsch sich rings um den Garten zieht und ihn bald ganz und gar überwuchert, wenn der Gärtner sich in den Anblick der Brunnen versenkt.«

»Ich weiß nicht, wer aus diesem schwarzen Schlund spricht«, sagte Feuer des Himmels, »aber seine Worte haben Hand und Fuß. In der Tat, so sieht diese Welt aus, in der Tausende von Narren das unterste zu oberst kehren, um sie auszuplündern, als sei ein Schatz in ihr verborgen. Jeder hängt an seiner Haut statt an seinem Verstand, aber wer kümmert sich schon um den Verstand, wenn man ihn mit eitlen Worten verwechselt? Die Gaukler spreizen sich und schwatzen vor einem Publikum, dem vor Staunen der Mund offensteht, aber ein Dieb schleicht sich in ihre Reihen, greift mit geschickter Hand in den Hemdausschnitt und flüchtet, ihre Seele unter seinem Mantel versteckt.

Die Denker haben einen Kopf wie eine Eierschale, und ihr Hals ist so starr wie ein Rauchfang. Die Mönche verkünden Gesetze, die ebenso hohl sind wie die Gebete, mit denen sie sich den Mund waschen. Die Weisen türmen ein Gedankengebäude auf das andere und verlieren sich in diesen tönenden Labyrinthen, durch die sie irren. Und die klugen Männer, wo sind sie? Niemand sieht sie mehr, und würde man sie sehen, verlachte man sie bloß. Die Frommen verspottet man, die Helden verunglimpft man. Es gibt keine gerade Straße mehr, sondern Tausende von Pfaden, auf denen jeder sich nach Gutdünken seinen Weg zu suchen vorgibt und dabei stolpert. Die Philosophen haben die Weisheit durch die Absurdität, die Qualität durch die Quantität ersetzt. Dort, wo es früher einen Sinn gab, sehen sie nur noch lauter Seifenblasen. Die Leere hält hohle, hochtrabende Reden in einer versammelten Wü-

ste. Der Kaiser herrscht über das Vergessen. Wer wird an das Gedächtnis erinnern?«
Der Schatten wurde jetzt rotglühend wie Feuer in der Schmiede. Zuerst knisterte er ganz leise, dann immer lauter, wie die Glut, die von einem Blasebalg geschürt wird. Feuer des Himmels spürte, wie die Hitze ihn umgab. Das Wasser rann über seinen Körper und verdampfte in Dunstschwaden. Er wich nicht zurück. Die Flammen züngelten ihm entgegen, leckten an ihm hoch, umschlangen ihn wie die gierigen Lippen einer Geliebten. Er rührte sich nicht. Seine verbrannte Haut verwandelte sich in rotes Kupfer. Der Erhabene Späher betete schweigend. Er schien über der glühenden Lava zu schweben, die jetzt wie gegossenes Metall aus allen Poren des Abtes hervorquoll.
Als die beiden Männer wieder im Innenhof auftauchten, ging die Zeit weiter.
»Wer ist denn das«, rief der General des Ostens, als er Feuer des Himmels so verwandelt vor sich stehen sah. Er glich einer wandelnden, mit Lack bezogenen Statue. Alle anwesenden Offiziere und Soldaten sanken auf die Knie und berührten dreimal mit der Stirn den Boden, wie man es angesichts eines Mitglieds der kaiserlichen Familie oder eines Heiligen tat.
Der Abt ging auf seine Mönche zu und hob sie einen nach dem anderen auf. Dann, als alle wieder aufrecht standen, sagte er zu ihnen: »Ich kenne jetzt jedes Tal und jeden Hügel in der Gegend. Kein Rinnsal, kein Maulwurfshügel, die mir fremd wären. Nehmt jetzt ein Bad und zieht ein neues Gewand an. Morgen werden wir Xhan Lu verlassen und die Armee der Eleuthen angreifen.«

IV

Drei Stunden vor Sonnenaufgang weckte Feuer des Himmels seine Mönche und bedeutete ihnen, sich in aller Stille fertig zu machen. Dann schlichen sie sich ohne einen Laut, um von niemandem gehört zu werden, bis zu den Stallungen. Da ihre Pferde noch schliefen, nahmen sie sich andere, deren Hufe sie mit Stroh umwickelten. Wie Schatten verließen sie die Festung durch ein Seitentor und wandten sich im Schutz der mondlosen Nacht nach Norden, ohne von irgend jemandem gesehen zu werden. So kamen sie bis zu der Felsschlucht der Sieben Witwen, durch die die Eleuthen hindurchmußten, um in die Ebene von Shan Lu zu gelangen. Feuer des Himmels ließ seine Männer vom Pferd steigen und teilte sie in zwei Gruppen: vierundsechzig auf der einen Seite, vierundsechzig auf der anderen. Der ersten Gruppe befahl er, alle Pferde am Zügel zu nehmen und sie hinauf ins Gebirge ein paar Meilen weit weg zu führen. Die anderen, die jetzt ohne Pferde waren, hieß er, sich zu beiden Seiten des Hohlwegs zu verstecken und abzuwarten.

Als sich der Himmel am Horizont rötete und die Sonne, begleitet vom Gezwitscher der Vögel, langsam erhob, betete Feuer des Himmels zum Heiligen Buddha mit folgenden Worten: »Du, ohne den keine Sonne aufgeht, vergiß nicht, daß wir die einhundertachtundzwanzig Mönche des Klosters von Shiu Lam sind, die alle in deinem Dienst stehen, manche von uns schon seit ihrer frühesten Kindheit. Andere haben gerade erst das Gewand und die Schale des Bettlers erhalten. Aber alle sind beseelt von dem lautersten Glauben in deine Macht. Befiehl ihnen, sich ins Feuer zu stürzen, und sie werden es tun. Heiße sie die kahlsten Berge hinaufzuklettern, um eine Handvoll Schnee zu holen, der geschmolzen sein wird, noch bevor sie wieder unten angelangt sind, und sie werden dir gehorchen.

Und jetzt sind sie bereit, gegen eine riesige Hydra zu kämpfen, die aus ihren zahllosen Rachen Lava und Gift speit. Es kümmert sie wenig, ob sie sterben müssen, es kümmert sie wenig, ob sie leiden müssen, aber sollten sie zugrunde gehen, was wird dann aus dem Reich, was wird dann aus den Tempeln, denn diese Hydra erkennt keinen Kaiser an und keinen Mönch und weiß nichts von deinem erhabenen Glanz.«

In diesem Augenblick erschien der Erhabene Späher, der hochberühmte Hung Khi shing, und sagte zu ihm: »Du, der du dem Feuer widerstanden hast, hör mir zu, denn dein Gebet hat den Himmel gerührt. Was hast du mit deinen Männern vor?«

Feuer des Himmels erklärte ihm: »Die, die ich hinauf in die Berge geschickt habe, sollen ihre Pferde freilassen, sobald die Truppe der Tataren vorbeimarschiert ist, so daß sie sich von hinten durch eine Kavallerie angegriffen glaubt. Sie wird sich also umdrehen. In diesem Augenblick sollen die Mönche, die ich links und rechts des Hohlwegs versteckt habe, aufspringen und sie von hinten überraschen. Gleichzeitig werden auch die anderen Mönche, die die Pferde weggeführt haben, hier erscheinen. Ich hoffe, die Eleuthen werden – derart überrumpelt – glauben, sie hätten eine große Armee vor sich, und in Panik geraten.«

»Ausgezeichnet«, sagte Hung Khi shing, »das ist in der Tat eine ausgeklügelte Taktik. Allerdings kennt Buddha noch sehr viel geschicktere Schachzüge!«

»Gewiß«, gab Feuer des Himmels zu, »aber jedesmal, wenn ich mich an Buddha wende, würdigt er mich auch nicht eines einzigen Wortes. Wie kann ich da etwas von diesen Schachzügen lernen, die du erwähnt hast?«

»Sei nicht ungeduldig«, erwiderte der Erhabene Späher. »Was du im Sinn hast, ist ausgezeichnet, und wir werden diese Taktik verfolgen, die deine List dir eingegeben hat. Wir wollen sie nur noch etwas würzen. Doch jetzt soll jeder schweigend und still für sich das *Om mani padme hum* * der Befreiung beten.«

* Heilige Formel des Lamaismus an Wänden von Kultbauten und in Gebetsmühlen, die Segen verbreiten soll: »Der Edelstein Buddha ist im Lotus, d. h. der Welt, erschienen: Das Nirwana ist schon in der Welt enthalten.«

Ein so tiefes Schweigen herrschte nun in der Felsschlucht, daß kein Beobachter die Gegenwart der Mönche, die dort versteckt waren, auch nur hätte ahnen können. Bald aber hörte Feuer des Himmels, der sein Ohr gegen den Boden gepreßt hielt, von weitem den raschen Hufschlag zahlloser Pferde. Es war wie ein dumpfes Grollen, das rasch immer lauter wurde und bald so drohend im Gebirge widerhallte, als folge ein Donnerschlag dem anderen. Das dröhnende Trappeln von tausend Hufen, die den Boden des Reichs niederstampften, wurde übertönt von den heiseren Schlachtrufen der Soldaten und dem aufgeregten Wiehern der Tiere. Das Heer der Eleuthen näherte sich wie ein reißender Strom, der alles mit sich fortriß, was sich ihm entgegenstellte. Sie trieben eine schnaubende, brüllende Herde wilder Stiere vor sich her. Und hinter sich zogen sie, mit klebrigen Stricken an ihren Pferden festgebunden, die Leichen der Frauen, die ihre Beute geworden waren, als sie die letzten Dörfer in Brand gesetzt hatten.
Sie saßen fast nackt auf ihren Pferden; nur um die Lenden hatten sie eine Tigerhaut geschlungen. Die einen hatten gräßliche Figuren in grellen Farben auf ihre Körper gemalt, andere trugen Masken aus getrocknetem Lehm, aus denen ein flammendroter Haarschopf hervorquoll, wieder andere hatten sich aus den Zähnen, den Ohren und den Händen ihrer Opfer Halsketten und Armbänder gemacht.
Diese formlose Masse galoppierte Pferd an Pferd, als handle es sich um ein einziges riesiges Tier, den Bauch voller Schlachtenlärm und Schreien, schnaubend und trunken vor Mordlust. Die brüllenden Tage und die fahlen Nächte lang hatte es sich von Folter und Blut genährt. Jetzt rückte es wie schlaftrunken, gebannt von seiner eigenen Zerstörungswut, vorwärts.
Unter seinen Männern, umgeben von Standarten und Spießen, saß General Dreifacher Bär, hochaufgereckt, ein Riese, getragen von den Rücken der Pferde wie von einem wogenden Schildermeer. Sein wehendes Brusthaar und seine knotigen Glieder ließen ihn wie einen von Dornengestrüpp überwucherten Fels erscheinen. Er hatte einen dichten, schwarzen Bart. In seinen Augen lag

ein grausames Glitzern. Auf dem Kopf trug er eine Kappe aus Ziegenfell, an der ein grob geschliffener Smaragd funkelte. In seinen lederbehandschuhten Händen trug er eine Peitsche mit metallbesetzten Riemen und ein zweischneidiges, mannsgroßes Schwert, das so schwer war, daß niemand außer ihm es hätte schwingen können.

Als Feuer des Himmels von weitem sah, wie sich diese schreiende, eisenklirrende Masse auf die enge Felsschlucht zu bewegte, schloß er die Augen und rief: »Oh du gewaltigster Buddha, der du mit einem einzigen Flügelschlag deiner linken Wimper bekannte und unbekannte Welten vernichten kannst, du, der du bei Morgengrauen die dunklen Gewalten zu einer hellen und klaren Ordnung vereinst, du kannst diesen Berg aufheben und ihn in den Ozean stürzen, den Mond blenden und die Sonne erkalten lassen, du kannst eine Handvoll Sterne pflücken und sie in das Licht schleudern. Bedenke unsere Schwäche angesichts dieses greulichen Tiers, das sich auf uns zu wälzt, denn ohne dich wären wir bald nur noch Lehm auf dem lehmigen Pfad.«

Der Erhabene Späher sagte zum Abt: »Führer der Mönche aus dem Kloster von Shiu Lam, nimm dein Schwert aus der Scheide.«

Feuer des Himmels tat, wie ihm geheißen. »Jetzt hebe dein Schwert mit beiden Händen in die Höhe, dann senke es rasch und durchstoße dir den Schenkel.«

Der Abt zögerte keinen Augenblick. Er hob sein Schwert mit beiden Händen, senkte es dann und stieß es sich in den Schenkel. Und siehe da, aus der klaffenden Wunde schoß kein Blut, sondern eine riesige Flamme, die sich mit atemberaubender Geschwindigkeit in die Lüfte erhob und wie der Blitz in die Felsspitze einschlug.

Die Truppe der Eleuthen befand sich inzwischen bereits in der Schlucht. Und jetzt lösten sich zahllose Steine von den Felsen und stürzten donnernd herab auf die vorrückenden Barbaren, die überrascht innehielten. Die Pferde scheuten und wieherten. Ihre Reiter versuchten sich mit den Händen zu schützen; einige fielen zu Boden, getroffen von den Steinen, die aus dem Himmel regneten.

Dreifacher Bär begriff, in welche Falle er geraten war. Er brüllte ein paar Befehle, die seinen Truppen sogleich wieder Mut machten. Aber gerade als Reiter und Tier sich wieder beruhigt hatten, schlugen neue Blitze zur Rechten und zur Linken in die Felsen ein. Es war, als ob die Bergwände sich spalteten und Steine über Steine ausspuckten, die auf die Eleuthen herabprasselten. Noch dazu senkte sich auf den Hohlweg jetzt ein feiner Staub, wie ein Nebel, der die Augen blind machte und einen fast erstickte.
Die Stiere, die vorausgelaufen waren, machten in panischer Angst kehrt und stürzten sich auf die Pferde, die sie auf ihre Hörner nahmen. In diesem Augenblick gab Feuer des Himmels das vereinbarte Zeichen. Die Mönche ließen die Pferde los, die sie im Gebirge versteckt hatten. Und wie der Blitz galoppierten diese edlen Tiere in Richtung der feindlichen Nachhut, der kein anderer Ausweg blieb, als Schutz im Schatten der Felswand zu suchen. Die Verwirrung war damit vollständig. Die Eleuthen, die das Pferdegetrappel hörten und durch den immer dichter werdenden Staub nichts erkennen konnten, glaubten, sie würden von einer starken Kavallerie angegriffen.
Und in einem heillosen Durcheinander von Pferden, Männern, Lanzen, Schwertern und Säbeln wandten sich jetzt die von Blindheit geschlagenen Barbaren gegeneinander. Während sich immer noch Felsbrocken lösten und auf diesen ineinander verstrickten Haufen niederprasselten, schlugen sich die verstörten Krieger gegenseitig tot.
Welch grauenvolles Kriegsgeschrei! In seiner Zerstörungswut biß das in die Falle gegangene Tier sich selbst, zerfleischte sich mit seinen eigenen Krallen die Flanken. Es glaubte, Schläge auszuteilen und dabei empfing es sie selbst. Es glaubte zu töten und starb selbst dabei. Dieses blutige Ungeheuer drehte und wand sich wie ein Drachen in der Feuersbrunst. Wen nicht die Waffen erschlagen hatten, begruben die Felsbrocken unter sich. Andere wurden von den Pferden niedergetrampelt oder von den Stieren auf die Hörner genommen, die, selbst verletzt, sich in tödlicher Wut auf alles stürzten, was sich in ihrer Nähe befand. Und noch andere, denen

der Staub die Lungen füllte, sanken erstickt zu Boden und bedeckten die verstümmelten Leichen derer, die noch vor kurzem dem Sieg entgegenmarschiert waren.
Nach und nach wurde es still, der Staub sammelte sich am Boden, noch ein paar Steine fielen nieder und bedeckten, was von der schrecklichen Armee der Eleuthen übriggeblieben war: eine unförmige, leblose Masse. Tiefes Schweigen erfüllte die Schlucht. Kein Vogel war zu hören, denn aufgestört waren sie alle geflüchtet. Die kahlen Köpfe der Mönche wagten sich einer nach dem anderen hinter den Sträuchern hervor. Mit großen Augen und offenem Mund schauten sie verwirrt um sich, als wären sie gerade einem Erdbeben entronnen.
Da stand plötzlich aus dem Heer der Toten ein Felsen auf: Dreifacher Bär erschien, der als einziger diese Schlächterei überlebt hatte. Sein riesiges Schwert in der Hand stieß er einen schrecklichen Schrei aus, befreite sich aus den Trümmern und schritt vorwärts. »Nimmst du es mit mir auf?« rief Feuer des Himmels mit weittragender Stimme und trat hinter dem Felsvorsprung hervor, wo er sich versteckt hatte. Die beiden Männer standen jetzt einander gegenüber und marschierten langsam aufeinander zu.
In diesem Augenblick erschien Hung Khi shing, der Erhabene Späher. »Brüder«, rief er, »welch blinde Gewalt treibt euch zur Zerstörung?«
»Wir werden miteinander kämpfen!« sagte Feuer des Himmels, stampfte mit seinem rechten Fuß auf den Boden und schwang sein Schwert.
»Wir werden miteinander kämpfen«, knurrte Dreifacher Bär, stampfte ebenfalls auf den Boden und hob sein zweischneidiges Schwert hoch über seinen Kopf.
»Brüder«, fuhr der Erhabene Späher fort, »was ist euer Ziel und wer ist euer Herr?«
»Mein Ziel? Den Kaiser zu stürzen und China zu beherrschen«, erwiderte Dreifacher Bär mit dem Stolz der Verzweiflung.
»China zu retten und den Kaiser zu verherrlichen«, sagte Feuer des Himmels.

»Dann«, rief der Erhabene Späher warnend, »seid ihr alle beide Opfer ein- und desselben Herrn, nämlich der Illusion.«
»Genug der Worte«, schrie der Eleuthen-General. »Meine Armee wurde von irgendeiner gräßlichen Zaubermacht vernichtet. Aber ihr habt mich nicht besiegt, ihr lendenlahmen Chinesen. Eure Hände können vielleicht mit einer Nähnadel umgehen, eine Waffe können sie bestimmt nicht halten! Ich wurde von Göttern oder Geistern vernichtet, deren Macht so fürchterlich ist, daß niemand sich mit ihnen messen kann. Und daß du, armseliger unfähiger Mönch, dich dieses Sieges jetzt rühmen wirst, treibt mir vor Abscheu die Galle hoch. Deshalb werde ich dich jetzt in Stücke schneiden, und deine Prahlsucht vierteilen.«
Er stieß einen gellenden Kriegsruf aus, der weit über die Ebene drang und im Gebirge widerhallte: Dann stürzte er sich auf Feuer des Himmels, jedes einzelne Haar vor Wut gesträubt. Der Abt jedoch hatte den Angriff vorausgesehen und wich ihm aus. Der Tatare verlor das Gleichgewicht und fiel in den Staub. Die Schmach ließ ihn augenblicks wieder aufspringen. Wie ein Geist mit tausendfach bewaffneten Armen hieb er nach allen Seiten um sich und drang auf Feuer des Himmels ein, dem keine andere Wahl blieb, als abermals zur Seite zu springen, um dem tödlichen Schlag zu entgehen.
Als Dreifacher Bär merkte, daß seine Streiche jedesmal das Ziel verfehlten, blieb er stehen und brach in ein schallendes Gelächter aus: »Was tanzt du da herum, anmutiges Männlein? Sollte ich dich nicht lieber zu meiner Konkubine nehmen, als mich mit dir im Kampf messen?«
Unter diesem Schimpf begann das Blut des Abts plötzlich zu kochen. Jetzt stieß auch er einen Kriegsruf aus, der weit über die Ebene drang und im Gebirge widerhallte. Die, die ihn hörten, schauderten, aber was sie gleich sehen sollten, erfüllte sie mit weit größerem Grausen.
Schnell wie der Blitz drang der Abt mit gezücktem Schwert auf seinen Feind ein. Der Tatare konnte diesem überraschenden Angriff nicht mehr ausweichen. Der Stoß öffnete ihm den Bauch bis

hinauf zur Brust. Er versuchte, seine Eingeweide festzuhalten, aber es gelang ihm nicht, und die glitschigen, stinkenden Gedärme glitten zu Boden. Schon schwang Feuer des Himmels erneut seine Waffe und hackte dem Barbaren den Kopf, die Hände und die Füße ab wie einem Schwein, das am Fleischerhaken hängt. Das Blut spritzte nach allen Seiten. General Phan Lung tien war tot. Chu Hung ying steckte sein Schwert wieder in die Scheide. Dann fiel er auf die Knie, drehte den fauligen Überresten des Tataren den Rükken zu und rief: »Oh verehrter Meister, Heiliger Buddha, du allein hast diese Geisterarmee besiegt. Ohne dich und den Rat deines Boten, des Ehrwürdigen Spähers, wären wir wie ein Grashalm im Sturmwind davongeweht worden. Du hast die vernichtet, die an dem Reich und damit an deiner Macht gezweifelt haben. Wir, die Mönche des Klosters von Shiu Lam, werden dir bis ans Ende unserer Tage Dank dafür sagen.«
Die Mönche, die im Gebirge versteckt gewesen waren, versammelten sich jetzt mit denen, die sich zu beiden Seiten der Felsschlucht verborgen gehalten hatten. Alle versanken im Gebet, dann begaben sie sich zu den toten Tatarensoldaten, die bereits, zusammen mit den Pferde- und Stierkadavern, das Felsgeröll und der Staub bedeckte, alle in einem einzigen Grab vereinend. Die frommen Brüder sprachen die rituellen Gebete, damit ihre Seelen Frieden fänden. Danach stimmten alle gemeinsam die Hymnen zur großen Bodhisattva Kuan Yin an und kehrten in die Festung von Xhan Lu zurück.
Die beiden Generäle, umgeben von ihren Offizieren und ihren Truppen, erwarteten sie bereits. Zum Zeichen der Freude hatten sie die Fahnen gehißt. Als die einhundertachtundzwanzig Mönche den Innenhof betraten, rief die ganze Armee wie aus einem Mund: »Ruhm und Ehre den Mönchen des Klosters von Shiu Lam! Ruhm und Ehre ihrem Abt, dem siegreichen Chu Hung ying!« Aber die Mönche ließen sich dadurch in ihrem Gesang nicht stören.
Schließlich trat der General des Ostens auf Feuer des Himmels zu und fragte ihn: »Wie habt Ihr das gemacht?«
Der Abt lächelte listig: »Wir haben gar nichts gemacht.«

»Eure Bescheidenheit ehrt Euch«, sagte der General des Westens, »aber Ihr habt doch wohl irgendeine Strategie verfolgt...« Da fingen alle Mönche an zu lachen, aber sie antworteten noch immer nicht.
Die Generäle begannen plötzlich unruhig zu werden: »Vater Abt, jetzt sagt uns die Wahrheit: Das Heer der Eleuthen ist doch vernichtet, nicht wahr? Vielleicht waren die, die Ihr besiegt habt, nur die Vorhut... Dann werden die anderen uns jetzt angreifen, um sich an uns zu rächen... Dabei haben wir doch gar nichts getan! Ihr habt sie herausgefordert!«
Feuer des Himmels zuckte die Schultern. Er war es leid. »Phan Lung tien ist tot«, erwiderte er, »aber vielleicht wäre es besser gewesen, die Tataren hätten euch überfallen und von diesen Mauern wäre kein Stein auf dem anderen geblieben.«
Sodann machte er sich auf die Suche nach dem Erhabenen Späher, um ihm für seine wertvolle Hilfe zu danken, aber der hochgerühmte Hung Khi shing war bereits gegangen, ohne daß irgendjemand es bemerkt hätte. Feuer des Himmels befahl, auf die östliche Außenmauer zu schreiben: *Nichts ist so weich und so schwach wie das Wasser. Aber wenn es gilt, das Harte und Starke zu stürzen, kommt nichts ihm gleich.*
Schließlich stiegen die Mönche auf ihre Pferde und, allen voran der Abt, verließen sie die Festung ohne ein Wort des Grußes.

V

Als der Kaiser Tien ch'i die unglaubliche Nachricht von der endgültigen Niederlage der Eleuthen erhielt, glaubte er, es handele sich um eine Falschinformation, mit der man ihn täuschen wolle. Für ihn gab es keinen Zweifel, daß die Tatarentruppen die Mönche in Stücke gerissen, die Festung Xhan Lu erobert hatten und inzwischen tatendurstig auf die Hauptstadt zu ritten. Und da alle Verteidiger von Bei jing geflohen waren, bereitete er sich jetzt auf den Tod vor.

Er ließ seine Dienerin Kleine Mondfee, die er am meisten liebte, kommen und sagte zu ihr: »So wie die Sonne den Tag verlassen und lange durch das Dunkel wandern muß, bevor sie bei Morgengrauen wieder aufgeht, so muß auch der Kaiser sich zu den Toten gesellen, um später wieder zu einem ruhmreichen Morgen aufzuerstehen. In dieser zerrissenen Welt glauben einige in ihren Wahnvorstellungen noch an den Sieg. Aber der Sieg, von dem sie träumen, wird uns erst nach einer langen Reise durch die Nacht geschenkt werden. Im Vergessen reift uns auch die Erinnerung.«

»Herr«, erwiderte Kleine Mondfee und küßte demütig die beringte Greisenhand des Kaisers, »nie geschieht etwas den Auslegungen der Propheten gemäß. Die Propheten haben zwar das Richtige gesagt, aber die, die ihre Worte deuten, haben ihren Sinn nicht verstanden. Muß man nicht auch so den Vers des Dichters verstehen: ›Sie bleiben bei der Schale der Worte stehen‹? Denn wenn sie weiter in die Menschen und in die Dinge eindringen würden, müßten sie genau das Gegenteil von dem sagen, was sie anfänglich zu verstehen geglaubt hatten.«

»Möge das Glück stets auf dir ruhen«, erwiderte Tien ch'i, »die du den Mut hast, in einem solchen Augenblick zu philosophieren. Alles rings um uns bricht zusammen und du sprichst von Dichtern, Propheten, von einem tieferen Sinn. Wie bringst du es fertig, dir deinen Verstand zu bewahren, während die Sinnlosigkeit ihre

haushohen Wogen schon bis zum Saum meines Mantels wälzt? Hör mir zu, Kleine Mondfee, ich muß sterben... Ich darf den Barbaren nicht lebend in die Hände fallen.«
»Herr«, entgegnete Kleine Mondfee energisch, »es ist nicht gut, unter dem Zeichen der Niederlage zu sterben...«
Er legte seine Hand auf das Haar der Dienerin und sagte: »Du willst nicht, daß ich sterbe und ich möchte eigentlich auch nicht sterben. Nie mehr das Blau des Himmels sehen, die Lotusblüte, die sich auf dem Teich öffnet... Deine Augen nicht mehr sehen, dein Lächeln, dir nicht mehr übers Haar streichen... Es sind keine hehren, großen Gedanken, die in diesem Augenblick in mir auftauchen, sondern eher ein Duft, als sei das Bedauern um so stärker, weil es sich mehr an Ungreifbares hängt...« Er ging zu der Truhe, in der er das Gift aufbewahrte.
»Herr, hört erst einmal, was Pfirsichblüte zu Kaiser Hui sagte!«
Er blieb stehen: »Was sagte dieses winzige Geschöpf zu diesem längst verblichenen Kaiser? Seltsam, daß du in eben diesem Augenblick an jene beiden Schattengestalten erinnerst, die uns beiden gleichen und die vor so vielen Jahren in Rauch aufgegangen sind... Wo sind ihre Gebeine, ihr Grab? In welchen Tiefen haben sie sich versteckt, daß niemand sie je erreichen kann?« Er dachte noch einen Augenblick nach und ging dann entschlossen weiter auf die Truhe zu.
»Herr«, sagte Kleine Mondfee, »wollt Ihr denn nicht hören, was Pfirsichblüte dem Kaiser Hui zuflüsterte, als er sterben wollte?«
Der Kaiser öffnete die Truhe und nahm einen geschliffenen Kristall-Flakon heraus. Dann wandte er sich wieder an die Dienerin und lächelte: »Wer sind wir denn in diesem wütenden Sturm, der uns hinwegfegt? Hast du einmal die Sterne betrachtet? Sie sind nichts weiter als winzige Staubkörnchen, die auf der Augenwimper eines Gottes ruhen. Und selbst dieser Gott, der aus Myriaden von Welten besteht, ist nur der kleinste Teil eines Wassertropfens in einem unendlichen Ozean: Ein wenig Speichel von einem anderen Gott oder der Tau auf dem Blütenblatt einer Lilie...«
»Herr«, sagte Kleine Mondfee und ging sacht auf Tien ch'i zu. »Ihr

solltet wissen, was Pfirsichblüte an diesem Abend dem Kaiser Hui anvertraute.«
Er sah auf den durchsichtigen Flakon und, als hätte er die Worte der jungen Frau gar nicht gehört, fuhr er fort: »Jeder redet und schweigt. Jeder hört zu und versteht nichts. Wann tauchte auf dem Fels diese Rotte von kleinen Schaumschlägern auf?« Er schwieg eine Weile und fragte dann:
»Wie spät ist es?«
In diesem Augenblick hörte man den raschen Galopp von Pferden, die sich dem Ehrenhof näherten. »Wartet!« sagte Kleine Mondfee, als der Kaiser das Fläschchen an seine Lippen hob. Sie lief zum Fenster, beugte sich hinaus, drehte sich sogleich wieder um und rief ganz außer sich vor Freude: »Es sind die Mönche!«
Tien ch'i hielt in seiner Bewegung inne und fragte: »Welche Mönche?«
»Die, die Ihr zu der Festung Xhan Lu geschickt habt. Der Bote hat die Wahrheit gesagt! Sie haben die Eleuthen besiegt! Der Vater Abt steigt gerade vom Pferd. Er hält den Kopf von General Phan Lung tien an den Haaren hoch! Herr, das Reich ist gerettet!«
Der Kaiser fing an zu lachen: »Was würdest du nicht alles erfinden, um mich am Leben zu halten! Es sind die Tataren, nicht wahr?«
Aber schon hatte Feuer des Himmels in seinem Ungestüm die Türe weit aufgerissen und lief mit raschen Schritten auf Tien ch'i zu. Er zeigte ihm den Kopf des besiegten Feindes und warf sich vor ihm auf den Steinboden. Der Kristall-Flakon fiel dem Kaiser aus den Händen und zerbrach. Eine kleine Rauchsäule stieg von ihm auf.
»Verehrungswürdiger Sohn der Götter«, sagte der Vater Abt, in seiner demütigen Stellung verharrend, »wir sind die einhundertachtundzwanzig Mönche aus dem Kloster von Shiu Lam. In Eurer großen Güte hattet Ihr uns erlaubt, den Barbaren entgegenzuziehen und mit ihnen zu kämpfen. Wir haben diese heilige Aufgabe erfüllt. Dank Dharma Buddha und der Hilfe des Ehrwürdigen Spähers, dem hochberühmten Hung Khi shing, haben wir die von General Dreifacher Bär befehligten Truppen geschlagen.«
»Wie ging das bloß zu?« fragte der Kaiser höchst erstaunt.

»Als die Eleuthen in der Schlucht der Sieben Witwen auf uns zu galoppierten, fuhren Blitze aus meinem Schenkel und brachten das Felsgestein ins Rollen, das diese Elenden unter sich begrub.«
Der Kaiser dachte, Feuer des Himmels habe vielleicht während der Schlacht einen bösen Schlag abbekommen und dadurch den Verstand verloren. Er befahl ihm aufzustehen und ihm das ganze etwas ausführlicher zu erklären.
Der Mönch erhob sich und fuhr fort: »Ich hatte eine Strategie entwickelt, die den Feind verwirren sollte. Aber hätte ich mir nicht auf den Rat des Ehrwürdigen Spähers hin den Schenkel mit meinem Schwert durchbohrt, wäre mein Plan ziemlich wirkungslos geblieben. Aus dieser Wunde fuhren die Blitze, die uns den Sieg brachten. Darin offenbarte sich die Macht Buddhas, unseres Meisters. Er verwandelte dank einer höheren Alchimie meinen Körper in ein Bündel von Blitzen.«
»Sehr sonderbar«, erwiderte Tien ch'i, der nicht recht wußte, wie er sich verhalten sollte. »Ich gebe zu, von diesen Zaubergeschichten verstehe ich nichts. Und deshalb zweifle ich auch ein wenig an ihrer Wirkung... Kleine Mondfee, geh ans Fenster und sag mir, warum das Volk einen solchen Lärm macht.«
»Das Volk tobt vor Begeisterung«, erwiderte die Dienerin. »Der Sieg dieser Mönche hat das Reich gerettet. Das Morden und Brandstiften hat aufgehört. Friede und Ordnung können jetzt wieder unter den Menschen einkehren.«
»Ist das wirklich wahr?« fragte der Kaiser noch einmal. »Ist dieser Kopf wirklich der des Eleuthen-Generals?«
Feuer des Himmels packte den Kopf an den Haaren und schüttelte ihn. Aus dem Mund des Toten fiel der Smaragd, das Zeichen der Macht des höchsten Befehlshabers über die Tatarenarmeen.
Der Kaiser nahm ihn in die Hand. Ein befriedigtes Lächeln glitt über sein Gesicht. »An diesem Stein erkenne ich die Niederlage unserer Feinde. Dieser grobgeschliffene Smaragd gehörte einst zu dem Schatz von Kathay, zur Zeit der ersten Kaiser. Er war uns von den Barbaren geraubt worden, als sie China besetzt hatten. Und heute kehrt dieser Stein wieder zu uns zurück, dank dir, Vater Abt

aus dem Kloster von Shiu Lam. Ruhm und Ehre dir und deinen Mönchen! Das Unglück drohte uns zu überfluten, und mit einem Streich stellst du unsere Macht wieder her!«
In diesem Augenblick erschien der Haushofmeister. »Ruhm und Ehre seiner allerehrwürdigsten Exzellenz!« rief er und warf sich auf den Boden zu der dreifachen Ehrbezeugung.
»Ihr wart verschwunden«, bemerkte der Kaiser.
»Ich habe das Nordtor verteidigt...«, erwiderte der Haushofmeister.
»Schön, da wir jetzt nichts mehr verteidigen müssen, befehle ich Euch, dem Volk zu verkünden, wir hätten zu Ehren unserer Helden ein allgemeines Freudenfest beschlossen. Drei Tage und drei Nächte soll es dauern! Befehlt auch ein Bankett, zu dem nur diese braven Mönche geladen werden. Denn wo sind meine Schreiber, meine Dichter, meine Maler, meine Architekten? Wo sind meine Musiker, meine Astrologen, meine Wahrsager, meine Philosophen? Sie sind in den Süden gezogen, um dort ihre Furcht zu verstecken. Von heute an wirst du, Feuer des Himmels, der Anführer meiner Armee sein. Und deine Mönche werden uns alle Phrasendrescher ersetzen!«
Feuer des Himmels verneigte sich und sagte: »Herr, Euer großherziges Angebot ehrt mich und ehrt das ganze Kloster, aber unsere Aufgabe ist beendet. Es ist nicht gut, wenn Mönche in der Welt leben. Unser Platz ist oben auf dem Berg der Fünf Düfte, um dort zu meditieren und zu beten.«
Der Kaiser war von soviel Bescheidenheit ganz gerührt und erwiderte: »Eure Weigerung ehrt Euch mehr als mein Vorschlag. Und doch muß ich darauf bestehen. Das Reich braucht Männer wie Euch. Steht es nicht geschrieben, daß der beste Krieger der ist, der den Frieden bewahrt?«
Der Vater Abt verneigte sich noch tiefer und erwiderte: »Es steht auch geschrieben, daß die Mönche den Palast noch sicherer verderben als der Palast sie. Herr und Meister, nehmt also gütigst unsere Weigerung an und laßt uns in das Kloster von Shiu Lam zurückkehren, wo der Heilige Buddha uns erwartet. Vielleicht würde er

auch seinen Zorn gegen uns und das Reich wenden, wenn wir hierblieben und seinen Tempel ohne den Duft des Räucherwerks ließen. Wer weiß, ob er dann nicht andere Barbaren schickt, die das Reich verwüsten?«
Das letzte Argument überzeugte. Tien ch'i befahl, die Mönche zu baden und ihnen neue Kleider zu bringen. Dann berief er sie in den festlichen Audienzsaal, in dem ausnahmsweise auch das begeisterte Volk zugelassen war. Als sie eintrafen, begrüßten sie stürmische Ovationen. Überrascht und von diesem Triumph etwas eingeschüchtert, wagten die einhundertachtundzwanzig Kahlköpfe kaum, sich dem kaiserlichen Thron zu nähern.
»Meine Freunde«, begann der Kaiser. »Ihr habt China vor dem Überfall der Eleuthen gerettet, und ihr habt in eurer Bescheidenheit alle Ehren ausgeschlagen, die ich euch zugedacht hatte. Ich will jedoch eurem Kloster und euch einen dreifachen Beweis meiner Dankbarkeit geben. Vater Abt, tretet näher zu mir.« Feuer des Himmels schritt unter vielfachen Ehrbezeugungen auf den Thron zu und kniete dann an dessen unterster Stufe nieder. »Vater Abt, großherziger Chu Hung ying, ich überreiche dir ein erstes Geschenk. Es ist ein Ring aus Jade, in dem der Name des Gründers der Ming-Dynastie eingraviert ist. Trage diesen Ring bis zu deinem Tod. Und möge, in Erinnerung an deine Treue, dein Nachfolger ihn dann seinerseits tragen, bis ans Ende der Jahrhunderte.«
Der Haushofmeister stieg zu Feuer des Himmels herab und steckte ihm an den rechten Mittelfinger den Ring des Bundes zwischen Erde und Himmel.
Der Kaiser fuhr fort: »Vater Abt, mutiger Chu Hang ying, ich überreiche dir ein zweites Geschenk. Es ist ein Schwert aus Pfirsichbaumholz, in dessen Klinge die Devise der alten Ming-Dynastie eingraviert ist. Bewahre dieses Schwert im Tempel des Klosters gegenüber der Statue des Dharma Buddha. Weder du noch deine Nachfolger sollen es je tragen, es sei denn, ihr müßtet erneut in den Kampf ziehen, weil das Unheil wieder über uns hereinbricht.«

Der Haushofmeister stieg zu Feuer des Himmels herab und legte vor ihm das Schwert der Gerechtigkeit und der Stärke nieder.
Schließlich hob Tien ch'i ein kaiserliches Siegel über sein Haupt und fuhr fort: »Vater Abt, edler Chu Hung ying, ich überreiche dir ein drittes Geschenk. Es ist das kaiserliche Siegel des ersten Herrschers der Ming-Dynastie, der es aus den Händen der wohltätigen Bodhisattva Kuan Yin, unserer Urahnin, empfing. Dieses Siegel gibt dir und deinen Nachfolgern jede Macht über die Menschen und irdische Güter, wie sie nur dem Kaiser selbst verliehen ist. Ihr seid arm und ohne Ehrgeiz, nur der himmlischen Brüderlichkeit zugewandt, deshalb fürchte ich nicht, Ihr könntet sie mißbrauchen. Glücklich die, die die Macht in Händen halten und sie nicht nutzen.«
Der Haushofmeister stieg zu Feuer des Himmels herab und legte ihm das kostbare rechteckige Siegel in die Hände, das die vier Grundzeichen trug, dieselben, die Fo Hi einst in ferner Vergangenheit die Menschen gelehrt hatte.
Nach einem langen Augenblick des Schweigens und der Rührung ließ das Volk erneut seiner Freude freien Lauf. Es folgten drei Tage und drei Nächte, in denen Feuerwerk abgebrannt und Umzüge veranstaltet wurden, in denen Gaukler und Jongleure ihre Kunststücke zeigten, während all die, die gen Süden geflohen waren, in einem endlosen Zug von Planwagen wieder in die Stadt zurückkehrten.
»Sie kehren zurück...«, bemerkte Kleine Mondfee. »Alles wird wieder so sein wie vorher. Man wird ihre Feigheit und ihre Ehrlosigkeit vergessen. Die Schreiber werden ihre Rollen dort fortsetzen, wo sie aufgehört hatten. Die Astrologen und die Wahrsager, die nichts vorhergesagt haben, werden sich zu dem glücklichen Ende eines Krieges beglückwünschen, dessen siegreichen Ausgang sie insgeheim bereits prophezeit hatten... Morgen werden die braven Mönche in ihr Kloster zurückkehren, in dem die Zeit stillsteht. Und ich, Dienerin des Kaisers, werde ihm weiter auf den Knien und mit gesenkten Augen dienen, als hätte kein Sturm je das alte Schiff erschüttert.«

Der Kaiser begab sich erschöpft in seine Privatgemächer. Diese Freudentage erschienen ihm unheilschwanger. Er rief Feuer des Himmels zu sich und empfing ihn ohne jede Zeremonie, auf der Abend-Strohmatte liegend. »Wollt Ihr wirklich morgen schon fort?« fragte er.

»Morgen bei Morgengrauen, ja, Herr«, erwiderte der Vater Abt.

»Komm ein wenig näher zu mir«, fuhr der Kaiser fort. »Ich wollte noch einmal mit dir reden, außerhalb dieser ganzen Feste und Schauspiele, die so schwer auf mir lasten wie eine Rüstung aus Blei.«

Feuer des Himmels trat ein paar Schritte vorwärts.

»Es gibt da noch etwas, das ich nicht ganz begriffen habe«, begann der Kaiser. »Du hast mir den Kampf geschildert, den du gegen die Tatarenarmee geführt hast. Du hast Blitze erwähnt und Felsbrokken und – wenn ich mich nicht irre –, auch von einer Wunde an deinem Schenkel gesprochen... Hab ich dich recht verstanden?«

Der Mönch lächelte: »Verehrungswürdiger Herr und Meister, das alles sind Dinge, so unvorstellbar gewaltig, daß niemand sie glauben kann, wenn er nicht dabeigewesen ist. Und selbst ich, der Zeuge dieser Ereignisse war, frage mich manchmal, ob ich nicht alles nur geträumt habe. Und doch: Die Eleuthen sind vernichtet. Sie ruhen zusammen mit den Kadavern ihrer Pferde für immer in der Schlucht der Sieben Witwen, die sich wie ein Grab über ihnen geschlossen hat.

»Siehst du«, sagte Tien ch'i, »ich habe lange die Erde und den Himmel studiert. Die berühmtesten Gelehrten und Denker habe ich an meinem Hof versammelt. Es gibt keine Rolle in der Bibliothek meiner Vorfahren, die ich nicht gelesen hätte. Und dabei weiß ich nichts. Sieh dir eine Frau an: Sie ist fähig, ein Kind zu empfangen, es lange genug auszutragen und in die Welt herauszustoßen, obgleich sie nichts von Nerven und Muskeln, von Blut und Körpersäften weiß, von den Ursachen, die das Leben schaffen, es nähren und erhalten. Was weiß ich von einem Marienkäfer, ich, der ich das Reich lenke und mit einer einzigen Handbewegung

einen jeden meiner Untertanen ins Elend stoßen oder erheben kann? Und du, Vater Abt, was weißt du?«
»Herr«, erwiderte der Vater Abt, »alles, was ich zu wissen glaube, habe ich im Kloster von Shiu Lam gelernt. Über die alte Bibliothek dort haben sich schon seit langem die Insekten hergemacht, und zur Zeit meines Vorgängers ist sie endgültig in Staub zerfallen. Uns sind ein paar Sutra-Tafeln * geblieben, die niemand zu lesen weiß, denn sie sind in fremdartigen Zeichen geschrieben, und überdies können die meisten Mönche gar keine Schrift lesen. Als halbe Kinder haben wir die heiligen Texte auswendig gelernt, die wir gemeinsam sprechen und auch die Neuankömmlinge lehren. Auf die gleiche Weise wurden uns von unseren älteren Brüdern die ernsten Lehren weitergegeben, die uns von Buddha und den Heiligen überkommen sind.«
»Schön und gut«, erwiderte der Kaiser, »aber dabei geht es nur um religiöse Dinge. Wo habt ihr kämpfen gelernt?«
Feuer des Himmels antwortete erstaunt: »Nur die Religion konnte uns die Kriegskunst lehren. Müssen wir denn nicht unablässig gegen das Ich und seine Erscheinungsformen kämpfen?«
»Welches sind diese Erscheinungsformen?«, fragte Tien ch'i.
»Die Welt, die bösen Geister und die kranke Natur«, entgegnete der Mönch. »Die Begehrlichkeit zu bekämpfen oder einen hungrigen Tiger, wo liegt da der Unterschied? Was in uns ist, gleicht dem, was außerhalb von uns ist. Zwischen dem Äußeren und dem Inneren liegt nur die Entfernung, die unser getäuschtes Auge sieht.«
»Du meinst also«, sagte der Kaiser und strich sich nachdenklich über seinen Bart, »die Barbaren seien sozusagen unsere Laster gewesen... Der Drache, gegen den du gekämpft und den du besiegt hast, wohnte in dir selbst... Die Felsschlucht der Sieben Witwen liegt also eigentlich zwischen deinem zweiten und deinem dritten Wirbel, oder vielleicht auch zwischen deiner Blase und deiner Leber.«

* Der 3. Teil des Veda, der als »Offenbarung« betrachteten Literatur der Brahmanen, der aus rituellen Vorschriften besteht.

Feuer des Himmels fing an zu lachen: »Ja, so ähnlich«, worüber wiederum Tien ch'i lachen mußte und sogar Kleine Mondfee, die schweigend am Lager ihres Herrn saß.
»Eine völlig neuartige Geographie«, bemerkte schließlich der Kaiser. »Wenn ich also träume, ist es, als ob jemand mich träumte, das ist die logische Folgerung daraus. Vater Abt, allein diese Idee ist das Siegel wert, das ich dir übergeben habe. Was sind die Traktate der Philosophen, verglichen mit dieser Erkenntnis, die du mich eben gelehrt hast.« Er stand auf und ging mit großen Schritten hinüber zu seinem Schreibpult. Er wählte einen Pinsel aus, schrieb ein paar Zeichen auf eine leere Rolle und legte sich dann wieder auf seine Strohmatte.
Am Abend dieses denkwürdigen Tages, dem dritten Tag der kaiserlichen Festlichkeiten, gingen die Mönche sehr früh zu Bett. Und am nächsten Tag verließen sie den Palast von Bei jing noch vor Sonnenaufgang. Sie ritten auf jungen, kräftigen Pferden, die der Kaiser ihnen geschenkt hatte, aus der Stadt. Tien ch'i, auf den Arm von Kleine Mondfee gestützt, sah ihnen mit leisem Bedauern nach. Dann begab er sich in den Ratssaal, um über die Absetzung der ehemaligen hohen Offiziere und die Ernennung der neuen zu beschließen. Zum Befehlshaber der Armeen machte er seinen ältesten Sohn, Ch'ung chen, der während dieser Ereignisse gerade seine militärische Ausbildung in Kuangtung beendete.
Dann fragte er Kleine Mondfee: »Was sagte Pfirsichblüte zu Kaiser Hui, als dieser sterben wollte?«
Die Dienerin verneigte sich sehr respektvoll, aber auch ein klein wenig ironisch und erwiderte: »Pfirsichblüte sagte zu dem Kaiser: ›Lausche dem leisen Lachen des Wassers‹.«

VI

Der geniale Wu Thian ching, der unsterbliche Dichter der *Sieben Lotusblüten der Glückseligkeit*, schrieb: *Nach dem Sieg der Mönche über die Eleuthen regierte Kaiser Tien ch'i sein Reich nicht mehr auf die gleiche Weise wie zuvor. Er interessierte sich zwar immer noch für die Künste und die Wissenschaften, aber sein Verhältnis zu ihnen hatte sich geändert. Die Angst, die er empfunden hatte, als die Welt rings um ihn einzustürzen drohte, hatte ihn mißtrauisch gegenüber dem Menschheitsglauben gemacht, von dem er bisher geprägt war. Er warf all denen, die einst seine Günstlinge gewesen waren, Feigheit und Verrat vor und wollte sie am Hof nicht mehr empfangen.*

Der Kaiser begann, sich in seinem Palast wie in einer Festung einzuschließen und studierte die Erde und den Himmel mit ein paar wenigen Vertrauten, so daß bald das Gerücht umherlief, er beschäftige sich mit Alchimie und vielleicht sogar mit Magie. In Wirklichkeit war dieser verehrungswürdige Mann nur enttäuscht von den Menschen und suchte unter den Göttern einen weniger ungetreuen Begleiter.

Die ehemaligen Hofleute und höchsten Offiziere, die in Ungnade gefallen waren, nährten heimlich einen tiefen Haß gegenüber Tien ch'i. Sie vergaßen, daß er sie nur wegen ihrer eigenen Verfehlungen gestraft hatte. Sie betrachteten ihre Verbannung als eine Verletzung ihrer Familienehre, denn alle gehörten der Adelsschicht des Reiches an. Sie waren überzeugt davon, der Kaiser habe sie verstoßen, um die Macht den Vertretern des Volkes anzuvertrauen.

Und so begannen sie, Enttäuschung und Bitterkeit im Herzen, ihre Ränke zu schmieden. Durchtrieben, wie sie waren, nahmen sie zu diesem Zweck Verbindung mit Tien ch'is Sohn auf, den sein Vater zum obersten Heerführer der Truppen ernannt hatte. Er nahm damit das Amt des unglücklichen Li Shi choh ein, dem Feuer des Himmels den Zopf abgeschnitten hatte. Prinz Ch'ung chen war

nicht gerade der Intelligenteste, aber seine Eitelkeit kannte keine Grenzen. Der Kaiser hatte versucht, diese verzehrende Ruhmsucht etwas einzudämmen, indem er ihn trotz seiner Jugend an die Spitze des Heeres stellte. Aber statt seinen Größenwahn zufriedenzustellen, hatte dieser hohe Posten ihm vollends den Kopf verdreht. Er träumte nur noch vom Thron seines Vaters; offenbar fand er, dessen Tod ließe zu lange auf sich warten.
Und als schließlich Tien ch'i im 62. Lebensjahr, dem 40. seiner Regierungszeit, starb, um zu seinen Vorfahren einzugehen, bestieg Ch'ung chen den Thron mit geradezu ungebührlicher Hast: Noch bevor die Bestattungszeremonien zu Ende waren, verlas er dem Volk seine erste Botschaft. Er kündigte darin Reformen an, die zunächst einmal darin bestanden, alle, die mehr oder weniger stark an der Führung der Staatsgeschäfte beteiligt gewesen waren, ihrer Ämter zu entheben und vom Hof zu verbannen. Kurz und gut, als man den alten Kaiser bestattete, begrub man gleichzeitig vierzig Jahre vorbildlicher Herrschaft.
Wie es bereits vorauszusehen war, fanden die beim Vater in Ungnade gefallenen Höflinge wieder Gnade bei seinem Sohn. Die unfähigsten zeigten sich dabei am arrogantesten, die dümmsten brüteten die abenteuerlichsten Ideen aus. Bald ähnelte der Palast einem Hornissennest. All jene, die sich noch ihre Ehre bewahrt hatten, verließen Bei jing und zogen sich in aller Stille in die Provinzen zurück. Li Shi choh erhielt seinen Rang als Marschall zurück.
»Strahlendste Exzellenz«, sagte dieser Mann zu dem neuen Kaiser, »wir müssen das Volk daran hindern, einen Aufstand zu planen, Euer Vater hatte sich im Alter von Gedanken hinreißen lassen, die mit der Würde seines Standes nicht ganz vereinbar waren. Ließ er sich nicht gar von einer Dienerin beraten? Diese Intrigantin, Kleine Mondfee heißt sie, soviel ich weiß, hat den Kaiser durch mancherlei Verführungskünste dazu gebracht, sich der Schwarzen Magie zu ergeben. Verleitet hatte sie dazu der Abt des Klosters von Shiu Lam. In Wirklichkeit nützten dieses Mädchen und der Mönch, nach außen hin Unterwürfigkeit heuchelnd, die kaiser-

liche Schwäche aus, und wollten eines Tages die Macht an sich reißen. Nachdem jetzt durch Tien ch'is Tod ihr Plan zunichte geworden ist, bleibt ihnen nichts anderes übrig, als das Volk aufzuwiegeln und einen Aufstand gegen Eure Herrlichkeit zu entfachen.«

Ch'ung chen erstaunten diese Worte sehr. Er hatte stets bewundert, mit welchem Mut die Mönche das Reich gerettet hatten, als es in die Hände der Tataren zu fallen drohte. Er fragte den Marschall: »War es nicht dieser Abt, der uns an der Spitze seiner frommen Brüder vor dem Unheil bewahrte? Mein Vater hat ihm das höchste Amt bei Hofe angeboten und er hat es ausgeschlagen...«

Li Shi choh lachte höhnisch: »Für seine Hoheit war das zuwenig. Unter ihrem scheinbaren und frommen Äußeren schmiedeten diese kahlköpfigen Brüder bereits Pläne, die ihnen ihr maßloser Ehrgeiz eingab. Sie wollen das Reich stürzen.«

Obgleich der junge Kaiser sonst den perfiden Ratschlägen des Marschalls ein williges Ohr lieh, konnte er diesmal nicht verhehlen, daß er von dessen Verleumdungen gegen die Mönche kein Wort glaubte. Li Shi choh fuhr fort: »Strahlender Glanz, teure Perle der sanften Berge, möge seine kaiserliche Majestät sich doch einmal erinnern, unter welch sonderbaren Umständen sich dieser Kampf in der Schlucht der Sieben Witwen abgespielt hat. Nur diese scheinheiligen Mönche sind dabeigewesen. Was geschah dort wirklich? Niemand weiß es, und die Legende, die berichtet, wie die Eleuthen von Buddha höchstpersönlich besiegt wurden, ist doch höchst unglaubwürdig. Das reinste Ammenmärchen.«

»Gewiß«, erwiderte Ch'ung chen. »Ich habe nie an diese Geschichte von dem durchbohrten Schenkel geglaubt, aus dem angeblich Blitze kamen. Sie sollen den Fels gespalten haben, so daß die Truppen des Tatarengenerals von den Gesteinsbrocken erschlagen und begraben wurden. Andererseits ist es ganz und gar unmöglich, daß einhundertachtundzwanzig Mönche eine Armee von zehntausend Mann vernichten können, deshalb muß an die-

ser Legende schon etwas Wahres dran sein, so seltsam sie auch klingen mag.«
Der Marschall blinzelte listig und erwiderte mit Verschwörermine: »Erhabener Sohn des Himmels, es gäbe noch eine andere Erklärung für diese unwahrscheinlichen Ereignisse ...«
Der Kaiser, dessen Neugier geweckt war, bat Li Shi choh, sich deutlicher zu äußern, worauf dieser nur gewartet hatte: »Herr, da einerseits die Niederlage der Eleuthen durch Zauberkraft ein albernes Geschwätz ist und andererseits einhundertachtundzwanzig Mönche tatsächlich keine Armee besiegen können, ist die Erklärung ganz einfach: Es gab keinen Sieg!«
»Keinen Sieg?« rief Ch'ung chen. »Aber die Barbaren wurden schließlich vernichtet, daran gibt es keinen Zweifel. Diese Hauptstadt wäre sonst jetzt in ihren, nicht in unseren Händen.«
»Weder Niederlage noch Sieg«, entgegnete der Marschall. »In Wirklichkeit war alles ganz anders, als es uns berichtet wurde. Möge seine erhabene Majestät mich gütigst anhören. Als nämlich die Tataren zur Schlucht der Sieben Witwen kamen, waren sie bereits von den Verlusten, die unsere tapferen Grenzsoldaten ihnen zugefügt hatten, völlig erschöpft. Es war gar nicht mehr jene mächtige Armee, die General Dreifacher Bär in diesen Wahnsinnsfeldzug geführt hat. Damals verbreitete sich das Gerücht, die Soldaten, deren Befehlshaber ich zu sein die Ehre hatte, seien geflohen. Alles Lüge! Der Vater Abt des Klosters von Shiu Lam hat es in die Welt gesetzt, um seine eigene Legende zu untermauern ...
Denn als der ausgeblutete Rest der Barbarenarmee, ein zerlumpter Haufen, zur Schlucht der Sieben Witwen kam, lehnten die Soldaten sich gegen ihren Anführer auf, ermordeten ihn und spießten seinen Kopf an einer Pike auf, bevor sie auf dem Absatz kehrtmachten und schleunigst unser Land verließen. In diesem Augenblick traten unsere Großmäuler, die kahlköpfigen Brüder von Shiu Lam, auf den Plan, brachten den aufgespießten Kopf des Tatarengenerals an sich und trugen ihn im Triumphzug zu Eurem Vater. Ihr lächerliches Abenteuer schmückten sie dann auf die phantastische Art aus, die wir alle kennen.«

Der Kaiser hörte mit Bestürzung diese Enthüllungen, die das, was er für die Realität gehalten hatte, völlig ins Gegenteil verkehrten. Er stotterte: »Sollte wirklich alles nur Täuschung gewesen sein? Wurde mein Vater das Opfer einer so schändlichen Lüge?«

Li Shi choh zögerte nicht, seinen Vorteil zu nutzen: »Ach leider war Euer Vater damals nicht mehr ganz bei Sinnen. Dieser Abt, den man mit dem lächerlichen Beinamen Feuer des Himmels bedacht hat, brachte es deshalb fertig, seiner Majestät das kaiserliche Siegel abzuschwatzen, das seinem Besitzer eine Macht verleiht, die ebensogroß ist wie die des Kaisers. Was würde wohl aus der Dynastie und aus China werden, wenn solche heimtückischen Gesellen ihre Macht dazu nutzten, um das Volk aufzuwiegeln?«

Ch'ung chen hatte inzwischen nachgedacht. »Gewiß, Marschall, das ist eine einfallsreiche Art, das Unerklärliche zu erklären. Aber der klägliche Rest der Tatarenarmee ist an eben dem Ort begraben, an dem diese Mönche sie angeblich vernichtend geschlagen haben. Man kann noch die ausgerissenen Glieder, die Pferdehufe sehen, die unter dem Geröll, das sich von den Felsen gelöst hat, aus der Erde herausragen.

Li Shi choh nickte zustimmend: »Gewiß, denn dort haben nämlich die Eleuthen, halbtot vor Erschöpfung, ihre Toten begraben. Aber es gab keinen Kampf. Nachdem sie die Ihren bestattet und zu ihrem Gedächtnis die Steine aufgestellt hatten, kehrten sie in ihr Land zurück. Später, vielleicht am nächsten Tag, entdeckten diese kahlköpfigen Lügner das Totenfeld und den abgeschlagenen Kopf von General Dreifacher Bär auf der Pike und dachten sich ihre schöne Geschichte aus...«

Der junge Kaiser schwieg nachdenklich. Der Marschall zog sich deshalb unauffällig zurück. Er beschloß, die Mönche auf ganz eindeutige Art zu kompromittieren, um sich für die Schmach zu rächen, die Feuer des Himmels ihm angetan hatte, als er ihm den Zopf abschnitt. Außerdem hatte er in geheimem Einvernehmen mit den anderen adligen Familien den Plan gefaßt, das kaiserliche

Siegel an sich zu bringen, das die Brüder von Shiu Lam aus Tien ch'is Händen empfangen hatten. Wenn es erst einmal in seinem Besitz wäre, wollte er es nutzen, um Ch'ung chen abzusetzen, denn insgeheim hielt er ihn für unfähig und verachtete ihn.
Er befahl zwei Wachsoldaten, Kleine Mondfee zu holen und sie unverzüglich zu ihm zu bringen. Die Dienerin des verblichenen Kaisers, die Li Shi chohs Feigheit und Grausamkeit kannte, weigerte sich, ihnen zu folgen. Aber die beiden Wachsoldaten, die ihren Befehlen gehorchten, packten die junge Frau und schleppten sie mit Gewalt aus Tien ch'is Privatgemächern, die sie bis zu diesem Tag nicht verlassen hatte. Sie brachten sie zu dem Marschall, der sie am anderen Ende des Palastes erwartete.
Als dieser schändliche Mann Kleine Mondfee zu seinen Füßen sah, überkam ihn mit dem Haß gleichzeitig die Lüsternheit. Er würde schon noch sehen, was an diesem Mädchen dran war, diesem Schützling des Kaisers. Und er rief: »Du also hast Tien ch'i geraten, diese Mönche zur Festung Xhan Lu zu schicken. Und du hast diese Abenteurer in ihren unverschämten Lügen unterstützt, damit der Kaiser ihnen das Siegel der unsterblichen Kuan Yin anvertraute. Dein Ziel war es, das Volk gegen die Ming-Dynastie aufzuwiegeln und Feuer des Himmels in seinen ehrgeizigen Absichten auf den Thron zu unterstützen.«
Kleine Mondfee traute ihren Ohren nicht. Sie sprang auf und ging drohend auf den Marschall zu: »Du Feigling! Sei still! Du weißt sehr gut, daß Feuer des Himmels und seine Mönche das Reich gerettet haben! Du dagegen bist aus der Stadt geflohen. Sie haben dich dabei erwischt und dich wieder in diesen Palast zurückgebracht. Um dich für dein schändliches Benehmen zu strafen, haben sie dir den Zopf abgeschnitten.«
Li Shi choh wurde vor Wut krebsrot im Gesicht und fing an zu schreien: »Wache! Packt sie und bindet sie an diese Säule! Peitscht sie bis aufs Blut! Ich will, daß sie ihren Verrat gesteht!«
Die Wachsoldaten gehorchten, zogen die junge Frau im Handumdrehen aus und fesselten sie an die Säule. Dann gingen sie fort, um die Peitschen zu holen.

Währenddessen trat der Marschall drohend auf sein Opfer zu und sagte: »Du bist einmal die Lieblingsdienerin des Kaisers gewesen – jetzt werde ich dich zwingen, mir zu gehorchen!«
Aber als er sie berühren wollte, spuckte Kleine Mondfee ihm ins Gesicht. Er wich zurück. Haß flammte in ihm auf, und sein Durst nach Rache wurde so übermächtig, daß es in ihm wie in einem Vulkan zu brodeln begann.

Während sich in Bei jing diese unseligen Ereignisse abspielten, gingen im Kloster von Shiu Lam, oben auf dem Berg der Fünf Düfte, nicht weniger abscheuliche Dinge vor. Ein Mönch mit Namen Ma I fuh hatte sich gegen den Vater Abt aufgelehnt. Er war seinerzeit bei dem Kampf gegen die Eleuthen mit dabeigewesen, und seitdem wuchs seine Überheblichkeit von Tag zu Tag. Als er den Auftrag bekam, in den Nachbardörfern Buddhas Lehren zu verkünden, hatte er bei der Gelegenheit damit geprahlt, er habe die Tataren praktisch ganz allein besiegt. Und es blieb nicht bei der bloßen Aufschneiderei: Er nutzte den Eindruck aus, den er auf die gutgläubigen Bauern gemacht hatte, um ihnen Geld aus der Tasche zu ziehen und einige ihrer Töchter zu verführen.
Feuer des Himmels rief Ma I fuh zu sich und sagte zu ihm: »Tagtäglich muß ich mir die Klagen unserer Brüder über dein Verhalten anhören. Was hat deine Überheblichkeit zu bedeuten?«
Der böse Mönch protestierte: »Was die anderen über mich erzählen, sind lauter Lügen! Sie sind nur neidisch auf mich.«
Der Abt fuhr fort: »Glaubst du vielleicht, sie seien neidisch auf dich, weil du diese armen Bauern betrogen, sie um ihr Geld gebracht und ihre Töchter entehrt hast? Ich habe nichts dagegen, wenn ein Mönch von Zeit zu Zeit ein bißchen über die Stränge schlägt, ein Glas über den Durst trinkt oder sich mit einer Frau vergnügt, vorausgesetzt, sie hat auch ihren Spaß daran. Aber meinst du, diese Schwindelei, diese Lügen, mit denen du die braven Bauern geblendet hast, seien des Klosters von Shiu Lam würdig?«
Ma I fuh, der sich durch diese Vorhaltungen zutiefst beleidigt fühlte, erwiderte heftig: »Hab ich es nötig, mir etwas vorschreiben

zu lassen? Ich weiß genau, Ihr mögt mich nicht und wart mir gegenüber stets argwöhnisch. Aber ohne mich hättet Ihr den Sieg über die Eleuthen bestimmt nicht davongetragen! Es waren meine Gebete, die den Himmel bewegt haben!«
Der Abt war einen Augenblick lang sprachlos, dann erwiderte er: »Gewiß, es waren deine Gebete und die unserer Brüder, die den heiligen Buddha gerührt haben...«
Aber der Mönch schnitt ihm glatt das Wort ab: »Nein, nein! Es waren meine Gebete, meine Gebete allein, die die Eleuthen vernichtet haben! Sie brachten die Felsen zum Einstürzen und sie waren es, die Euch vor dem Schwert des Tatarengenerals gerettet haben! Ohne sie wärt Ihr wie eine Fliege unter dem Fuß eines Elefanten zertreten worden.«
»Also das nenne ich einen Mann«, erwiderte Feuer des Himmels lachend, »der sich nicht wenig zutraut!«
»Tut Ihr das denn nicht auch?« rief Ma I fuh. »Mit welchem Recht habt Ihr Euch mehr als die anderen Mönche von dem Kaiser feiern lassen? Warum bewahrt Ihr den Ring, das Schwert und das Siegel auf?«
Der Abt schüttelte den Kopf: »Hör mich an, Bruder, und antworte mir ohne Zorn: Was ist geschehen, daß du so von deinem Stolz aufgefressen wirst?«
Der Mönch aber blieb uneinsichtig und antwortete in verstocktem Ton: »Ihr haßt mich.«
Feuer des Himmels protestierte: »Wäre ich der Abt dieses Klosters, wenn ich jemanden hassen könnte?«
»Ihr wart ungerecht mir gegenüber«, fuhr der Mönch fort und senkte den Kopf. »Beim Wettkampf im Bogenschießen habt Ihr mich als siebten eingestuft. Beim Säbelfechten wurde ich auch nur der siebte und beim Ringkampf ebenfalls! Kann man sich einen schlechteren Platz als den siebten vorstellen?«
Feuer des Himmels zuckte mit den Schultern: »Was für ein Aberglaube! Der siebte von einhundertachtundzwanzig zu sein, ist das kein Erfolg?«
»Ich hätte der erste sein müssen!«

Jetzt begann der Abt die Geduld zu verlieren: »Der erste im Aufschneiden und Mädchenverführen vielleicht...«
Ma I fuh wurde krebsrot vor Wut und schrie: »Ich fordere dich im Bogenschießen, Säbelfechten und im Ringkampf heraus! Du willst immer nur Befehle erteilen und bist unfähig, uns selbst ein Beispiel zu geben!«
»Wann du willst«, erwiderte Feuer des Himmels lakonisch.
»Sofort!« brüllte der Mönch außer sich vor Zorn.
Sie gingen hinaus auf den Hof und riefen die anderen Mönche zusammen.
»Ich fordere Chu Hung ying zum Ringkampf heraus!« rief Ma I fuh. »Wenn ich ihn besiege, werde ich Abt des Klosters. Seid ihr einverstanden.«
Die Mönche, die noch nie etwas derartiges gehört hatten, waren so verblüfft, daß es ihnen die Sprache verschlug.
»Macht euch keine Sorgen«, sagte Feuer des Himmels. »Ich werde mich diesem merkwürdigen Kampf stellen. Der Hoffärtige muß gestraft werden. Ich werde es tun.«
Ma I fuh hatte sein Gewand ausgezogen und trat jetzt nackt wie am Tag seiner Geburt vor den Abt. Er ließ seine gewaltigen Muskeln spielen. Auf seiner sehr hellen Haut waren Drachen, Tiger und verschiedene Schriftzeichen eintätowiert. Feuer des Himmels zog sich ebenfalls aus und der Kampf begann.
»Komm nur her, du schlapper Hahn«, versuchte der stolze Mönch ihn zu reizen und schnitt dabei häßliche Grimassen. Eine ganze Weile gingen die beiden vorsichtig umeinander herum. Die bestürzten Mönche hielten den Atem an. Sie wußten nämlich, daß Ma I fuh sich in allerlei Zauberkünsten geübt hatte, und fürchteten, er könne irgendeinen heimtückischen Trick benutzen. Plötzlich, als sein Gegner ihm in sechs Schritt Entfernung gegenüberstand, spürte Feuer des Himmels einen schneidenden Schmerz auf seinem Rücken, eine Art Brennen quer über die Schulter. Er drehte sich um, aber niemand stand hinter ihm. Und gleich darauf zuckte er unter einem zweiten Schlag, wieder auf dem Rücken, zusammen. Er wandte sich blitzschnell zu Ma I fuh um, doch of-

fensichtlich hatte dieser mit dem unerklärlichen Angriff nichts zu tun.
Inzwischen jedoch hatte der Mönch bemerkt, daß Feuer des Himmels durch irgend etwas abgelenkt wurde. Er stürzte sich auf ihn und versetzte ihm mit der flachen Hand einen Kinnhaken. Der Abt ging zu Boden; doch im nächsten Augenblick sprang er wieder auf: Der unsichtbare Blitz hatte ein drittes Mal seine Schulter getroffen. Es waren die Peitschenhiebe, die man gerade Kleiner Mondfee versetzte. Sie rissen seinen eigenen Rücken auf.
»Was geschieht hier?« fragte sich Feuer des Himmels. Wollte Buddha ihn daran hindern, gegen diesen Mönch zu kämpfen? Das war sein erster Gedanke, aber er begriff sogleich, daß dies nicht der Wille des Erhabenen sein konnte, der einmal gesagt hatte: »Wenn er nicht auf dem rechten Pfad wandelt, zieh ihn an den Füßen, erschlag ihn, laß ihn, wenn es sein muß, tot liegen, aber daß der Zahn des Tigers ihn nicht berühre!«
Als der hochmütige Mönch ein zweites Mal auf ihn zu stürmte, wich Feuer des Himmels geschickt aus, drehte sich um, packte ihn an einem Arm und wirbelte ihn um seine eigene Achse. Dann ließ er ihn so geschickt wieder los, daß Ma I fuh das Gleichgewicht verlor und gegen eine der Außenmauern des Hofs geschleudert wurde. Das geschah mit einer solchen Heftigkeit, daß sein Körper von den Ziegeln eingeschlossen wurde und dort gewissermaßen eingemauert blieb, bis die anderen Mönche hinzu kamen, um ihn zu befreien.
Der Kampf war zu Ende. Aber wie groß war die Überraschung, als die frommen Brüder begriffen, daß ihr Abt noch immer gegen einen offenbar unsichtbaren Feind stritt, denn im kaiserlichen Palast hagelten die Peitschenhiebe nur so auf Kleine Mondfees Rükken. Aber zu ihrem großen Erstaunen spürte sie keinerlei Schmerz. Deshalb beeindruckten sie diese sinnlosen Schläge auch nicht weiter, was die Wut Li Shi chohs und seiner Folterknechte nur noch verstärkte.
»Wirst du mir wohl den Namen deiner Komplizen sagen!« schrie der Marschall mit krebsrotem Gesicht. »Gesteh, daß du die Dyna-

stie stürzen wolltest, um die Mönche und das Volk an die Macht zu bringen.«
Aber Kleine Mondfee schwieg, und – Gipfel der Ironie – je heftiger die Peitschenhiebe wurden, desto mehr schien sie sich über die lustig zu machen, die schwitzend auf sie einschlugen. Dafür litt Feuer des Himmels im Klosterhof die bittersten Qualen.
Während einige Mönche Ma I fuh wegtrugen, dessen Glieder so verrenkt waren wie die eines Hampelmanns, und der trotzdem noch weiterdrohte und lamentierte, umringten die anderen Brüder ihren Abt und riefen: »Dieser großmäulige Bösewicht hat Euch verhext!«
»Nein«, erwiderte Feuer des Himmels mit vor Schmerz verzerrten Zügen, »seine Zauberkräfte sind noch schwächer als seine Muskeln. Dieser Aufschneider ist schlaffer als ein Säugling. Nur sein Haß ist gefährlich, denn wie eine Schlange schlüpft er unbeobachtet ins Dunkel und beißt von dort aus zu. Aber diesen Schmerz fügt mir ein anderer zu.«
Sie versuchten zu verstehen, was er damit sagen wollte. Aber sie wagten nicht weiter in ihn zu dringen, denn sein Rücken war bald nur noch eine einzige blutende Wunde. Sie begleiteten Feuer des Himmels bis zu seiner Zelle und ließen ihn dann auf seine Bitte allein. Dort wandte sich der Abt an Buddha und fragte ihn, weshalb er ihn so strafe: »Soll es eine Buße für meine vergangenen Verfehlungen sein oder helfe ich damit vielleicht jemandem, den man zu Unrecht martert? Wenn es so ist, so sei gesegnet, daß du mich dazu erwählt hast.«
Dann hörten die Schläge auf. Der Marschall ließ Kleine Mondfee losbinden und sagte zu den beiden Wachsoldaten: »Diese Hexe steht mit den bösen Mächten im Bund. Gegen solche Ungeheuer kann die Peitsche nichts ausrichten. Bringt sie hinunter in das tiefste Turmverlies und fesselt sie mit zwei Eisenringen an die Mauer.« Anschließend begab er sich, innerlich vor Wut kochend, wieder in den kaiserlichen Ratssaal und bat um eine neue Audienz bei Ch'ung chen. Dort redete er zu ihm in honigsüßem Ton: »Oh Herr, Licht von Kathay, Eure Macht ist das Pfand Eurer Weisheit,

Eure Gerechtigkeit das Zeichen Eurer Strenge. Wäre seiner Majestät, Eurem Vater, zu Ohren gekommen, welches Komplott man gegen das Reich schmiedet, hätte er sogleich seiner Armee befohlen, gegen das Kloster von Shiu Lam zu ziehen, es zu erobern und ihm die Verräter herzubringen. Ihr jedoch, erleuchtet von der Klugheit der Götter, wartet lieber ab, bis Ihr die Beweise in der Hand habt, und urteilt nach der Ausgewogenheit Eures Herzens. In solchen Augenblicken und an solchen Taten erkennt man die großen Herrscher.«

Der Kaiser war von diesen schmeichlerischen Worten sehr angetan und sah sich in seiner Eitelkeit bestätigt. »Übrigens«, sagte er, »mißtraue ich der Macht, die die Mönche über das Volk haben. Vergreift man sich an ihnen, bekommt man es mit Sicherheit zu spüren. Vergiß nicht, Marschall, die guten Leute glauben noch an Wunder. Für sie ist dieser Feuer des Himmels ein Heiliger, ein Held. Die Kinder eifern ihm in ihren Spielen nach. Sie leben von dieser Art Hirngespinsten.«

Li Shi choh verneigte sich tief und erwiderte: »Kein Herrscher erreicht je die politische Reife, die Eure Majestät in schon so jungen Jahren mit der Klugheit des Drachens einzusetzen weiß. Mit List muß man die stachligen Pflanzen ausreißen, die ein jeder für himmlische Blumen hält.«

»Gut, laßt uns mit List vorgehen«, entschied der Kaiser, »aber statt uns den Plänen dieser Betrüger entgegenzustellen, sollten wir es ihren Bewunderern gleichtun.«

Der Marschall erkundigte sich einigermaßen verblüfft:

»Wie das, Majestät?«

Ch'ung chen lächelte: »Statt all ihre Lügen zu entlarven, werden wir ihnen größtes Vertrauen schenken. Wir werden mit unseren Lobeshymnen die ersticken, die uns durch ihren Aufstand vernichten wollen. Da das Volk es sicherlich fertigbrächte, den Kaiser dem Mönch vorzuziehen, wird der Kaiser sich mit dem Mönch verbinden, um das Volk besser in Schach zu halten.«

Das behagte dem Marschall nun ganz und gar nicht, aber er ließ sich nichts anmerken.

Ch'ung chen fuhr fort: »Eine Abordnung soll sogleich mit feierlichem Gepränge zu dem Vater Abt von Shiu Lam aufbrechen, ihm die besten Wünsche des Kaisers zum Neuen Jahr entbieten und gleichzeitig ein paar Geschenke überbringen, zum Zeichen der Dankbarkeit und Fürsorge des Reichs. Und daß man das Volk über jeden dieser Schritte auf dem laufenden hält! Übrigens wirst du, Li Shi choh, diese Abordnung anführen, damit Feuer des Himmels des treuen Bündnisses gewiß sein kann, das von nun an Religion und Heer miteinander verbindet.«
Wäre das Dach des Palastes über dem Kopf des Marschalls eingestürzt, so hätte es ihn nicht mehr erschüttert als dieser kaiserliche Ratschluß, der ganz und gar nicht in seinem Sinne war. Und so lief er auch eilends, kaum hatte er den Kaiser verlassen, zu den Adligen und den hohen Offizieren, um sie von Tch'ong tchens neuen Absichten zu informieren. »Dieser Hohlkopf ist ebenso dumm wie selbstgefällig!« riefen sie wie aus einem Mund und beschlossen, doch noch einen Weg zu finden, um den Kaiser von seinem Entschluß abzubringen.

VII

Ein paar Wochen vor dem neuen Jahr empfing das Kloster von Shiu Lam den Besuch eines kaiserlichen Boten, der an seiner offiziellen grauen Kappe leicht zu erkennen war. Er beteuerte dem Abt und seinen Mönchen die große Gunst des neuen Kaisers. Nach diesen Höflichkeitsfloskeln bat er Feuer des Himmels, sich darauf vorzubereiten, eine größere Abordnung zu empfangen, die ihm demnächst aus Anlaß der Jahreswende die Wünsche des Hofes überbringen würde.

Der Abt hörte mit Freuden, daß Tien ch'is Sohn offenbar die Tradition seines berühmten Vaters fortsetzte. Er dankte dem Boten und versicherte ihn der immerwährenden Treue des Klosters von Shiu Lam: »Entbietet seiner Erhabenen Majestät die untertänigen Grüße der Kämpfer von der Schlucht der Sieben Witwen, die dank Buddhas Beistand die Armee der Eleuthen besiegten. Sagt seiner Majestät, wir bewahren getreulich das Siegel, das sein Vater uns anvertraut hat. Sollte er uns mit welcher Mission auch immer betrauen wollen, stehen wir ihm ganz zur Verfügung, obgleich es uns als Klosterbrüdern lieber ist, uns in die Meditation zu versenken als durch die Lande zu ziehen.«

Der Offizier mit der grauen Kappe verabschiedete sich höflichst von dem Abt, kletterte den Berg wieder hinunter und ging zu seinem Pferd, das er an einen Baum angebunden hatte.

Als er aber aufsteigen wollte, kam ein häßlicher, stinkender Mann in Lumpen aus einem Gebüsch hervor und rief mit brüchiger Stimme: »He da, Freund! Bei dem heiligen Buddha, unserem Meister, würdest du mir einen Augenblick Gehör gewähren?«

Der kaiserliche Bote wandte sich ihm zu: »Bist du ein Bettler?« fragte er. »Wie kannst du es wagen, einen Offizier der kaiserlichen Leibwache anzusprechen?«

»Hochwürdiger Bruder«, erwiderte die Mißgestalt und verneigte sich bis zum Boden, »ich habe Eure Kappe, das Zeichen Eurer Zugehörigkeit zu unserem verehrten Prinzen, sofort erkannt, und

wäre nie so kühn gewesen, Euch anzusprechen, wenn es nicht um eine äußerst wichtige Angelegenheit ginge ...«
Der Offizier zuckte mit den Schultern: »Worum kann es sich da wohl handeln? Rede oder ich schneide dir die Ohren ab!«
»Es geht um nichts weniger als ein Komplott gegen die Person und das Amt unseres geliebten Kaisers ...«, flüsterte der Hinkefuß und warf dem Boten einen verschwörerischen Blick zu.
»Ein Komplott?«, entgegnete dieser. »Und du Jammergestalt willst die Urheber dieser Verschwörung kennen?«
»Ich war Mönch im Kloster von Shiu Lam«, erwiderte Ma I fuh und trat auf den Reiter zu. »Ich war es, der einst die entscheidende Schlacht gegen die Tataren geschlagen hat, aber seit dieser ruhmreichen Zeit hat sich vieles geändert ...«
»So rede«, befahl der Offizier mit der grauen Kappe.
»Ich will mit dem Marschall des Heeres persönlich sprechen. Dieses Geheimnis ist nicht für die Ohren eines einfachen Boten bestimmt«, erwiderte der frühere Mönch.
Er hatte sich noch nicht von den Verletzungen erholt, die Feuer des Himmels ihm während ihres kurzen Zweikampfs im Klosterhof zugefügt hatte. Aber mehr noch als diese rein äußerlichen Wunden schmerzte ihn seine verletzte Eitelkeit. Kaum hatte er sich einigermaßen erholt, war er von den Klosterbrüdern hinausgeworfen worden. Seither irrte er am Fuße des Berges der Fünf Düfte umher, verspottet von den Bauern, die er zuvor betrogen hatte.
Und jetzt schickte ihm der Himmel diesen kaiserlichen Boten! Er erinnerte sich daran, wie der Abt dem Marschall den Zopf abgeschnitten hatte. Und da er wußte, daß jener wieder sein früheres Amt bekleidete, rechnete er sich aus, daß es bestimmt vorteilhaft für ihn sein konnte, wenn er Feuer des Himmels beschuldigte.
Der Offizier zögerte: »Wer beweist mir, daß du dir nicht einfach was zusammenfaselst und dieses Komplott wirklich existiert?«
»Beim heiligen Buddha«, schwor der ehemalige Mönch, »wenn Ihr mich nicht hinten aufsitzen laßt und mich so rasch wie möglich zum Marschall Li Shi choh bringt, gebe ich keinen Pfifferling mehr für dieses unglückselige Reich.«

Von diesen dramatischen Worten Ma I fuhs beeindruckt, ließ der Bote ihn hinten aufsitzen und brachte ihn, nach einem langen nächtlichen Ritt, bis zum Palast, wo der Marschall ihn gleich frühmorgens empfing: »Was erzählst du da von einer Verschwörung?« fragte dieser in unwilligem Ton.
»Ehrwürdiger Bruder«, erwiderte der Verräter, »es handelt sich um einen gewissen Feuer des Himmels, über den ich mit Eurer Erhabenheit sprechen wollte...«
»Oh!«, erwiderte der dicke Marschall, »das ändert alles! Komm, setz dich zu mir und rede ganz offen mit mir.«
»Nun ja...«, stotterte Ma I fuh, »ich möchte schon, daß bei dieser Sache auch etwas für mich herausspringt.«
»Gewiß doch«, erwiderte der Marschall entgegenkommend. »Ich werde unseren geliebten Kaiser bitten, dir irgendein wichtiges Amt zu geben... Natürlich nur, wenn das, was du uns zu sagen hast, auch Hand und Fuß hat.«
»Könnte ich vielleicht zum Wachposten der kaiserlichen Frauengemächer ernannt werden?« bat Ma I fuh mit lüsternem Blick.
Der Marschall fing an zu lachen: »Häßlich wie du bist, wirst du dieses Amt bestimmt gut ausfüllen. Aber nun verrate mir schon, was du weißt.«
Der Verräter begann: »Der, der sich Abt des Klosters von Shiu Lam nennt, ist ein sittenloser Mensch. Er umgibt sich mit einem ganzen Harem, zwingt die Mönche, ihn zu bedienen, als sei er ein großer Herr und denkt an nichts anderes, als das Volk gegen den Kaiser aufzuwiegeln.«
»Hervorragend«, murmelte der Marschall. »Und kannst du mir auch sagen, wie er diesen Aufstand zu organisieren gedenkt?«
Ma I fuh wußte darauf natürlich keine Antwort. Er behauptete jedoch, Feuer des Himmels habe ihn in seine Pläne nicht eingeweiht, weil er ihn verabscheue.
»Hör mir zu«, sagte der Marschall der Armee und rückte etwas näher an den Verräter heran. »Ich werde dich zu unserem geliebten Kaiser führen und du wirst ihm all das wiederholen, was du

mir soeben anvertraut hast. Aber du mußt das alles noch ein bißchen ausschmücken. Ohne etwas Soße ist der Braten zu trocken. Ist es nicht so, daß Feuer des Himmels die Schlacht in der Schlucht der Sieben Witwen schlichtweg erfunden hat?«
»Natürlich hat er das erfunden! Ich habe nämlich über die Barbaren gesiegt!«
»Nein«, erwiderte Li Shi choh, »weder du, noch sonstjemand! Es gab gar keine Schlacht in der Schlucht der Sieben Witwen! Ihr habt den Kopf des toten Tataren-Generals aufgespießt an einer Pike gefunden. Die Eleuthen hatten nämlich ihren Anführer geköpft, bevor sie den Rückzug antraten.«
Der Verräter wiederholte leicht verwirrt: »Keine Schlacht ... Wir haben den abgeschlagenen Kopf gefunden ...«
»Feuer des Himmels hat mit dieser Geschichte den Kaiser Tien ch'i getäuscht und das heilige Siegel der strahlenden Bodhisattva Kuan Yin zu Unrecht empfangen ...«
»Ja, genau, so war es«, stammelte der Hinkefuß.
»Und jetzt baut Feuer des Himmels in allen Provinzen ein Netz des Widerstands auf. Die erste kaiserliche Dienerin, eine gewisse Kleine Mondfee, unterstützt ihn dabei. Sie spioniert für ihn aus, was im Palast vor sich geht, während er von Dorf zu Dorf zieht und seine Anhänger auf den Aufstand vorbereitet.«
»Kleine Mondfee ... spioniert im Palast ... Der Aufstand ...«, wiederholte Ma I fuh völlig benommen. Dann faßte er sich jedoch wieder: »Ja, ich werde dem Kaiser alles erzählen, was Ihr wollt! Ich hasse diesen widerlichen Mönch und seine Genossen!«
»Ich weiß nicht, ob du ihn ebenso haßt wie ich«, sagte der Marschall, »aber wenn du auch nur einen Funken meines Hasses in dir hast, müßte er wie ein Brand in dir schwelen.«
Der Kaiser Ch'ung chen empfing Marschall Li Shi choh am Nachmittag desselben Tages. »Was gibt es denn nun schon wieder«, fragte er im ungnädigen Ton.
»Es geht um das Kloster von Shiu Lam ...«, begann der Marschall.
»Du scheinst wohl nichts anderes mehr im Kopf zu haben als die-

ses Kloster!« rief der Kaiser. »Offenbar, weil dieser Vater Abt mit dem lächerlichen Beinamen dir einst den Zopf abgeschnitten hat.«
»Herr«, erwiderte der fette Marschall und wurde dunkelrot vor Scham, »ein durch Lug und Trug entehrter Mann ist es sich schuldig, seine Schande durch die Wahrheit zu tilgen. Ich habe einen braven Mönch aus dem Kloster mitgebracht. Er kennt die Wahrheit.«
»Was nützt mir schon diese Wahrheit?« fragte der Kaiser. »Es gibt sie in allen Farben, allen Arten und je nach dem Augenblick. Sie widersprechen sich alle und gleichen doch der Wirklichkeit, die selbst nur eine gut erfundene Täuschung ist.«
»Die Sicherheit der Dynastie und vielleicht auch Euer eigenes Leben stehen auf dem Spiel«, rief Li Shi choh.
»Gut, führe diesen Mönch herein«, entgegnete Ch'ung chen unwillig.
Ma I fuh kroch wie ein Wurm über den marmornen Boden und erging sich ausgiebig in den rituellen Ehrbezeugungen.
»Wer bist du?« fragte der Kaiser.
»Ein armer Mönch von dem Berg der Fünf Düfte. Ich bitte Eure verehrteste Hoheit untertänigst um Verzeihung...«
»Wieso das?« erwiderte Ch'ung chen erstaunt.
»Weil ich nicht eher gekommen bin, um Eure Exzellenz vor den abscheulichen Dingen zu warnen, die in Shiu Lam vorgehen...«
»Abscheuliche Dinge, sagst du?«
»So unvorstellbar gräßliche Dinge, mein Herr und Meister, daß mein frommer Mund Mühe hat, sie auszusprechen...«
Diese Einführung machte den Kaiser nun doch neugierig.
»Rede! Erzähl uns alles ganz ohne Furcht... Der Kaiser wird dich mit dem Wohlwollen der Weisheit anhören...«, sagte der Marschall.
Der Verräter hob den Kopf und begann: »Herr, dieser Vater Abt unseres Klosters, der nur zu berühmte Feuer des Himmels ist nicht der, für den seine Majestät, Euer Vater, ihn in seiner großen Güte

gehalten hat. Er hat sich den ruhmreichen Titel eines Retters des Reiches erschwindelt, und als er das heilige Siegel empfing, beging er eine abscheuliche Gotteslästerung. Ich war in der Schlucht der Sieben Witwen. Und ich schwöre bei dem frommen Gedenken an meine Ahnen: Es gab gar keine Schlacht...«

»Das weiß ich«, erwiderte Ch'ung chen, »fahr fort.«

Der verlogene Mönch erzählte weiter: »Nachdem Feuer des Himmels seine Majestät, Eurem Vater, mit dieser angeblichen Heldentat geblendet hatte, benutzte Feuer des Himmels das Siegel, um die einen zu betören, die anderen einzuschüchtern, bis er nach und nach das Volk ganz in der Hand hatte. Und seit einigen Wochen überstürzen sich im Geheimen die Ereignisse. Waffen wurden verteilt. Man wartet nur noch den Neujahrstag ab, um die Rotte der Verschwörer den Palast stürmen zu lassen. Das soll genau zu der Stunde geschehen, zu der der Hof hier versammelt ist, um Euch seine guten Wünsche zu überbringen. Die Elenden hoffen, bis zu Eurem Thron vordringen zu können und Euch gefangenzunehmen. Dann wollen sie Euch zwingen abzudanken.«

»Ist das nicht entsetzlich?« rief Li Shi choh mit geheucheltem Abscheu.

Der Kaiser runzelte die Stirn: »Wer soll den Befehl zum Aufbruch des Aufstands geben?« fragte er.

»Feuer des Himmels höchstpersönlich«, erwiderte der Verräter. »Er besitzt schließlich das Siegel.«

»Gut«, fuhr Ch'ung chen fort, »also müssen wir noch vor dem Ende des letzten Mondes diesen Aufrührer beseitigen. Da wir dem Kloster bereits den Besuch unseres Marschalls angekündigt haben, der mit großem Gefolge den Mönchen meine aufrichtigen Wünsche überbringen soll, wird es auch dabei bleiben. Nur wird er in seinem Gepäck ein ganz besonderes Geschenk mit sich führen, das eigens dafür bestimmt ist, diese Rotte von Wühlmäusen zu vertilgen. Ein Faß vergifteten Weins, den diese braven Mönche auf mein Wohl trinken sollen. Danach wird man dem Volk mitteilen, eine Epidemie habe diese mir so teuren Brüder hinweggerafft. Zwei Tage vor dem neuen Jahr werden wir zu Ehren des Helden

Feuer des Himmels, des unsterblichen Siegers über die Eleuthen, mit großem Pomp die Begräbnisfeierlichkeiten begehen. Das Volk wird ihnen unter Tränen beiwohnen, und so werden wir mit dem Aufrührer auch den Aufruhr begraben. Habt Ihr verstanden?«
Die beiden Männer ergingen sich in wahren Lobeshymnen über die Klugheit des Kaisers. Danach verabschiedeten sie sich von ihm und begaben sich zu den hohen Offizieren, die sich insgeheim berieten. Sie hatten sich im Haus des einflußreichsten unter ihnen getroffen, Fu Gen chen, einem Adligen, dessen Zähne und Krallen schärfer waren als die eines Tigers, weshalb man ihm auch den Beinamen »Feuriger Tiger« gegeben hatte. Dieser Offizier hatte sich im übrigen vorgenommen, Li Shi chos Rachsucht zu nutzen, um Ch'ung chen zu stürzen und selbst dessen Platz einzunehmen.
Der Marschall stellte dieser ehrenwerten Versammlung Ma I fuh vor. Jeder dieser edlen Gefolgsleute des Kaisers hatte seinem Herrscher die Treue geschworen, und es gab keinen einzigen unter ihnen, der nicht daran dachte, ihn zu verraten. Deshalb lauschten sie auch dem Marschall der Truppen voller Interesse.
»Dieser brave Mönch«, sagte Li Shi cho, »hat soeben Ch'ung chen von den Umtrieben seines Abtes berichtet, diesem Feuer des Himmels, der es seinerzeit gewagt hat, unsere Familien zu demütigen, indem er seine freche Hand gegen mich erhob. Ma I fuh hat den Kaiser so trefflich zu überzeugen gewußt, daß dieser mich beauftragt hat, den Mönchen ein vergiftetes Weinfaß zu überbringen, um ihrer Hoffart endlich ein Ende zu machen. Ich werde sie umgeben von einer großen Ehrengarde und mit allem nur denkbaren Pomp aufsuchen, um sie damit zu blenden. Dann werde ich sie ermuntern, den Wein zu trinken, den der Kaiser ihnen durch mich schicken läßt. Und so werden sie alle wie Ratten auf dem Speicher krepieren.«
»Ausgezeichnet«, erwiderte Fu Gen chen, »aber weiß dieser brave Mönch auch, wo der Vater Abt das Siegel versteckt hat? Denn nur damit können wir den Kaiser absetzen; nur dieses Siegel gibt uns die Macht über das Reich.«

»Ich weiß, wo Siegel, Schwert und Ring versteckt sind«, sagte der hinkende Mönch, »aber Ihr werdet verstehen, wenn ich Euch den Ort nicht eher verrate, als bis ich von Euch auch eine Zusicherung habe.«
»Er will die Aufsicht über die kaiserlichen Frauengemächer«, erklärte der Marschall.
»Wenn es weiter nichts ist«, sagte der älteste der hohen Offiziere, »dann ist sein Wunsch bereits in Erfüllung gegangen. Ich werde den Marschall nach Shiu Lam begleiten. Während die Ehrenabordnung ihren Einzug in das Kloster hält, werden meine Soldaten das Kloster umzingeln. Du wirst dich unter ihnen versteckt halten, bis die Mönche tot sind. Und danach wirst du uns zeigen, wo das Siegel der Glückseligen Bodhisattva Kuan Yin aufbewahrt wird.«
Ma I fuh verneigte sich ehrerbietig. Viertausendvierhundertvierundvierzig Soldaten, so erfuhr er, sollten sich mit den hohen Würdenträgern auf den Weg machen. Um jeden Verdacht der Mönche zu zerstreuen, würden sie das kaiserliche Gewand tragen. Außer dem Weinfaß sollten sie dem Vater Abt noch andere, mehr oder weniger bedeutende Geschenke überbringen. Der Aufbruch der Abgesandten und der Truppe wurde bereits auf den nächsten Morgen festgesetzt. Was die hohen Offiziere jedoch beschlossen, als der hinkende Mönch sie verlassen hatte, das wußte er nicht. Es war nichts weniger, als – gleich nach der Rückkehr des Marschalls und des ältesten der Offiziere mit dem Siegel – den kaiserlichen Palast zu besetzen, sich des Kaisers zu bemächtigen, ihn in ein dunkles Verlies zu werfen, öffentlich seine Abdankung zu verkünden und einen Staatsrat zu ernennen. Dieser sollte den neuen Herrscher auf den Thron erheben.
Feuriger Tiger wußte, daß der Marschall insgeheim die Absicht hegte, selbst Ch'ung chens Nachfolger zu werden. Andererseits argwöhnte Li Shi choh die hochfahrenden Pläne Fu Gen chens. Da jedoch die beiden Männer aufeinander und auch auf ihrer beider Familien angewiesen waren, taten sie so, als könne nie auch nur der Schatten einer Rivalität zwischen sie kommen. Solange

Ch'ung chen regierte, waren die beiden feindlichen Lager gemeinsam bemüht, die Ming-Dynastie zu stürzen. Aber wenn der Thron erst einmal leer stünde, würde der stärkere, gerissenere oder mutigere der beiden Thronanwärter den Sieg davontragen. Übrigens gab fast jeder Fu Gen chen die meisten Chancen.
Der unsterbliche Autor der *Geschichte des roten Hahns*, der hochgerühmte Wu Thian ching, beschrieb den ältesten der hohen Offiziere folgendermaßen: *Unter allen Adligen konnte Fu Gen chen sich rühmen, ein Sproß der ältesten Familie zu sein. Gewiß, er stammte nicht wie die Ming-Dynastie von Kuan Yin selbst ab, aber er gehörte zu den Eisenarmen, einer Mandschuren-Familie, deren Urahn der unergründliche Drache K'an war. Wie alle seiner Rasse war er klein und drahtig, ein Heißsporn trotz seines Vogelgerippes. Er hatte eine hohe Stirn, einen durchdringenden Blick und ein breites Gesicht. Sein starker, beobachtender Verstand und seine außerordentliche Willenskraft machten ihn zum geborenen Befehlshaber.*
Der alte Kaiser Tien ch'i war vor ihm stets auf der Hut gewesen. Deshalb hatte er ihn auch zum Gouverneur der südlichen Provinz Kuangtung ernannt. Dort hatte er sich einen Namen gemacht, indem er Textilmanufakturen aufbaute und das Metallhandwerk förderte, aber vor allem durch die Ausbildung einer Militärelite. Leider war diese jedoch während des Überfalls der Eleuthen den althergebrachten militärischen Prinzipien verhaftet geblieben, wie sie einst Yü der Große aufgestellt hatte: Nur gegen einen in Würde und Rang ebenbürtigen Gegner ins Feld zu ziehen.
Übrigens war dies einer der Gründe, weswegen Fu Gen chen die Mönche aus dem Kloster von Shiu Lam so verachtete. Sie hatten gegen die Barbaren gekämpft und sich dadurch selbst erniedrigt. In seinen Augen waren sie entehrt, mochten sie auch hundertmal gesiegt haben. Daß der Kaiser ihnen das Siegel anvertraut hatte, war für ihn nicht nur ein Fehler, sondern eine Art Gotteslästerung. Von diesem Tage an erschien ihm die Ming-Dynastie besudelt und deshalb dem Untergang geweiht. Als Tien ch'i das Siegel den Mönchen übergab, hatte er es gleichzeitig in die Hände des

Volkes gelegt. Für Fu Gen chen war das gleichbedeutend damit, die kostbarste Jade einfach in den Kot zu werfen. Jedenfalls war das insgeheim seine Überzeugung.

Am nächsten Tag also verließ eine Abordnung unter der Führung des Marschalls der Armee, gefolgt von den Truppen des ältesten der hohen Offiziere, Bei jing mit großem Pomp und unter der Anteilnahme des versammelten Volks. Der Kaiser hatte es sich angelegen sein lassen, überall zu verkünden, wie sehr er die Mönche schätze. Deshalb wolle er sie, aus Anlaß des neuen Jahres, mit prächtigen Geschenken ehren. Und so war denn auch das Volk begeistert. Zu allem Überfluß begleitete den Zug der Garde eine kleine Musikkapelle im kaiserlichen Gewand. Dies und die zahlreichen bunten Standarten ließen das Ganze eher wie eine Art Festumzug erscheinen. Eine höchst willkommene Abwechslung für die riesige Menschenmenge, die sich an den Toren der Stadt eingefunden hatte, um ihren Helden zuzuwinken. Der Verräter Ma I fuh saß in einem Wagen mit zugezogenen Vorhängen, in den man auch das Faß mit dem vergifteten Wein gestellt hatte. Zweiundzwanzig Reiter in schwarz-silbernem Kleid begleiteten ihn. Es war die persönliche Leibgarde des Marschalls Li Shi choh. Ihnen voran zogen zweitausendzweihundertzweiundzwanzig Fußsoldaten in rotgoldener Festuniform, gefolgt von einer ebenso großen Zahl von Reitern. Sie umgaben die Sänfte des Marschalls, während der älteste der hohen Offiziere auf einem prächtigen roten Hengst ritt. Er trug aus diesem Anlaß eine mit dem Wappen des Erhabenen Drachen bestickte Tunika und hielt in seiner linken Hand den Befehlsstab, den der Urgroßvater des Kaisers einst seiner Familie überreicht hatte.

Ch'ung chen betrachtete von dem Fenster seines persönlichen Kabinetts aus diesen Zug nicht ohne Stolz. Wer auf der Welt konnte wohl einen solchen Prunk entfalten? Dann erinnerte er sich daran, daß der Tod diesen Zug begleitete. Er schloß seufzend wieder das Fenster. Ihm schien plötzlich, als ob sein Vater mit ihm spräche, unsichtbar, doch allgegenwärtig! Und er fragte ihn: *Bist du sicher, daß das Gift, das diese Truppen mit sich tragen, nicht für dich bestimmt ist?* Er erinnerte sich mit einemmal an das sanfte Gesicht der Lieblingsdienerin seines Vaters. Der Marschall hatte Kleine Mondfee des Verrats beschuldigt. Aber er konnte einfach nicht daran glauben. Eine böse Ahnung überfiel ihn. Er befahl, man solle die junge Frau zu ihm bringen. Vielleicht würde er von ihr die Wahrheit erfahren.

Trommeln und Trompeten waren schon längst verhallt, als man ihm meldete, daß Kleine Mondfee verschwunden war.

VIII

Als Feuer des Himmels erfuhr, daß sich dem Berg der Fünf Düfte eine so stattliche Truppe näherte, begann er unruhig zu werden. Er wußte nämlich, daß Marschall Li Shi choh von dem neuen Kaiser in sein früheres Amt wieder eingesetzt worden war, und fürchtete, dieser fette alte Mann würde versuchen, sich an ihm wegen des Zopfes zu rächen, den er ihm einst in seinem Zorn abgeschnitten hatte. Deshalb schickte er einen Mönch den Abgesandten entgegen, als diese noch eine halbe Tagesreise zu Pferd vom Kloster entfernt waren. Dieser noch ziemlich junge Mönch versteckte sich in einem dichten Busch und beobachtete aufmerksam den prunkvollen Zug, als dieser an ihm vorbeikam. Er war von ihm höchst beeindruckt und zweifelte keinen Augenblick an seinen friedlichen Zielen. Was ihm ganz besonders gefiel, war der Wagen mit den zugezogenen Vorhängen, den zweiundzwanzig Reiter in schwarzsilbernem Gewand begleiteten. Er stellte sich vor, hinter diesen Vorhängen müsse wohl ein kostbarer Schatz verborgen sein. Das berichtete er dann auch dem Abt.

»Die Männer, die der Kaiser uns schickt, sind so prächtig gekleidet, als ginge es zur Hochzeit zwischen Erde und Himmel. Welch stattliches Aufgebot! Nie sah man eine solche Gesandtschaft. Und einzig und allein zu Ehren des Klosters, in Erinnerung an seine Heldentaten, entfalten diese hohen Herrschaften einen solchen Pomp, auf den die Sonne neidisch werden könnte!«

Feuer des Himmels runzelte die Stirn und fragte: »Ist dir ein dikker Marschall aufgefallen, der auf weichen Kissen ruhte?«

Der junge Mönch erwiderte mit glänzenden Augen: »Oh gewiß doch, verehrungswürdiger Bruder. Er lag in einer mit Gold und Purpur ausgeschlagenen Sänfte und trug ein Seidengewand in den Farben des Vollmonds über dem Chan So-Teich zur Zeit der Sonnenwende. Die violette Haube der Pfauen-Kaste schmückte sein erhabenes Haupt. Er aß Honigkuchen mit kandierten Früchten darin, die eine Dienerin ihm reichte.«

Der Abt schickte einen zweiten Mönch aus, um noch mehr zu erfahren. Dieser schon etwas ältere Mönch versteckte sich in den dichten Zweigen einer Pinie und sah mit großer Aufmerksamkeit hinunter auf den eindrucksvollen Zug, der sich mit großem Gepränge näherte. Er wunderte sich über die Soldaten, die aussahen, als gingen sie zu einer Parade, in deren Zügen jedoch eine finstere kriegerische Entschlossenheit zu lesen war. Und was den Wagen mit den zugezogenen Vorhängen anging, so fragte er sich, warum die zweiundzwanzig Reiter, die ihn begleiteten, die düsteren Farben eines Leichenzugs trugen.

Als der zweite Mönch Feuer des Himmels von dem berichtete, was er gesehen hatte, tat er es mit folgenden Worten: »Ehrwürdiger Bruder, ich weiß nicht, was ich von diesen vielen Leuten halten soll, die der Kaiser uns schickt. Sie sind ausstaffiert, als gingen sie zu einem Fest, dabei sind ihre Augen sterbenstraurig. Es ist, als bewegten sie sich in einer Staubwolke vorwärts, die ihnen die Sonne verdunkelt.«

»Hast du einen dicken Marschall bemerkt, der es sich auf seinen Kissen wohl sein ließ?«

Der Mönch senkte den Blick: »Dieser sattgefressene Mensch fluchte, weil ihm die Zeit nicht rasch genug verging. Sein aufgedunsenes Gesicht war krebsrot vor Zorn. Seine Wangen bebten, seine Lippen zitterten wie die Wellen des Chan So-Teichs, wenn sich ein stürmischer Wind erhebt und Hagelschlag droht. Ein paar Dienerinnen liefen geschäftig mit gebeugtem Rücken um ihn herum.«

Da beschloß Feuer des Himmels, einen dritten Mönch auszuschikken, während die kaiserliche Truppe sich dem Fuß des Berges der Fünf Düfte näherte. Dieser Mönch war zwar schon recht betagt, aber noch geschickt genug, um sich unter den herabhängenden Zweigen einer Weide zu verstecken. Von dort aus beobachtete er, was nun geschah. Und siehe da, was für eine Überraschung! Ein Teil der Männer sammelte sich, um den Hahnenpfad hinauf zum Kloster zu gehen, doch der Rest der Truppe erhielt den Befehl, die Mauern des Klosters zu umzingeln.

So rasch es ihm seine alten Beine erlaubten, rannte also der dritte Mönch hinauf zum Vater Abt, um ihn von dem zu unterrichten, was sich unten abspielte: »Ehrwürdiger Bruder, das sind keine Gesandten, die uns freundliche Wünsche überbringen, sondern blutrünstige Tiger. Mir schien, als näherten sich uns unter ihren Brokatgewändern wandelnde Skelette. Sie grinsten mit klappernden Kinnladen und zogen in einem Leichenwagen irgendeine Tonne mit Gift hinter sich her.«
Feuer des Himmels fragte: »Ist dir ein dicker Marschall aufgefallen, der sich auf seinen Kissen wälzte?«
In den Augen des Mönches stand das nackte Grauen. »Das ist kein Mensch, sondern eine Hydra mit hundert blutgeifernden Köpfen. Welch ein vor Wut blinder Haß in seinen Zügen, den die Hinterlist zu verhehlen sucht!«
Der Abt begab sich in den Tempel, kniete vor dem Bild des Dharma Buddha nieder und sagte zu ihm: »Was vermögen wir gegen die Eitelkeit dieser mächtigen Männer? Bei unserem Kampf gegen die Eleuthen hast du uns zum Sieg verholfen. Vielleicht schützt du uns in deiner Güte auch diesmal gegen diese Schattendiener, die, während ich zu dir bete, langsam den Pfad heraufkommen. Sie tragen den Tod in diesen heiligen Ort, der nach deinem Willen dem ewigen Leben geweiht sein sollte. Aber es geschehe nach deinem Gesetz.«
Eine mächtige Stimme drang aus dem Heiligtum: »Rette das Siegel, daß es nie in die Hände der Gotteslästerer falle. Streife den Ring an deinen Finger und gürte dich mit dem Schwert, du, Wächter des Siegels, das der Ming-Kaiser dir anvertraut hat.«
Hung Khi shing, der Erhabene Späher, erschien. Feuer des Himmels fragte: »Hast du eben zu mir geredet?«
»Chu hung ying, Abt des Klosters von Shiu Lam, höre meine Worte: Die Blöße ist stärker als der Ruhm. Ihr müßt Euch von allem entblößen.« »Was wird aus den Mönchen?«
Der Erhabene Späher fuhr fort: »Der Augenblick des Schattens ist ein sehr viel helleres Licht als die Ewigkeit von tausend Sonnen.«

Feuer des Himmels, immer noch auf den Knien, rief: »Mögen die Mönche, die im Gebet und im Selbstvergessen gelebt haben, nicht von der Hand dieser Gotteslästerer und Hoffärtigen sterben.«

Der Erhabene Späher half ihm aufzustehen und wiederholte: »Streife an deinen Finger den Ring und gürte dich mit dem Schwert.« Dann fügte er hinzu: »Ruf deine Mönche zusammen und empfangt die kaiserlichen Gesandten mit allen Ehren.«

Der Vater Abt murmelte: »Wir sind Gefangene des Klosters. Die Soldaten umzingeln unsere Mauern und werden in sie eindringen. Was wird an diesem Abend von unseren frommen Betrachtungen, unseren heiligen Gebeten noch übrig sein? Ist es das Ende aller Lehren?«

Der Erhabene Späher lächelte: »Es bleibt der Glaube.« Dann verschwand er wieder.

Der Vater Abt versuchte, sich zu fassen und die Angst zu bezwingen, die in seiner Brust wie eine Katze zappelte. Er öffnete das Versteck, in dem sich das Siegel, der Ring und das Schwert befanden. Dann streifte er den Ring über seinen Mittelfinger, steckte das Schwert an seine linke Seite und verbarg das Siegel in seinem Gürtel. Er hieß die Mönche sich im großen Saal zu versammeln, und das Tor des Klosters weit zu öffnen.

»Wir grüßen Euch, tapferer Held der Schlucht der Sieben Witwen!« rief der Marschall der Armee und betrat feierlich den Saal. Feuer des Himmels verneigte sich ehrerbietig. »Der älteste der hohen Offiziere, der berühmte Fu Gen chen, und ich selbst, Li Shi choh, höchster Befehlshaber der kaiserlichen Truppen, wurden von unserem geliebten Kaiser als Gesandte geschickt, um dem Kloster von Shiu Lam zum neuen Jahr die Wünsche des dankbaren Reiches zu entbieten. Durch diese großmütige Geste will der Kaiser Euch seiner immerwährenden Freundschaft und Dankbarkeit versichern. Ehre sei dem Kaiser!«

Währenddessen waren auch die Soldaten in den Saal getreten. Es waren so viele, daß sie diesen riesigen Raum zur Gänze füllten. In der Mitte standen Feuer des Himmels, der Marschall und der

älteste der Offiziere, umgeben von den zahlreichen Geschenken, die man hereingebracht hatte.
Fu Gen chen ergriff das Wort: »Dies hier sind die Dankesgaben, die unser geliebter Kaiser diesem Kloster spendet: Eine Kassette voll mit Goldmünzen, einen Becher mit Perlen, einen Ballen feinster Spitzen. Die Kassette bedeutet, daß die Treue unwandelbar ist wie das Gold. Der Becher soll das Zeichen der Lauterkeit unserer Absichten sein, vergleichbar der Reinheit dieser Perlen. Das Spitzentuch drückt die Gemeinsamkeit der Gedanken aus, die wie ein Netz die Menschen in Brüderlichkeit verbindet.«
Feuer des Himmels verneigte sich erneut und erwiderte:
»Eure Exzellenzen können beruhigt sein: Wir verstehen sehr wohl den Sinn der Geschenke, die Seine Majestät uns gütigst durch seine hohen Abgesandten überbringen läßt. Das Gold der Welt ist der mächtigste Feind; aber es gibt ein anderes Gold, das die Seele erleuchtet. Die Perle der Welt ist die frechste Lüge, aber es gibt eine Perle inmitten der Lotusblüte, die der Ursprung aller Dinge und aller Wesen ist. Das Spitzengewebe der Welt ist die Illusion, aber es gibt ein göttliches, das die großen Geheimnisse enthüllt.«
»Das nenne ich edel gesprochen«, rief der Marschall. Schwertergerassel wurde laut.
»Bewundernswürdiger Vater Abt«, führte der älteste der hohen Offiziere hastig das Gespräch fort, »unser geliebter Kaiser geruhte, Euch seine huldvollsten Wünsche überbringen zu lassen. Im Austausch dafür mögt Ihr ihm eine Bitte erfüllen, die er uns zu übermitteln bat.«
»Ich werde sie aufmerksam anhören«, erwiderte Feuer des Himmels.
Fu Gen chen fuhr fort: »Euch zu Ehre und Dank hat der verblichene Kaiser Tien ch'i (möge seine Erinnerung unsterblich sein!) Euch das Siegel der Glückseligen Bodhisattva Kuan Yin anvertraut. Nun war es zwar der Wunsch seiner Majestät, Ihr mögt diesen so kostbaren Gegenstand verwahren; aber seinem erhabenen Sohn beliebt es, ihn zurückzufordern. Deshalb sind wir beauf-

tragt, das Siegel in den Palast zurückzubringen, wo es einen besseren Platz finden soll als in diesem Kloster, wo niemand es bewundern kann.«

»Gewiß doch«, erwiderte Feuer des Himmels und verneigte sich erneut, »aber ich wäre Euch dankbar, wenn Ihr mir das Dokument zu lesen gäbt, in dem der Kaiser das Siegel zurückverlangt, das sein Vater mir zur Verwahrung gab.«

»Unser Wort ist tausend Schreiben wert«, erwiderte der Marschall.

»Möge Eure Exzellenz mir verzeihen«, fuhr der Abt gelassen fort, »aber es handelt sich hier um eine zu wichtige Sache, als daß man leichtfertig damit umgehen könnte.«

»Hört«, fuhr Fu Gen chen fort, »Ihr kennt meine Familie. Dieser gestickte Drachen auf meinem Rock erinnert an meine Abstammung. Niemand, außer dem Kaiser, kann sich auf eine so ruhmreiche Vergangenheit berufen wie meine Ahnen. Mißtraut Ihr etwa dem Wort des höchsten Ritters des Reichs?«

Der Abt verneigte sich ein viertes Mal und sagte: »Möge der Segen Buddhas auf Eurer mächtigen Familie ruhen, Fu Gen chen, Nachkomme des Drachen. Aber selbst wenn der Urahn Eurer Urahnen persönlich von mir das Siegel verlangte, das der Kaiser mir anvertraut hat, so könnte ich es ihm nicht überlassen. Dieses Siegel ist der Grundstein des Reiches. Und mir wurde es übergeben, damit Buddha selbst das Recht wahre.«

»Wir reden und reden«, warf jetzt der Marschall ein, »und dabei vergessen wir ganz, auf das Wohl unseres geliebten Kaisers anzustoßen.« Man rollte das Weinfaß herein. »Seine Majestät wünschte, Ihr möget nach Sitte und Brauch den Treueschwur wiederholen. Deshalb sollen Eure Mönche und Ihr selbst den Becher der Brüderschaft trinken und damit die Bande der Treue festigen, die die Ming-Dynastie mit dem Kloster von Shiu Lam und das Kloster von Shiu Lam mit der Ming-Dynastie vereinen.«

Er holte einen Becher hervor, den er einem Offizier überreichte, damit dieser ihn aus dem Faß fülle. Dann reichte er ihn Feuer des Himmels.

»Der Ming-Dynastie und unserem erhabenen Herrscher Ch'ung chen, Sohn des Tien ch'i, zu Ehren!« rief der Marschall voller Pathos.
»Es ist an Euch, den ersten Schluck zu trinken«, sagte der Abt und hielt ihm den Becher hin. »Es schickt sich nicht, daß ein schlichter Mönch zuerst trinkt.«
»Aber nein, aber nein«, entgegnete Li Shi choh, »übrigens haben wir unseren Treueschwur dem Kaiser gegenüber erst kürzlich wiederholt. Dieser Wein ist für Euch bestimmt. Es hieße sich dem Kaiser widersetzen, wenn wir nicht Euch allein, den heldenhaften Mönchen von Shiu Lam, diese Ehre ließen.«
Feuer des Himmels hob den Becher und, zu seinen Mönchen gewandt, rief er mit lauter Stimme: »Ihr, meine Brüder, meine guten Freunde, hört mich an: Man will uns dazu zwingen, den Kaiser zu lästern, indem man uns mit einem tödlichen Schwur an ihn bindet. Dieser Wein enthält Gift. Lieber wollen wir von der Hand dieser schändlichen Männer sterben, als Buddha und das Reich durch diesen verfluchten Schwur zu beleidigen.«
Der Marschall unterbrach ihn: »Was bedeuten diese Verdächtigungen? Mißtraut Ihr etwa unserem Wort?«
Der Abt zog den Jadering von seinem Finger und warf ihn in den Becher. Und sogleich stieg in dichten Schwaden ein beißender Rauch auf, der sich im Nu im Saal ausbreitete.
»Zu den Waffen!« schrie der Marschall. »Laßt diese ganze kahlköpfige Brut über die Klinge springen!«
»Verrat!«, riefen die Mönche. Es gab ein schreckliches Handgemenge, in dem, überrascht durch das rasche Eingreifen der Soldaten, ein großer Teil der Mönche fiel. Andere folgten Feuer des Himmels und flüchteten im Schutz der dichten Rauchwolken hinüber in den Tempel, in dem sie sich einschlossen.
Es war eine grauenvolle Schlächterei. Die Mönche, die in dem großen Saal geblieben waren, hundertsechs an der Zahl, kamen alle um, während sich einundzwanzig zusammen mit dem Abt retten konnten. Allerdings war ihre Lage kaum besser als die der Toten. Das Kloster war umzingelt; sie konnten sich also auch durch keine

Geheimtür in Sicherheit bringen. Schon begannen die Soldaten, sich gegen die Tempeltür zu werfen.
Der kleinen Schar der Mönche blieb nichts weiter übrig, als vor Dharma Buddha niederzuknien und zu ihm zu sprechen: »Schande den Verrätern! Friede denen, die der Tod vor der Falschheit bewahrt! Sollen auch wir jetzt unser Leben lassen? Soll das Siegel in die Hände dieser schändlichen Männer fallen, die das Reich ihrem berechnenden Sinn und ihrem Haß preisgeben?«
Nun hielt jedoch Feuer des Himmels noch immer den Becher mit dem vergifteten Wein in der Hand. Und aus diesem Becher stieg ein dichter roter Rauch, der eine Art Gang ins Unsichtbare bildete. Diesen Weg schlugen der Vater Abt und seine einundzwanzig Mönche ein, als gerade die Tempeltür unter dem erbitterten Ansturm der Soldaten zersplitterte.
»Wo sind sie?« schrie der Marschall und suchte überall nach den Mönchen, bis er feststellte, daß der Raum leer war. Währenddessen liefen die Mönche durch den roten Gang. Als sie die befestigte Klostermauer hinter sich gelassen hatten, standen sie plötzlich Ma I fuh, dem Verräter, gegenüber, der den Soldaten den Außeneingang zum Tempel zeigte. Da begriffen sie, wem sie das alles zu verdanken hatten. Außer sich vor Zorn verließen siebzehn der Mönche den schützenden roten Gang, stürzten sich auf den Verräter und packten ihn. Der Elende war bald nur noch eine leblose Gliederpuppe unter ihren kräftigen Fäusten, die den Leichnam in alle vier Winde verstreuten. Doch schon waren die Soldaten herbeigeeilt, bemächtigten sich der siebzehn Mönche und erschlugen sie. Danach legten sie in allen Ecken des Klosters Feuer, das sich bald auszubreiten begann. Der Abt und die vier Mönche, die bei ihm geblieben waren, drehten sich um und sahen die Flammen, die schon aus den Dächern schlugen. Und sie hörten, wie Li Shi choh unter grausigem Gelächter rief: »Jetzt haben wir diese frommen Brüder endlich ausgerottet, die das Volk aufwiegelten, um mit seiner Hilfe die Macht an sich zu reißen!«
Feuer des Himmels und seine Begleiter flüchteten weiter durch

den Gang aus Rauch, der sie unsichtbar machte und so, zumindest vorübergehend, vor ihren Feinden schützte.
»Hört auf, so zu schreien«, sagte der älteste der hohen Offiziere zu dem Marschall gewandt. »Eure Soldaten haben das Kloster in Brand gesetzt. Wie sollen wir jetzt noch das Siegel finden?«
»Macht Euch keine Sorgen«, erwiderte Li Shi choh. »Meine Soldaten wissen schon, was sie tun. Wenn wir jede Spur von diesem Kloster auslöschen, nehmen wir dieser Brut die Möglichkeit, sich wieder zusammenzurotten. Was das Siegel angeht, so hatte der Vater Abt es bei sich, als er floh. Da er zu Fuß ist, kann er nicht weit kommen. Auf, in den Sattel, Feuriger Tiger! Noch vor Einbruch der Nacht haben wir ihn eingeholt!«
Fu Gen chen schwang sich auf sein Pferd und sagte zu dem Marschall: »Übrigens ist mir nicht ganz klar, weshalb Ihr unbedingt das Siegel haben wollt. Ich vermute, es ist Euer Machtstreben...«
Li Shi choh kletterte mühsam mit Hilfe zweier Soldaten auf sein Pferd und erwiderte: »War es nicht unser gemeinsamer Plan, den Kaiser zu stürzen?«
Der älteste der hohen Offiziere erwiderte nichts. Von ihren Reitern begleitet galoppierten sie von dannen, um Feuer des Himmels zu verfolgen. Die Ereignisse im Kloster hatten Fu Gen chen nachdenklich gemacht. Er war nicht mehr so überzeugt von der Schuld der Mönche. Hatte er, der Nachkomme des Drachens, nicht vielleicht seine Hand zum schwärzesten Verrat geliehen? Jedenfalls war dieser Abt ihm plötzlich als ein ehrlicher Mann erschienen.
Während er neben dem Marschall her ritt, überdachte er noch einmal die Szene mit dem vergifteten Schwurtrunk. Er bedauerte jetzt, sich zu einer so abscheulichen Täuschung hergegeben zu haben. War er dadurch nicht meineidig geworden? Als er tatenlos der Ermordung der Mönche zugesehen hatte, war ihm immer deutlicher zum Bewußtsein gekommen, daß Li Shi chohs Sache nicht die seine sein konnte. Der Marschall strebte nach Macht, um seinen Ehrgeiz und seine Laster zu befriedigen. Er, Fu Gen chen, wollte Ch'ung chen zum Abdanken zwingen, weil er von dessen

Unfähigkeit überzeugt war, die Staatsgeschäfte zu führen; aber was für ein Reich würde das sein, das von einem Li Shi choh beherrscht würde?

Währenddessen dachte der Marschall: Dieser Feurige Tiger ist zu intelligent und zu mächtig, als daß ich eines Tages die Macht mit ihm teilen könnte. Ich muß mich seiner geschickt bedienen, um auf den Thron zu gelangen. Aber noch bevor es soweit ist, muß er sterben. Sonst wäre er durchaus fähig, meinen Platz auf dem Thron einzunehmen.

Den ganzen Nachmittag lang suchten sie nach Feuer des Himmels und fanden ihn nicht. Deshalb beschlossen sie, nach Bei jing zurückzukehren. Sie erteilten den Truppen den Befehl, in allen Provinzen nach den fünf Mönchen zu fahnden und sie tot oder lebendig in den kaiserlichen Palast zu bringen. Sie gaben dabei den Offizieren zu verstehen, daß einer der Mönche eine Reliquie bei sich trage, die er gestohlen habe. Dem, der sie wieder zurückbringe, winke Reichtum und Ruhm. Dann ritten die beiden feindlichen Verbündeten in Begleitung ihrer Soldaten erschöpft zurück in die Hauptstadt.

IX

Als der Kaiser von dem Massaker erfuhr, das seine Gesandten verschuldet hatten, war er zutiefst bestürzt. Gewiß, er hatte gehofft, die Mönche würden sterben. Aber er hatte das Gift als diskreteren Weg gewählt. Auf diese Weise hätte er dem Volk weismachen können, der Tod der Mönche sei auf eine Epidemie zurückzuführen. Jetzt mußte er erklären, weshalb man das Kloster in Brand gesetzt hatte, und er fürchtete den Zorn seiner Untertanen.

Als nun der Marschall der Armee von seiner Expedition zurückkehrte, ließ er ihn augenblicklich rufen und kanzelte ihn ziemlich ab, was diesen zutiefst empörte. Dennoch erwiderte Li Shi choh mit erzwungener Ruhe: »Seine Majestät kann ganz beruhigt sein. Die unglückliche Wendung, die die Ereignisse genommen haben, sind auf verschiedene widrige Umstände zurückzuführen und leider auch auf die Unerfahrenheit des ältesten der hohen Offiziere, der sich wohl eher auf mondäne Empfänge als auf die Kriegskunst versteht... Natürlich haben wir sofort verkünden lassen, jene Epidemie, die Eure Majestät so geschickt ins Spiel gebracht hat, sei den armen Mönchen zum Verhängnis geworden...«

»Und der Brand?« fragte der Kaiser.

»Um zu verhindern, daß die Erreger der Epidemie sich in den benachbarten Dörfern verbreiteten, mußten wir Feuer an das Kloster legen. Ist das nicht das beste Mittel gegen die Pest?«

Ch'ung chen seufzte: »Du weißt wirklich auf alles eine Antwort. Aber glaubst du, die Bauern haben dir deine Geschichte abgenommen?«

»Sie werden es wohl müssen«, erwiderte der Marschall in gereiztem Ton.

Da beugte der Kaiser sich leicht nach vorn und fragte überraschend: »Und was ist aus dem Siegel der Glückseligen Kuan Yin geworden, das mein Vater diesen Mönchen anvertraut hat?«

Li Shi choh stammelte: »Nun ja... Erhabener Glanz, wir wissen nicht, was aus ihm geworden ist...«

Ch'ung chen sprang zornig auf: »Wirklich bemerkenswerte Gesandte! Nicht nur, daß Ihr es nicht fertiggebracht habt, diese Mönche auf ordentliche Weise sterben zu lassen, jetzt behauptest du auch noch, du wüßtest nicht, was aus dem kostbarsten Gegenstand des ganzen Reiches geworden ist.«
»Vielleicht ist es mit dem Kloster zusammen verbrannt...«, meinte der Marschall.
Der Kaiser ging drohend auf Li Shi choh zu und rief aufgebracht: »Ich habe euch beide, dich und Fu Gen chen, in Verdacht, das Siegel für eure persönlichen Zwecke entwendet zu haben. Brave, tapfere Diener hätten mir dieses Kleinod zum Zeichen ihrer Loyalität zu Füßen gelegt. Ihr aber habt nichts dergleichen getan. Wache, ergreift den Marschall und werft ihn in den Kerker. Ihr haftet mir mit eurem Leben dafür, daß er nicht entkommt. Geht jetzt!«
Völlig überrascht, kam der Marschall gar nicht erst dazu, Widerstand zu leisten. Die kaiserliche Wache brachte ihn in den unterirdischen Teil des Palastes, in dem sich die düsteren Verliese befanden, und sperrten ihn ein. Nun wußte Ch'ung chen natürlich, daß er es nicht wagen durfte, sich gegen die Kaste des Adels zu stellen, es sei denn, er nutzt die Rivalität aus, die zwischen den Anhängern von Li Shi choh bestand und der sehr viel einflußreicheren Partei, deren unbestrittener Führer Feuriger Tiger war.
Er ließ also Fu Gen chen rufen und sagte zu ihm: »Es ist mir ein Bedürfnis, dich, Sohn des Drachen, den ältesten der hohen Offiziere, und deine würdige Familie zu ehren, zum Dank für dein wohlüberlegtes Verhalten bei dieser schwierigen Mission im Kloster von Shiu Lam. Deshalb habe ich beschlossen, dich zum Marschall der kaiserlichen Armee zu ernennen. Du wirst der Nachfolger Li Shi chohs, den ich abgesetzt habe. Außerdem würde ich es sehr gern sehen, wenn du mein persönlicher Ratgeber werden würdest.«
Feurigen Tiger überraschten diese Worte so, daß er sich unwillkürlich auf den Boden warf und dreimal die rituelle Ehrenbezeugung vollführte.
Der Kaiser hob ihn auf und sagte: »Li Shi choh wollte mich stür-

zen. Hat er mir nicht versichert, dieser Feuer des Himmels sei ein Verräter, dieser Mann, den mein Vater als einen Retter des Reiches betrachtet hat. In Wirklichkeit wollte er sich nur des Siegels bemächtigen, das die frommen Mönche aufbewahrten. Ist es nicht so?«

Fu Gen chen blieb nichts anderes übrig, als die Wahrheit zu sagen. Er erwiderte: »Möge die Barmherzigkeit Eurer Majestät ebensogroß sein wie Euer Scharfsinn. Es ist wahr, der Marschall der Armee plante eine Verschwörung gegen die Dynastie und ihr allerwürdigstes Haupt. Was diese Mönche angeht, so hatte ich leider nicht die Ehre, sie zu kennen, aber mir schienen sie ganz ehrenwerte Bürger zu sein. Li Shi choh hat gelogen, um sich an dem Abt zu rächen, der ihm damals den Zopf abgeschnitten hat.«

»Wo ist das Siegel?« fragte der Kaiser.

»Feuer des Himmels ist nicht tot«, gestand Feuriger Tiger. »Mit vier Mönchen gelang es ihm zu fliehen, während das Kloster in Flammen stand. Wir konnten keine Spur von ihnen finden. Aber wir haben Befehl gegeben, sie überall zu suchen. Dem, der das Siegel zurückbringt, wurde eine hohe Belohnung versprochen. China ist groß. Wir können nur hoffen.«

Ch'ung chen rief wütend: »Das also sind die Heldentaten dieses Verräters, den ich in einem Augenblick der Schwäche wieder in sein Amt als Marschall eingesetzt habe! Feuer des Himmels lebt! Und er hat das Siegel, das es ihm gestattet, ganz nach Gutdünken zu verfahren, denn jedes Dokument, das er damit siegelt, hat Gesetzeskraft. Wird er es nicht benutzen, um sich zu rächen?«

»Ich weiß es nicht«, entgegnete Fu Gen chen.

Da stand der Kaiser auf und erklärte feierlich: »Li Shi choh muß sterben.« Er beugte sich zu Feurigem Tiger hinunter und fragte ihn: »Glaubst du, seine Familie wird sich gegen mich empören, wenn ich diesen Verräter hinrichten lasse?«

Der neue Marschall der Armee erwiderte: »Sollte es so weit kommen, daß die Familie der Li es wagt, gegen Eure Majestät aufzustehen, muß sie sich zunächst mit der der Söhne des Drachen

messen. Mit dem Klan eines Lügners wird unsere edle Familie nie gemeinsame Sache machen.«
»Ausgezeichnet«, beschloß Ch'ung chen, »ich werde also schon morgen diesen Schurken hinrichten lassen. Ich werde es so einrichten, daß ein großer Teil der Bevölkerung der öffentlichen Hinrichtung beiwohnt. Wenn bisher bestimmte Schichten des Volkes noch an meiner Loyalität ihnen gegenüber gezweifelt haben, wird dieses Schauspiel sie zum Verstummen bringen.«
Feuriger Tiger verließ den Saal nach diesem Gespräch in äußerster Erregung. Die Volksanbiederung des Kaisers widerte ihn an. Aber nach und nach nistete sich ein Gedanke in ihm ein, der bald ganz greifbare Gestalt annahm. Er schmiedete einen Plan, den er während Li Shi chohs Hinrichtung in die Tat umsetzen wollte. Schließlich war der in Ungnade gefallene Marschall ja sein einziger Rivale bei seinem Anspruch auf den Thron.
Am nächsten Tag brachte man den Verurteilten auf den Platz des Westens, auf dem man in aller Eile während der Nacht ein Schaugerüst aufgebaut hatte. Auf dieses schleppte man ihn, so daß sich die zahlreich erschienene Menge an der Hinrichtung ergötzen konnte. Der Kaiser indes blieb nach Sitte und Brauch fern. Er hatte drei Richter entsandt, die das Urteil verlasen: Verrat am Reich, Empörung gegen den Kaiser, Versuch eines Staatsstreichs. Die Menge verhöhnte Li Shi choh, der kaum protestieren konnte, denn der Henker hatte ihm vorher die Zunge abgeschnitten. Sechs Stunden lang riß man ihm langsam unter den gräßlichsten Qualen die Glieder aus, bis er seinen letzten Atemzug tat.
Während dieser Zeit lief Feuriger Tiger zu den Verwandten des Gefolterten, von den Brüdern bis zu seinen weit entfernten Vettern, und sagte zu ihnen: »Seht euch dieses gräßliche Schauspiel an! Welch eine Schande für unsere Familien! Ch'ung chen ist ein Ungeheuer, das wir nicht länger auf dem Thron dulden können! Das gemeine Volk lädt er dazu ein, sich an den Qualen eines der Unseren zu weiden. Morgen sind vielleicht wir an der Reihe. Wer weiß, wie weit dieser blutrünstige Verrückte in seinem Hang zur Demagogie noch geht. Er hat die Mönche ermorden lassen. Jetzt

foltert er den Adel. Ich, Fu Gen chen, der älteste der hohen Offiziere, der Nachkomme des Drachen, werde euch rächen!«
»Was können wir gegen den Kaiser ausrichten?« fragten all diese Männer, die angesichts des über sie hereinbrechenden Unglücks völlig fassungslos waren.
»Verbündet euch mit meiner Familie, dann werden alle anderen Adligen eurem Beispiel folgen. Noch heute abend lasse ich Ch'ung chen verschwinden, und zwar auf so geschickte Weise, daß niemand an einem natürlichen Ende zweifeln kann. Morgen versammle ich den hohen Rat der Familien, der die Ming-Dynastie auflösen und die Herrschaft der Ts'ing ausrufen wird. Ich werde euch alle zu den höchsten Staatsbeamten machen.«
Die eigene Bestürzung, das Streben nach Rache und der Ehrgeiz der Li wurden Fu Gen chens stärkste Fürsprecher, so daß alle seinen Vorschlag annahmen. Der Gefolterte hatte gerade mit einem gräßlichen Röcheln die Seele zu seinen Vorfahren eingehen lassen, als die Rechnung des neuen Marschalls bereits aufgegangen und Ch'ung chens Schicksal praktisch besiegelt war. Während die von Grauen gesättigte Menge wieder nach Hause ging, begab Fu Gen chen sich in den kaiserlichen Palast, ließ sich durch den Großkämmerer melden und betrat das Schlafzimmer des Kaisers.
Ch'ung chen war allein. Er ruhte auf seiner Matte und wandte kaum den Kopf, als Fu Gen chen eintrat.
»Möge Eure Majestät mir verzeihen«, begann der Sohn des Drachen, »aber es wird Euch sicher interessieren, von dem letzten Stand der Ereignisse zu erfahren...«
Der Kaiser winkte müde ab: »Ich weiß schon alles. Li Shi choh hat lange gebraucht, bis er sterben konnte. Das Volk ist höchst zufrieden. Und ich bin jetzt ein großer Herrscher, weil ich einen Adligen zu strafen wußte. Amüsant, nicht wahr?«
»Sehr amüsant«, erwiderte Feuriger Tiger. »Aber mit den Ereignissen ist es wie mit den Tagen. Eines folgt auf das andere. Das sind die letzten Neuigkeiten: Die Familie der Li hat sich mit der meinen verbündet. Alle großen adligen Familien sind dem Beispiel gefolgt. Die niedrigeren Stände werden das gleiche tun.«

»Na schön«, erwiderte der Kaiser. »Ich wußte, du bist nicht nur ein guter Marschall, sondern auch ein ausgezeichneter Ratgeber.«
»Leider, leider«, fuhr Fu Gen chen in betrübtem Ton fort, »wird sich morgen früh ein Hoher Rat versammeln und feststellen, daß der Thron leer steht.«
Ch'ung chen begriff nicht gleich, was der neue Marschall damit meinte. Doch dann sprang er mit einem Satz auf: »Was sagst du da?«
Feuriger Tiger hielt seinem Blick stand: »Herr, Ihr müßt Euch den Tatsachen fügen. Die Ming-Dynastie war einmal.«
»Verräter!« schrie der Kaiser. »Warum dieser Aufstand? Habe ich nicht seit dem Tod meines Vaters dem Adel meine Gunst bewiesen? Ich habe euch alle wieder in die Ämter eingesetzt, die Euch genommen waren.«
»Ihr hattet Angst vor dem Volk und habt ihm geschmeichelt. Das Reich kann nicht von einem regiert werden, dessen Hände zittern.«
»Was willst du von mir?« fragte Ch'ung chen und wich zurück.
»Ein gestürzter Herrscher ist machtloser als der niedrigste seiner früheren Untertanen«, sagte Fu Gen chen.
Auf seinen Ruf hin öffnete sich die Tür. Vier Männer stürzten sich auf den Monarchen, schlugen ihn nieder und warfen ihn auf Befehl des künftigen Herrschers in ein düsteres Verlies. Es widerstrebte Feurigem Tiger nämlich, sich die Hände mit Blut zu besudeln. Deshalb zog er es vor, Ch'ung chen in seinem Kellerloch einfach zu vergessen. In ein paar Tagen, so hoffte er, werde er sowieso vor Hunger oder Verzweiflung sterben. Danach berief er die hohen Offiziere zu sich und beratschlagte mit ihnen die ganze Nacht lang über die Verhängung eines Ausnahmezustands. Auf diese Weise konnte er jeden Aufstand rasch im Keim ersticken, falls das Volk die Gelegenheit nützen würde, sich gegen ihn zu empören. Am nächsten Tag ließ er wie vorgesehen den Tod des Kaisers verkünden. Das Volk beweinte ihn tränenreich. Der Hohe Rat der Familien versammelte sich und wählte einstimmig den neuen Monarchen, Fu Gen chen, der sogleich den Namen Schi

Tsu * annahm. So verschwand die Ming-Dynastie, und es begann die Herrschaft der Ts'ing, ein Ereignis, das der unsterbliche Autor der *Verwehten Herbstblätter*, der geniale Wu Thian ching, folgendermaßen beschrieb:

In die Geschichte sind diese letzten Tage vor dem Ende des dem Hund geweihten Jahres unter dem Namen ›Tag der Betrogenen‹ eingegangen, denn durch eine Verkettung unerwarteter Umstände täuschte jeder jeden. Und auf diese Weise gelangte der älteste der hohen Offiziere auf den Thron. Wer hätte wohl gedacht, daß die Ermordung der Mönche des Klosters von Shiu Lam solche Folgen haben würde? Li Shi choh glaubte, es mit dem Kaiser aufnehmen zu können und begegnete dem Tod. Der Kaiser glaubte, Fu Gen chens Freundschaft und Loyalität gewinnen zu können und wurde von eben jenem abgesetzt, den er mit Ehren überhäuft hatte. Und das Volk glaubte, sein Kaiser sei tot. Da Ch'ung chen keine Nachkommen hatte, hielt es Feurigen Tiger für den rechtmäßigen Nachfolger. Doch in Wirklichkeit war der Sarg leer, vor dem das Volk in Andacht kniete.

Als Feuer des Himmels von diesen Ereignissen erfuhr, geriet er außer sich vor Zorn. Gewiß, Li Shi chohs Schicksal schien ihm in gewisser Weise gerecht. Aber es war ihm auch klar, daß bei Ch'ung chens Ableben sein Nachfolger die Hand mit im Spiel gehabt haben mußte. Er beschloß, von nun an zu versuchen, eines Tages Gesetz und Ordnung wiederherzustellen und den zu stürzen, der seiner Meinung nach unrechtmäßig auf den Thron gelangt war.

Die fünf Überlebenden des Massakers waren nämlich dank der roten Rauchwolke, die sich aus dem vergifteten Kelch erhoben hatte, ganz und gar unbemerkt durch den Bezirk von Fu Chen gekommen. Sie waren so bis nach Ufan an der Shih San li-Bucht gelangt, wo die Wolke sie verließ. Es gab dort eine Fischerhütte, in der zwei Fährmänner, Sieh und Wu, recht bescheiden wohnten. Sie empfingen die Mönche höchst zuvorkommend.

* Bekannter unter dem Namen seiner Devise, Schun-Tschi. (A. d. Ü.)

»Tretet ein, meine guten Herren«, riefen die beiden Männer. »Möge Buddhas Heiterkeit sich auf Euch senken.«
»Ach, wir sind leider vom Unglück geschlagen«, erwiderte der Abt. »Soldaten haben unser Kloster in Brand gesetzt und fast alle Mönche getötet. Nur wir sind übriggeblieben...«
»Fromme Brüder«, entgegneten Sieh und Wu, »ein Sturm fegt über das Reich hinweg. Haben wir nicht gerade vernommen, daß unser geliebter Kaiser in den Palast aus Jade hinübergewechselt ist, in dem seine Vorfahren ihn sicherlich nicht so bald erwartet haben.«
»Ch'ung chen ist tot?«, fragte Feuer des Himmels zutiefst erschüttert.
»Er und Marschall Li Shi choh«, erwiderten die Fährmänner, »dieser jedoch starb nicht eines natürlichen Todes. Er wurde öffentlich gefoltert zur Strafe für seinen Verrat.«
»Er war ein Verräter, ein Feigling und ein Lügner«, erwiderte der Abt, »aber möge seine gequälte Seele in Frieden ruhen. Woran jedoch ist der Kaiser gestorben?«
»Das weiß niemand«, antworteten Sieh und Wu. »Morgen sollen die Begräbnisfeierlichkeiten stattfinden. Fu Gen chen, der älteste der hohen Offiziere, wurde von dem Hohen Rat zum Nachfolger gewählt.«
»Alles auf dieser Welt ist Verrat«, rief Feuer des Himmels. »So wurde denn die Ming-Dynastie, die mir das Siegel anvertraut hat, von einem Ts'ing gestürzt. Und wißt Ihr, woher seine Väter stammen? Diese Familie des Drachen stammt aus der Mandschurei. Die Ts'ing sind Mandschuren. Das China der Ming wird also jetzt von Mandschuren beherrscht.« Tränen der Scham rannen ihm übers Gesicht.
»Verehrter Bruder«, erwiderten die anderen Mönche, »wie könnten wir fühllos angesichts der Not des Reiches bleiben? Einst haben wir die Eleuthen geschlagen und waren nur einhundertachtundzwanzig. Heute sind wir fünf, also fast ein Nichts, aber Dharma Buddha wird uns raten.«
»Wir verwahren das Siegel der Glückseligen Bodhisattva, der

Urahnin der Ming«, fügte der Abt hinzu, »deshalb haben wir auch die Pflicht, über die Tradition zu wachen, mit deren Schutz uns unser geliebter Kaiser Tien ch'i betraut hat, indem er uns das Siegel übergab. Ja, dieses Siegel gemahnt uns stets daran, den unrechtmäßigen Thronfolger zu stürzen und wieder einen Ming zum Kaiser von China zu machen.«
»Ehrwürdiger Bruder«, warfen die anderen Mönche ein, »der unglückselige Ch'ung chen ist ohne Nachkommen gestorben. Wie können wir da eines Tages wieder einen Ming auf Chinas Thron setzen?«
»Ich weiß es nicht«, erwiderte Feuer des Himmels, »aber es ziemt nicht den Menschen, über diese Dinge zu debattieren. Wir haben das Siegel aufzubewahren. Und dieses Siegel verpflichtet uns. Wir werden seinem Ruf gehorchen.«
Alle verneigten sich und wollten sich gerade ein wenig ausruhen, als Sieh und Wu herbeiliefen und riefen: »Im Dorf kehren Soldaten das Unterste zuoberst, um Euch zu suchen. Bestimmt kommen sie anschließend auch hierher, um diese bescheidene Hütte durchzukämmen. Ihr müßt fliehen, und mit Eurer Erlaubnis werden wir Euch dabei helfen.«
Die Mönche dankten den beiden Fährmännern, die sie eiligst zu ihrem Boot brachten. Es lag in der Shih San li-Bucht unter einer riesigen Weide, deren bis zum Wasser herabhängende Zweige ein für ihren Zweck geradezu ideales Versteck bildeten. Zur zusätzlichen Sicherheit steckten die Fährmänner Feuer des Himmels und seine Brüder in die Tonnen, in denen sie für gewöhnlich den Fisch salzten. Dann gingen sie wieder zurück in ihre Hütte.
Ein paar Augenblicke später schlugen die kaiserlichen Soldaten an die Tür. Sieh und Wu empfingen sie höchst unterwürfig.
»Sind euch keine kahlköpfigen Männer begegnet, die auf der Flucht waren?« fragte der Offizier.
»Sucht Ihr Räuber?« fragten die Fährmänner.
»Wir wissen nicht genau, wer sie sind«, entgegnete der Offizier, »aber es scheint, als ob der Mann, der sie findet, sein Glück mit ihnen macht. Ruhm und Reichtum hat der Kaiser persönlich dem

versprochen, der ihm diese Mönche tot oder lebendig bringt. Vor allem geht es um eine bestimmte Reliquie, die einer von ihnen in seinem Gewand versteckt hat.«
»Was ist das für eine Reliquie?« fragten Sieh und Wu.
»Das wissen wir auch nicht«, entgegnete der Offizier. »Wir wissen nur, es handelt sich um einen Gegenstand aus Kupfer und Eisen, der wohl aus einem Rechteck besteht, auf dem Schriftzeichen von besonderer symbolischer Bedeutung eingraviert sind.«
»So was ist bestimmt nicht leicht zu finden«, erwiderten die Fährmänner. »Aber was können wir für Euch tun?«
»Wir werden euer Haus und euer Schiff durchsuchen«, erwiderte der Offizier in strengem Ton.
»Wir wären schlecht beraten, wollten wir Euch daran hindern. Unser Haus steht Euch zur Verfügung, unser Boot jedoch liegt leider auf dem Grund der Shih San li-Bucht, seit dem Unwetter vor ein paar Tagen.«
Die Soldaten sahen in jeden Winkel der Hütte, dann gingen sie hinüber zum Ufer, um sich zu vergewissern, ob das Boot nicht irgendwo hinter den Felsen versteckt war. Aber da sie nichts entdekken konnten, kehrten sie in die Hütte der Fischer zurück und sagten: »Wir vermuten, daß sich diese Mönche hier versteckt halten. Deshalb werden wir auch in der Gegend bleiben, damit uns nichts entgeht. Wenn ihr irgend etwas erfahrt, laßt es uns wissen. Es ist immer besser, der Freund des Jägers als der des Wildes zu sein.«
Sobald die Soldaten weg waren, gingen Sieh und Wu zu ihrem unter den Weidenzweigen versteckten Schiff zurück, stiegen hinunter in den Stauraum und öffneten die Fässer, in denen Feuer des Himmels und seine Mönche bereits zu Salzsäulen geworden waren. Sie schüttelten sich, wuschen sich mit viel Wasser ab, so daß sie allmählich aus ihrer Starrheit erwachten. In eben diesem Augenblick entdeckten die Soldaten, die noch einmal zurückgekommen waren, die Weide und das darunter versteckte Boot.
»He da«, riefen sie, »was ist denn das für ein Schiff?«
»Das ist unseres«, erwiderte Sieh. »Ich dachte, es sei vor der Bucht gesunken«, entgegnete der Offizier.

Gewiß, das stimmt auch...«, antwortete Wu, »aber während der Nacht müssen es die Strömung und der Wind hierhergetrieben haben. Jedenfalls entdeckten wir es eben gestrandet am Ufer.«
»Und wer sind diese fünf Männer?«, fragte der Offizier wieder.
»Das sind unsere fünf Matrosen, die mit dem Boot untergegangen und Dank Buddhas Barmherzigkeit mit ihm gerettet worden sind.«
»Sie sehen eher wie Mönche aus«, riefen die Soldaten. »Seht nur! Ihre Köpfe sind völlig kahlgeschoren.«
»Ihr macht wohl Witze«, entgegnete Wu und strich Feuer des Himmels über das kahle Haupt. »Diese Unglücklichen sind so lange im Wasser gewesen, daß das Salz ihr Haar angegriffen hat. Es ist ihnen gleich büschelweise ausgefallen.«
Der Offizier strich einem der Mönche über den Kopf, leckte dann an seinen Fingern und stellte fest, daß sie nicht nur nach Salz, sondern auch nach Hering schmeckten. Überzeugt zogen die kaiserlichen Soldaten von dannen.
»Ehre sei Buddha«, riefen die Mönche und fielen gemeinsam mit den beiden Fährmännern unter der Weide auf die Knie.
Da erschien der Erhabene Späher, Hung Khi shing, der zu ihnen mit folgenden Worten sprach: »Ihr seid auf dem rechten Weg. Hätte Buddha euch diese rote Wolke geschickt, wenn es nicht seine Absicht gewesen wäre, daß ihr das heilige Siegel rettet? Bewahrt euch euren Glauben und bleibt standhaft.«
Dann verschwand er wieder.

X

Als der gestürzte Kaiser wieder zur Besinnung kam, umgab ihn tiefes Dunkel, und einen Augenblick lang glaubte er, man habe ihm die Augen ausgestochen. Aber gleich darauf stellte er fest, daß die Wachsoldaten ihn in ein Kerkerloch gebracht hatten. Er merkte an seinen schmerzenden Gliedern, daß sie ihn wohl einfach von oben hinuntergeworfen hatten. Wahrscheinlich war er lange bewußtlos gewesen, in diesem feuchten Loch, in dem er jetzt lag. »Weh mir«, klagte er laut, »der Adel hat sich gegen mich verschworen, und während ich mich vor dem Volk und den Mönchen zu schützen suchte, plante man in meinem eigenen Palast meinen Sturz. Wußte ich denn nicht, daß die Menschen ohne Erbarmen sind, wenn es um ihren Ehrgeiz geht? Und hat mich nicht auch mein eigener Stolz verraten, so daß ich nun wie ein Wurm im Finstern hause, obwohl die ganze Welt mein eigen gewesen war?«

Tränen rannen ihm übers Gesicht.

Er versuchte aufzustehen, aber es gelang ihm nicht. Er hatte sich bei seinem Sturz die Beine gebrochen, die ihm jetzt schrecklich weh taten. »Warum bloß habe ich auf das gemeine Geschwätz von Li Shi choh gehört, diesen mit fauligen Winden gefüllten Schlauch? Ich habe die Mönche verurteilt, ohne sie anzuhören, sie, die das Reich gerettet hatten und denen ich ewige Dankbarkeit schuldete. Durch die, die mich belogen und betrogen haben, ließ ich ihnen vergifteten Wein schicken. Ich war unwürdig, ein Kaiser zu sein. Mein Vater, den ich mit Hohn und Spott überhäufte, hatte recht in seinem Urteil über mich. Durch meine Schuld ist die Ming-Dynastie in die Hände der Ts'ing gefallen. Glückselige Kuan Yin, Ahnin unserer Familie, hab Erbarmen mit diesem armen Narren, dem letzten Sproß deines berühmten Stammes ...«

Da erklang aus dem Dunkel eine Frauenstimme: »Ch'ung, chen, Sohn seiner Majestät Tien ch'is!«

Er zuckte zusammen: »Wer spricht da?«
Der Schatten wiederholte: »Ch'ung chen, Sohn seiner Majestät Tien ch'is!«
Er rief: »Ist mein Geist schon so verstört, daß ich in diesem Grab die Stimme der großen Bodhisattva höre?«
»Habt keine Angst«, fuhr die Stimme fort, »ich bin die Lieblingsdienerin Eures Vaters. Ich wurde auf Befehl des Marschalls in diesem Loch angekettet. Ich habe zwei Eisenringe an den Füßen, so daß ich mich nicht vor Eurer Majestät niederwerfen kann, wie es sich gehört.«
»Liebe Kleine Mondfeee«, erwiderte Ch'ung chen, »du hast stets treu zu meinem Vater gehalten. Dieser widerliche Fettsack hat auch dich verraten. Er behauptete, du und Feuer des Himmels, ihr hättet euch verbündet, um das Volk gegen mich aufzuwiegeln. Und ich, tausendmal schuldig, habe ihnen geglaubt, zwar nicht sofort, aber schließlich doch. Ich bitte dich um Verzeihung.«
»Herr«, rief Kleine Mondfee, »Eure Majestät kann doch eine Dienerin nicht um Verzeihung bitten... Entschuldigt die Sonne sich, weil sie die verbrennt, die sich zu nah an ihr verschwenderisches Licht wagen?«
»Welch sonderbarer Dialog in diesem Kellerloch...«, klagte Ch'ung chen. »Was bedeuten mir von nun an noch Sonne und Licht? Ich bin lebendig in den Tod gefallen, dorthin, wo nur noch Vergessen und Verwesung sind.«
»Selbst im allertiefsten Dunkel bleibt der Kaiser der Lichtstrahl, der den Tag erneuert«, sagte die junge Frau. »Wenn die Unwissenheit am größten ist, ist der Kaiser der Ursprung des Wortes, mit dem das Wissen beginnt. Wenn das Chaos brodelt und grollt, ist der Kaiser der Keim zur großen Ordnung.«
»Liebe Kleine Mondfee«, sagte Ch'ung chen, »wie tapfer du bist! Wie gut du deine Lektion kennst! Aber ich liege hier in einer Nacht ohne Morgen. Meine Beine sind gebrochen. Niemand wird je in dieses tiefe Verlies hinuntersteigen, um uns zu retten.«
Während er noch redete, hörte der Buddha des Ostens, der in der Provinz von Bei jing seinen üblichen Rundgang machte, eine un-

deutliche Stimme, die aus den Tiefen der Erde zu ihm drang. »Was ist denn das?«, fragte er sich. »Halten jetzt schon die Maulwürfe Reden?« Er neigte sein Ohr, um besser verstehen zu können. Aus dem Keller des kaiserlichen Palastes drang leise eine Art Klage oder Gebet. »Oh«, sagte der Buddha des Ostens, »das ist wirklich höchst sonderbar. Schien mir nicht eben, als habe man die große Bodhisattva Kuan Yin angerufen?« Er beugte sich noch näher hinunter und hörte jetzt deutlich die Worte des gestürzten Herrschers.

»Was geht denn in diesem Reich vor?«, fragte er sich erstaunt. »Der Kaiser liegt verlassen in einem finsteren Kellerloch.« Er sah in den Palast hinein, um vielleicht den Grund für diese merkwürdige Verkehrung der Dinge zu erfahren. Da sah er Feurigen Tiger auf dem Thron sitzen und eine ganze Schar von Höflingen, die sich vor ihm in den rituellen Ehrenbezeugungen ergingen. »Das wird ja immer unerklärlicher«, sagte er sich. »Sollte die Herrschaft der Mandschuren die der Ming abgelöst haben? Dabei kann ich mich doch gar nicht erinnern, daß im Schicksalsregister ein solches Ereignis vorgesehen ist.«

Er hielt sich an einer Wolke fest und ließ sich von ihr zum Purpurmeer tragen, wo die Bodhisattva Kuan Yin in einem Boot saß und ein paar Fischern den Traktat der vollkommenen Frömmigkeit erläuterte.

»Glückselige! Glückselige!«, rief er so aufgeregt, daß es den Männern schien, als habe sich plötzlich ein heftiger Sturm erhoben. Sie ruderten rasch zum Ufer zurück.

»Ihr habt ihnen Angst gemacht«, warf Kuan Yin dem Buddha des Ostens vor. »Man darf die Menschen nicht so erschrecken.«

»Verzeiht mir«, erwiderte dieser, »aber die Neuigkeiten, die ich Euch bringe, sind sehr viel wichtiger als ein paar furchtsame Fischer.«

Die Bodhisattva ging besorgt auf ihn zu: »Wie verzweifelt Ihr ausseht! Hat etwa ein Erdbeben China zerstört?«

»Hört«, sagte der Buddha, »das Reich der Mitte ist nicht mehr in der Mitte!«

»Wieso?«, fragte Kuan Yin, höchst erstaunt.
»Man hat den Kaiser Ch'ung chen, Euren Nachkommen, den Sohn des unsterblichen Tien ch'i, abgesetzt.«
»Bah!«, entgegnete die göttliche Bodhisattva, »das war kein besonders intelligenter Prinz. Und so eingebildet! Aber wenn ich es recht bedenke, Buddha des Ostens, habt Ihr recht: So etwas tut man einfach nicht. Jetzt verratet mir doch mal, wer hat ihn abzusetzen gewagt?«
Der Buddha fing an zu zittern: »Verehrteste Freundin, ich trau mich kaum, es zu sagen. Es war dieser Fu Gen chen, den man auch Feuriger Tiger nennt, der Nachkomme des unergründlichen Drachen K'an. Er hat den Namen Schi Tsu angenommen und sitzt jetzt auf dem kaiserlichen Thron.«
»Ist das etwa ein Manschuren-Sproß, der älteste Sohn der Familie der Eisenarme?«
»Genau der ist es«, entgegnete der Buddha des Ostens und nickte unglücklich. »Ein Ts'ing, das sagt alles...«
Kuan Yin dachte einen Augenblick lang nach und fuhr dann fort: »Dieser Ch'ung chen mag zwar dumm und eingebildet gewesen sein, immerhin ist er der letzte Sohn meiner ehrwürdigen Familie. Ich muß mich also um sein Schicksal kümmern. Aber jetzt erklär mir doch noch, ist er nicht daran schuld gewesen, daß mich vor ein paar Tagen all diese Mönche des Nachts aufgeweckt haben?«
»Das könnte sein«, erwiderte der Buddha vorsichtig.
»Ich war eingeschlafen mit einem freundlichen Bild dieser zerrissenen, kranken Welt«, erzählte sie, »als ich plötzlich lautes Schreien und Vorwürfe hörte, die mich sogleich in diese sublunaren Gegenden zurückkehren ließen. Etwa hundert Mönche, die man hinterrücks ermordet hatte, standen da und verlangten nach Rache. Ich erklärte ihnen, Haß sei eine besonders abscheuliche Untugend, aber sie lamentierten immer mehr. Endlich, als sie sich doch ein wenig beruhigt hatten, erfuhr ich, daß sie den Marschall der Armeen, den ältesten der hohen Offiziere, und den Kaiser persönlich für ihren Tod verantwortlich machten. Ich hörte mich ein wenig um und stellte leider fest, daß diese Unglücklichen recht

hatten. Und so gab ich Ch'ung chens Geist im Traum ein, er solle Li Shi choh hinrichten lassen, was er auch tat. Das war die Strafe für diesen Unhold, der augenblicks als Bandwurm wiedergeboren wurde. Ohne daß er es wußte, veranlaßte ich Fu Gen chen dazu, Ch'ung chen in sein finsteres Verlies werfen zu lassen, was auch geschah. Das war die Strafe für diesen eingebildeten Dummkopf. Und was meinst du, wird nun Fu Gen chens Strafe sein, der so stolz auf Chinas Thron sitzt? Nur noch ein bißchen Geduld, mein Freund!«
Da rief der Buddha des Ostens: »Bei allem Respekt, den ich Euch schulde, Ihr habt Euch ja ganz schön über mich lustig gemacht. Ich glaubte Euch wer weiß was für Neuigkeiten zu verkünden, und Ihr kanntet sie schon längst.«
Kuan Yin lächelte mit jenem überströmenden, gütigen Lächeln, das Götter und Menschen so sehr an ihr lieben und sagte: »Ihr hattet es so eilig, mir diese Neuigkeiten zu bringen. Sollte ich Euch da enttäuschen und Euch sagen, daß ich schon alles wußte? Außerdem war es auch ganz gut, daß Ihr mich noch auf einen anderen Punkt hingewiesen habt. Als ich diesen Hohlkopf von Ch'ung chen in sein finsteres Kellerloch habe werfen lassen, hatte ich doch ganz und gar vergessen, daß er einer meiner Nachkommen ist!«
»Ein Ming!«, betonte der Buddha.
»Eingebildet bleibt eingebildet, ob nun Ming oder nicht. Und Dummkopf bleibt Dummkopf, da hilft ihm auch kein Ming. Ist ein Ming, der den Tod dieser Mönche befohlen hat, deshalb etwa kein Mörder? Welche Güte gäbe es ohne Gerechtigkeit?«, rief die Barmherzige erzürnt.
»Gewiß doch, gewiß doch!«, knurrte der Buddha des Ostens. »Aber im Augenblick liegt Euer Ming-Sprößling erst einmal im Kerker, und hätte er nicht diese junge Frau an seiner Seite, eine Dienerin, die der Kaiser Tien ch'i geliebt hat...«
»Kleine Mondfee?«, fragte Kuan Yin. »Hat man denn Kleine Mondfee ebenfalls in dieses Loch gesperrt?«
»Ha, ha!«, rief der Buddha spöttisch. »Ich dachte, Ihr wüßtet schon alles!«

Die Bodhisattva entgegnete ungehalten: »Buddha des Ostens, warum habt Ihr mir das nicht eher gesagt? Diese Unschuld ist die Seele Chinas. Vor langer langer Zeit war sie die irdische Gefährtin des Großen Affen, des dem Himmel ebenbürtigen Urvaters der Menschheit! Da, mein Freund, nehmt den Kommentar zum Traktat der vollkommenen Frömmigkeit zur Hand, an der Stelle, wo ich aufgehört habe. Die Fischer, die Ihr vorhin in Angst und Schrecken versetzt habt, werden Euch dankbar dafür sein. Ich werde jetzt zu unseren beiden Gefangenen eilen.«
»Na schön«, erwiderte der Buddha, »ich verstehe zwar nicht viel von all diesen Traktaten, aber ich sehe ein, man muß diesen braven Fischern etwas beibringen...« Und er verwandelte sich in einen Reiher, flog bis zum Ufer, nahm dort die Gestalt eines Mönchs an und setzte sich zu den wartenden Männern.
Der gestürzte Kaiser in seinem finsteren Verlies klagte noch immer: »Ach, hätte ich doch diesem Marschall nicht geglaubt! Hätte ich doch nicht diese beiden hinterhältigen Gesandten mit ihren Soldaten losgeschickt. Ach, hätte ich doch die tapferen Helden von Shiu Lam nicht verdächtigt!«
»Jetzt hört einmal zu«, sagte Kleine Mondfee, »dieses Lamentieren nützt nichts. Nichts wird das Kloster wieder aufbauen und die Mönche ins Leben zurückrufen. Woanders wurden Steine und Gebälk wieder errichtet; woanders sind die erschlagenen und verkohlten Körper wieder lebendig geworden. Wollt Ihr sie ihrer Glückseligkeit entreißen?«
»Ach, weh mir«, klagte Ch'ung chen weiter, »ihre Seelen irren ruhelos umher und schreien nach Rache. Für die zu Unrecht Ermordeten gibt es keinen Schlaf. Bald werden sie merken, daß man mich in dieses Verlies gestürzt hat. Und dann steigen sie hierher herab, in diese Finsternis, die langsam meinen Geist ergreift. Mein Kopf ist voller klebriger, giftiger Tiere. Sie starren mich aus diesem Abgrund an, mit noch dunkleren Augen als diese schwarze Nacht, gegen die ich ankämpfe, in der ich ertrinke, die mich gefangenhält, wie die fauligen Eingeweide eines Kadavers ein Ungeborenes umschlingen.«

»Genug jetzt!« befahl eine laute Stimme. »Was sind denn das für abscheuliche Klagen, die ich hier höre? Schweig still, Sohn Tien ch'is!«
»Liebe Kleine Mondfee, warum redest du plötzlich so hart mit einem Unglücklichen, der sterben wird?« fragte Ch'ung chen mit kläglicher Stimme.
»Weil deine Worte nur aus Selbstmitleid bestehen!« fuhr die Stimme fort, die aus Kleiner Mondfee sprach. Denn die Bodhisattva Kuan Yin war unsichtbar in den Kerker hinabgestiegen und in die Gestalt der Dienerin geschlüpft, aus der sie jetzt zu dem gestürzten Kaiser sprach.
»Unwürdiger Sohn Tien ch'is, du hast die Seele, die du verdienst. Die Ungeheuer, die in ihr wüten, hast du selbst ausgebrütet. Du mußt sie ausspucken, diese Mißgeburten. Aber jetzt steh erst einmal auf und folge mir! Es würde nichts mehr nützen, dich weiter in diesem Grab zu lassen, denn von nun an trägst du es in dir.«
»Kleine Mondfee, das bist doch nicht du, die da spricht«, rief Ch'ung chen. »Und wie sollte ich wohl aufstehen, meine Beine sind doch gebrochen.«
Kuan Yin fuhr fort: »Steh auf, Sohn Tien ch'is!«
Der gestürzte Kaiser stand zitternd auf, aber er spürte keinen Schmerz und konnte mühelos gehen.
Die Ketten, mit denen die Dienerin gefesselt war, fielen von ihr ab. Er legte eine Hand auf ihre Schulter und folgte ihr. Gingen sie durch die Mauern und unter der Erde hindurch? Wurde ein Tunnel für sie gegraben, der sich mit jedem ihrer Schritte verlängerte? Niemand weiß es, aber nach einem langen Marsch in schwärzester Finsternis gelangten sie in einen dichten Wald, in den schwach das Sonnenlicht fiel. Der gestürzte Kaiser rief: »Wir sind nicht mehr gefangen, Kleine Mondfee! Wir leben noch!« Er rannte zu einer Quelle, um zu trinken und sich das Gesicht zu waschen.
Erschrocken wich er zurück. War er das, dessen Bild das Wasser widerspiegelte? Sein Haar war weiß geworden. Ein Bart überwucherte sein Gesicht, das Antlitz eines alten Mannes. Er drehte sich um und wollte Kleine Mondfee fragen, ob er sich denn so verän-

dert habe. Aber Kleine Mondfee war nicht mehr da. Er war ganz allein in diesem Wald, verlassen und verwirrt. Und so setzte er sich auf einen Baumstamm, vergrub das Gesicht in seinen Händen und fing an zu weinen.

»Die Welt ist verkehrt«, sagte die Bodhisattva, »ob es wohl eines Tages möglich sein wird, sie wieder einzurichten? Und sollte man es überhaupt tun?«

Kleine Mondfee verrichtete die sieben Ehrenbezeugungen zu Füßen der erhabenen Hüterin der Barmherzigkeit, obwohl Kuan Yin sie daran hindern wollte, und fragte dann: »Was bedeutet das alles?«

Die Bodhisattva strich ihr liebevoll übers Haar und erwiderte: »Du bist in diesem Tohuwabohu, in dem die Illusion herrscht, als einzige treu geblieben. Zerbrich dir nicht den Kopf über die Welt. Genausogut könntest du einen stummen Narren fragen! In deiner Treue liegt die Antwort.«

»Bitte verzeiht mir«, sagte Kleine Mondfee, »aber wenn es wahr ist, daß Eure Barmherzigkeit die ganze Erde umschließt, solltet Ihr dann nicht Feuer des Himmels helfen, dem Abt des Klosters von Shiu Lam? Mit vier Gefährten irrt er durch die Lande, nicht weit von Ufan. Die kaiserlichen Soldaten sind ihm auf den Fersen. Habt Mitleid mit ihm, Erhabene!«

»Ich weiß«, antwortete Kuan Yin. »Dieser Mönch bewahrt das Siegel, das ich einst dem Ming anvertraut habe. Unter den damaligen Umständen war es wichtig, dem König das heiligste Zeichen der Macht wegzunehmen und es statt dessen den Mönchen anzuvertrauen. Aber nun stell dir einmal vor, wie fieberhaft der neue Kaiser danach trachten muß, dieses Siegel in die Hand zu bekommen, das allein seine Herrschaft rechtfertigen kann. Nächtelang wird er davon träumen, tagelang wird er darüber nachdenken, wo es versteckt sein könnte. Das ist seine Strafe: Das Siegel wird immer mehr zu einer Zwangsvorstellung werden, die ihn verzehrt. Wie tausend Nadeln sitzt sie ihm im Fleisch, so lange man ihm nicht den Gegenstand seiner Suche gebracht hat. Deshalb ist Feuer des Himmels unentbehrlich. Das Wild ist der Herr des Jägers.«

Kleine Mondfee gab noch nicht auf: »Hab Erbarmen mit Feuer des Himmels!«
Die Bodhisattva lächelte und sogleich wurde das Herz der Dienerin leicht. »Ich weiß, wie sehr du den Abt von Shiu Lam schätzt, aber mach dir keine Sorgen: Ich habe jemanden bestimmt, der über ihn wachen soll.«
Kleine Mondfee neigte sich und küßte den Saum des Kleides der Bodhisattva.
Nach einer Weile fuhr diese fort: »Aber was soll aus dir werden?«
Die Dienerin sah zu ihr auf und schwieg.
»Schön«, entschied Kuan Yin, »zunächst einmal wirst du dich ein bißchen ausruhen. Ich werde dich in eine Hirschkuh verwandeln. Und in dieser liebenswürdigen Gestalt wirst du über Ch'ung chen wachen, so lange er noch in der Welt umherirrt.«
Kleine Mondfee hätte lieber Feuer des Himmels beschützt, aber sie sagte nichts und ließ sich in eine Hirschkuh verwandeln. Dann lief sie leichtfüßig zu dem gestürzten Kaiser, der immer noch auf seinem Baumstamm saß und vor sich hin seufzte.
Als er die junge Hirschkuh sah, rief er: »Kleine Hirschkuh, weißt du den Unterschied zwischen einem unglücklichen Prinzen und einem Bettler?«
Die Hirschkuh lief zu ihm, und er redete mit ihr, als könne sie ihn verstehen.
»Ein unbegreifliches Wunder hat mich aus dieser Hölle geführt, aber jetzt muß ich das Siegel finden, das der Vater Abt von Shiu Lam bei sich trägt. Wenn ich es erst einmal habe, kann ich mir den Thron zurückerkämpfen. Natürlich ist mir klar, daß dieser Verräter Fu Gen chen das ganze Reich auf den Kopf stellen wird, um sich selbst dieses Siegel zu verschaffen und seine unrechtmäßige Herrschaft zu rechtfertigen. Und er kann nicht nur alle Truppen und die Polizei mobilisieren, sondern auch dem, der dieses Kleinod findet, die höchste Belohnung versprechen. Dagegen bin ich allein und ohne Mittel und muß mich obendrein verstecken. Das ist ein ungleicher Kampf. Ich kann ihn unmöglich gewinnen.«

Während in dem dichten Wald Ch'ung chen der Hirschkuh sein Leid klagte, begleitet vom leisen Rascheln der Blätter, empfing der neue Kaiser gerade die Abgesandten, die gekommen waren, ihm zu huldigen. All diese Leute langweilten ihn, und ganz besonders ihre nicht enden wollenden Unterwerfungszeremonien, die in seinen Augen nichts weiter als Speichelleckerei waren. Ständig schweiften seine Gedanken zu dem Siegel der Erhabenen Bodhisattva, das der Abt von Shiu Lam bei sich trug. Nur wußte niemand, wo er sich versteckt hielt.

Als der Strom der Höflinge etwas abgenommen hatte, ließ deshalb Schi Tsu – denn das war der kaiserliche Name, den Feuriger Tiger gewählt hatte –, sogleich den neuen Marschall der Armeen kommen und sagte zu ihm: »Meine erste Sorge gilt dem Siegel, das Tien ch'i unvorsichtigerweise den Mönchen anvertraut hat. Ich fürchte, sie werden es mißbrauchen, um das Volk gegen mich aufzuwiegeln, unter dem absurden Vorwand, ich hätte die Ming-Dynastie gestürzt, um die der Ts'ing an die Macht zu bringen. Außerdem brauche ich dieses Siegel auch, um mir dadurch die himmlische Macht zu verschaffen, deren Beweis, ja deren Voraussetzung es verkörpert. Dehne also deine Nachforschungen auf das ganze Reich aus. Versprich Belohnungen! Drohe mit Strafen! Kein Fußbreit von Chinas Boden darf den Blicken deiner Soldaten entgehen. Der Marschall verneigte sich und gab seine Befehle: Vom kleinsten Fackelträger bis zu den höchsten Offizieren sollte sich jeder Untergebene des Kaisers auf die Suche machen, das Volk aushorchen und so rasch wie möglich das berühmte Siegel in den Palast bringen.

XI

Feuer des Himmels und seine Mönche schickten sich an, die beiden Schiffer Sieh und Wu zu verlassen, als diese ihnen sagten: »Brüder, es ist nicht gerecht, daß man euch so verfolgt. Wir wollen euch in eurem unglückseligen Schicksal nicht allein lassen und euch, wenn ihr es erlaubt, als eure Diener begleiten.«
Die Mönche waren sehr gerührt über diesen Freundschaftsbeweis und – nach einer kurzen Besprechung – mit dem Vorschlag einverstanden. Und so gesellten sich zu den fünf Möchen des Klosters von Shiu Lam zwei Männer, an die die Geschichte sich unter dem Namen *Die zwei Fährmänner* erinnert.
Die sieben Männer gingen, jede Deckung ausnützend, an der Küste der Shih San li-Bucht entlang weiter. Ständig sahen sie sich nach allen Seiten um, aus Angst, sie könnten von kaiserlichen Soldaten überrascht werden. Zwei Tage und zwei Nächte lang ging auch alles gut, aber plötzlich, am frühen Morgen des dritten Tages, als sie gerade in der kleinen Bucht der Blauen Rotkehlchen angelangt waren, liefen sie geradewegs in eine Falle.
Wachsoldaten hatten sie beobachtet und eine Truppe von zweihundertzweiundzwanzig Mann verständigt, die sich hinter den Felsen versteckt hatte und dort die Flüchtigen erwartete. Jeder Rückzug war ihnen abgeschnitten. Hinter ihnen lag das Meer, vor ihnen standen die Soldaten, die drohend auf sie eindrangen. Feuer des Himmels zog sein Schwert aus Pfirsichbaumholz und begann den Kampf. Aber er wäre nur allzu rasch der Übermacht erlegen, hätte er nicht, gerade als der Kampf allzu ungleich wurde, einen riesigen Regenbogen erblickt. Er schien geradewegs aus der Erde herauszuwachsen und spannte sich in weitem Bogen über das Wasser.
»Rasch! Rasch!«, riefen ihnen vertraute Stimmen aus dem Himmel zu. Die sieben Verfolgten kletterten auf den Regenbogen, als sei er eine Brücke. Und tatsächlich, sie konnten auf ihm laufen und sich so vor ihren Verfolgern retten. Diese begriffen gar nicht, was

mit ihnen geschehen war, denn sie sahen weder Regenbogen noch Brücke, sondern nur das Meer.
In Wirklichkeit hatte sich die Brücke aus Licht und Wasser in eine Metallbrücke verwandelt, deren linke Seite aus Eisen und deren rechte aus Kupfer war, Sinnbild der Sonne und des Mondes. Auf der anderen Seite erwarteten sie die hundertdreiundzwanzig ermordeten Mönche von Shiu Lam. Glücklich, sich wiederzusehen, fielen sie sich alle gegenseitig in die Arme.
Aber schon nach einem kurzen Augenblick faßte sich der Vater Abt wieder: »Meine armen Brüder, ihr seid doch tot! Wie kommt ihr denn hierher?« Und er fügte hinzu: »Sind wir denn auch tot?«
Die hundertdreiundzwanzig Mönche fingen an zu lachen: »Ihr seid noch sehr lebendig, meine guten Freunde, und wenn ihr uns hier seht, so nur deshalb, weil wir etwas ungehorsam waren. Sollten wir euch etwa auch von diesen hinterhältigen Soldaten erschlagen lassen? Wir selbst kamen auf die Idee, diese Brücke zu euch zu schlagen, damit ihr dem Massaker entkommt. Und so seid ihr hierhergelangt.«
»Aber wo sind wir denn hier?«, fragte der Vater Abt.
Die hundertdreiundzwanzig Mönche wußten keine Antwort. Als sie von den Männern des Marschalls ermordet worden waren, hatten ihre Seelen nach Rache verlangt. Deshalb hatten sie die große Bodhisattva Kuan Yin angefleht, sie anzuhören. Das hatte sie auch getan und ihnen versprochen, die Schuldigen zu strafen. Das war zwar auch geschehen, den Marschall hatte man hingerichtet, den Kaiser gestürzt. Dagegen war dem ältesten der hohen Offiziere, der schließlich bei dem Massaker von Shiu Lam mit dabeigewesen war, nicht nur nichts geschehen, sondern er war obendrein Kaiser geworden. Die Bodhisattva hatte diese unrechtmäßige Machtergreifung geduldet, obgleich sie sehr wohl wußte, daß dieser Feurige Tiger ein Ts'ing war, ein Mandschure, und auch das Siegel nicht besaß. Wo blieb da die versprochene Strafe? Feuer des Himmels fiel es gar nicht so leicht, den Zorn der ermordeten Mönche zu besänftigen. Gewiß, so sagte er, er verstehe recht gut, daß das

Verhalten der Glückseligen ihnen unverständlich erschiene. Aber die Logik der Götter sei denen der Menschen weit überlegen, das sollten sie nicht vergessen. Jedenfalls müsse man die himmlischen Entscheidungen demütig hinnehmen. Die Mönche senkten den Kopf und gaben zu, daß der Vater Abt recht hatte. Und so waren sie alle wieder einträchtig beieinander, wie zu der Zeit, als das Kloster noch unversehrt war. Sie waren so gerührt darüber, daß einige während der Ermahungen ihres Abts zu weinen anfingen.

Feuer des Himmels fuhr nach einer Weile fort: »Teure Brüder, eines laßt uns noch bedenken. Wir sind die Hüter des Siegels. Was aber fordert das Siegel von uns? Sollen wir es eifersüchtig verstecken und auf bessere Tage warten, von denen wir heute noch gar keine Ahnung haben können? Sollen wir es benutzen, um seine Ordnung gegen den unrechtmäßigen Thronnachfolger durchzusetzen? Ich weiß es nicht. Laßt uns deshalb auf ein Zeichen warten, bevor wir beschließen, was zu tun ist. Unser Gehorsam dem Siegel gegenüber sei unser Gesetz. Das wollen wir geloben.«

Er deutete auf das Schwert aus Pfirsichbaumholz, das der Kaiser Tien ch'i ihm seinerzeit anvertraut hatte, und auf dem die alte Devise der Ming in fremden Schriftzeichen eingraviert war. Aber das Schwert war zerbrochen, sicherlich, weil Feuer des Himmels es im Kampf gegen die Soldaten benutzt hatte. Die Klinge saß nicht mehr fest im Griff und fiel dem Abt zu Füßen.

»Es ist zerbrochen!«, rief er und verhüllte sein Gesicht. Die Mönche folgten seinem Beispiel.

»Also können wir diesen Schwur nicht tun. Denn nur bei diesem Schwert können wir würdig geloben, dem Willen des Siegels zu gehorchen, wenn er sich uns enthüllt. Auf das Siegel selbst unseren Eid zu leisten wäre Gotteslästerung. Geliebte Brüder, wir haben den Jadering verloren, als ich ihn in den vergifteten Kelch warf und er uns die meuchelmörderischen Absichten jener Gesandten verriet. Jetzt haben wir das Schwert verloren, das uns vor den kaiserlichen Soldaten rettete, indem es jenen siebenfarbigen Regenbogen aus zweierlei Metall sandte. Das Symbol der himmlischen Sphären, der Sonne und des Mondes. Laßt uns diese teuren Lehren nicht vergessen.«

»Wir verstehen nicht ganz, was du sagen willst...«, bemerkten die Mönche.

Feuer des Himmels erklärte ihnen: »So wie das Licht sich aus sieben Farben zusammensetzt, so besteht die aus ihrem ruhmreichen Ursprung gefallene Welt aus sieben ineinander verschachtelten Zimmern, die wir erkennen müssen, um in uns selbst die Brücke zwischen Himmel und Erde zu bauen.«

»Also kann der Mensch«, entgegneten die Mönche, »Brücke zwischen Himmel und Erde sein.«

Der Abt nickte und fügte hinzu: »Deshalb bildet dieses Siegel auch ein Dreieck, Symbol der göttlichen Trias. Brüder, gleich, ob ihr schon ins Totenreich eingegangen oder noch lebendig seid, nur durch dieses Siegel werdet ihr zur Großen Harmonie gelangen.«

Der unsterbliche Autor des »*Regens über die alten Tage*«, der geniale Wu Thian ching, beschrieb diesen Augenblick folgendermaßen: *Damals wurde die Grundlage zur Hung-Tradition gelegt. An diesem Tage wurde übrigens auch der Name Hung gewählt. Denn Hung bedeutet ja nicht nur rot, sondern auch der Regenbogen. Rot war die Farbe jener Wolke, die aus dem vergifteten Kelch aufstieg und die fünf Mönche in die Shih San li-Bucht geleitete. Rot war aber auch die Feuersbrunst, die sich im Kloster ausbreitete, als die Soldaten es in Brand setzten. Und rot war auch das Blut derer, die an diesem Tag erschlagen wurden. Aber rot ist auch die Farbe des Himmels zur Abend- und Morgendämmerung, die beide den Tag umschließen, sowie die Farbe der Sonne selbst in all ihrer Pracht. Und so ist das Rot, Bund zwischen Sonne und Blut, das Symbol der brüderlichen Liebe und mehr noch, der allumfassenden Liebe, die die Bande der sichtbaren und unsichtbaren Welten hält. Es ist die Farbe des ersterschaffenen Lichts.*

Und so ist auch der Regenbogen, Brücke zwischen Himmel und Erde, das Symbol zwischen Sichtbarem und Unsichtbarem, aber auch zwischen all den Gegensätzen, die die Welt im Gleichgewicht halten, Bewegung und Stillstand, Hart und Weich und noch viele andere. Der Mensch allein ist fähig, sie zu verändern, den Dualismus in eine Trias zu verwandeln, den Kampf in ein Hochzeitsmahl. Deshalb sagt man auch, daß Tiger und Büffel sich in dem paaren, der sie reitet.

Diese Brücke, die von zwei zu drei führt, besteht aus dem einzigen Licht, das durch das Wasserprisma in sieben geteilt wird. Deshalb ist auch die Zahl sieben in der Hung-Tradition ein so wichtiges Element, von dem geschrieben steht: »Hier ist die Brücke zwischen zwei und drei. Das ist die sieben. Nimm nie den Weg für das Ziel. Sonst leidet die zwei Not und verfault.« Der Verräter Ma I fuh, der ewige Siebte im Kloster von Shiu Lam, wurde deshalb zur Verkörperung des Schülers, der ewig suchend umherirrt und das Ziel verrät, und zum Symbol der Eitelkeit und der Verständnislosigkeit dem Weg gegenüber.

Während noch der Vater Abt seinen Mönchen all diese Mysterien erklärte, erschien der Buddha des Ostens, der gerade den Fischern den Traktat der vollkommenen Frömmigkeit ausführlich erläutert hatte. Er blieb überrascht stehen und rief: »Nanu, sind das nicht die Mönche von dem Berg der Fünf Düfte, jene meuchlings Ermordeten?«

»Ja, die sind wir!« erwiderten sie.

Der Buddha sah sich die Schar aufmerksam an und polterte plötzlich los: »Ja, was soll denn das? Hat man je ein solches Durcheinander gesehen? Die einen sind tot und die anderen lebendig! Das ist eindeutig gegen die Vorschrift!«

»Verzeiht uns, oh heiliger Buddha des Ostens«, sagte Feuer des Himmels und trat auf ihn zu. »Ob nun tot oder lebendig, wir sind und bleiben die Mönche aus dem Kloster von Shiu Lam. Die Mauern, die unsere Gebete und unsere Meditationen beschirmten, wurden ein Opfer der Flammen, aber jetzt tragen wir dieses Kloster in uns selbst. Und so ist unsere Gemeinschaft noch immer vollkommen, auch wenn wir noch lebendig und diese dort in den Garten ihrer Ahnen eingegangen sind.«

»Ein recht sonderbarer Gedanke«, meinte der Buddha. »Trotzdem müßt ihr euch vor dem Drachen Tchung Fu verantworten, denn auf dessen Gebiet befindet ihr euch.«
»Warum nicht?« erwiderte Feuer des Himmels. »Wir tun, was Rechtens ist. Übrigens trifft sich das sehr gut. Wir möchten diesem verehrten Drachen gern eine Frage stellen. Vielleicht kann er uns darüber aufklären, was wir zu tun haben...«
Buddhas Neugier war mit diesen Worten geweckt: »Was für eine Frage?« erkundigte er sich. »Kann ich euch die nicht genausogut beantworten wie der Drache?«
»Schön«, entgegnete der Abt, »wenn Ihr uns eine Antwort wißt, wären wir Euch sehr dankbar dafür.«
»Stellt nur eure Frage«, sagte der Buddha mit gewichtiger Miene.
Feuer des Himmels erklärte: »Ihr wißt, das Siegel der Glückseligen Bodhisattva Kuan Yin wurde uns von Kaiser Tien ch'i anvertraut. Nun sind dieser ehrwürdige Monarch und sein Sohn Ch'ung chen gestorben, ohne Nachkommen zu hinterlassen. Sollen wir also das Siegel diesem Ts'ing übergeben, der unrechtmäßig die Herrschaft an sich gerissen hat, oder sollen wir es behalten und auf einen Nachfolger der Ming-Dynastie warten, den es wohl nie mehr geben wird, oder sollen wir es vielleicht benutzen, um das Volk gegen den Kaiser aufzuwiegeln?«
»Hoppla!« rief der Buddha des Ostens, »das ist eine verzwickte Geschichte. Ich weiß das nur allzugut. Wäre ich nicht zum Schweigen verpflichtet, könnte ich euch eine ganze Menge mehr darüber verraten. Zumindest eins ist ganz sicher, es wäre keineswegs richtig, das Siegel dem jetzigen Herrscher zu übergeben. Ming bleibt Ming und sie allein haben ein Recht auf das Siegel der Glückseligen Kuan Yin. Was die beiden anderen Alternativen angeht, so möchte ich euch nur darauf hinweisen, daß sie einander nicht ausschließen. Aber kurz und gut, ich bin von niemandem beauftragt, euch irgend etwas zu verraten. Und obgleich ich den Grund der Wesen und der Dinge kenne, werdet ihr von mir nichts weiter erfahren.«

»Bewunderungswürdiger Buddha des Ostens«, sagte Feuer des Himmels und kniete vor ihm nieder, »Ihr, die Ihr den Grund der Wesen und der Dinge kennt, für den Zukunft und Vergangenheit in einer ewigen Gegenwart zusammenschmelzen, bei der Macht dieses Siegels, bitte antwortet mir! Sollen wir das Volk aufwiegeln, um die Ming-Dynastie wieder auf den Thron zu bringen, obgleich wir gar nicht wissen, ob es noch irgendeinen Prinzen gibt, der diesen unvergleichlichen Namen zu tragen berechtigt ist?«

Der Buddha war hin- und hergerissen. Zweifellos hätte er den Mönchen am liebsten erzählt, daß der gestürzte Kaiser nicht tot und sein Sarg bei dem feierlichen Begräbnis leer gewesen war und daß der Unglückliche mit der in eine Hirschkuh verwandelten Kleinen Mondfee durch den Wald irrte. Aber er hatte keine Befugnis, den Irdischen sein Wissen mitzuteilen, da er auch auf ihr Schicksal keinen Einfluß hatte. Deshalb flüchtete er sich in seiner Verlegenheit in gespielte Empörung: »Jetzt ist es aber genug! Nicht nur, daß ich euch hier an diesem Ort erwische, an dem ihr gar nicht sein dürftet, und ihr euch unter die Toten mischt, als gäbe es keine Grenze zwischen Sichtbarem und Unsichtbarem, nein, ihr eingebildeten Dummköpfe versucht auch noch, mir Informationen aus der Nase zu ziehen, die ich nicht weitergeben darf, ohne meineidig zu werden. Eure Frechheit kennt wirklich keine Grenzen! Ab zum Drachen, ihr Mönche!«

Und damit befahl er barsch den sieben Lebenden, ihm zu folgen, was sie auch taten. Die hundertdreiundzwanzig anderen Mönche ließen sie an dem Regenbogen zurück.

Der Drache Tchung Fu ruhte auf einer Wolke. Es war ein sehr demütiger und zurückhaltender Drache, der jedoch einen unvergleichlich scharfen Verstand besaß.

»Würdiger Meister Tchung Fu«, sagte der Buddha des Ostens, »ich bringe Euch sieben Missetäter, die ich dabei überrascht habe, wie sie sich mit den ermordeten Mönchen von Shiu Lam unterhielten. Diese sieben Brüder aber leben!«

Der Drache musterte die kleine Schar eingehend, dann wandte er sich wieder an den Buddha und sagte: »Eure Exzellenz möge mir verzeihen, aber es sind nicht sieben!«
»Wie bitte?« rief der Buddha tief beleidigt. »Sollte ich denn nicht mehr zählen könnnn?«
»Es sind fünf plus zwei«, sagte der Drache. »Fünf Mönche und zwei Fährmänner. Übrigens kenne ich sie sehr gut.«
Feuer des Himmels trat vor und begrüßte Tchung Fu: »Ihr, der Ihr in das tiefste Innere jedes Menschen seht, neigt Euer Ohr gütig unserer Bitte...«
»Heda!« rief der Buddha, »Ihr seid nicht hier, um irgendeine Bitte vorzutragen, sondern um Euer Urteil zu hören.«
»Laßt sie!« sagte der Drache. »Bitte und Urteil können auch miteinander verbunden werden. Was wünscht Ihr, Abt?«
Feuer des Himmels erklärte: »Wir sind die Hüter des Siegels der Glückseligen Bodhisattva Kuan Yin. Nun, da der letzte der Ming tot ist, wissen wir nicht, ob wir mit seiner Hilfe diesen Ts'ing stürzen sollen, der sich unter dem Namen Schi Tsu frech auf den Thron gesetzt hat, oder ob wir es nur weiter behalten und auf göttlichen Rat warten sollen, ohne etwas zu tun.«
Der Drache dachte einen Augenblick lang nach und antwortete dann: »Abt, deine Frage ist schwierig. Du weißt natürlich, daß das Nicht-Handeln Leitschnur eines jeden dem Gesetz Ergebenen ist. Allerdings treibt das höchst ungebührliche Verlangen nach dem Siegel einen bestimmten Mann dazu, mit tausend Armen frech nach diesem einzigartigen, kostbaren Gegenstand zu greifen, den doch nur jemand, der in der Mitte steht, aus deinen Händen empfangen darf. Im Augenblick jedoch weiß niemand, wo die Mitte ist. Einige fragen sich, ob es überhaupt noch eine Mitte gibt und nicht das ganze Universum in einen Winkel verbannt ist. Kurz und gut, es könnte auch sein, daß die Mitte leer ist, und da die Leere das Volle anzieht, kommt wohl daher der zügellose Wunsch dessen, der sich dieses Siegels bemächtigen will.
Abt, wenn es wahr ist, daß die Mitte leer, ist, so diene du dem

Leeren. Kämpfe gegen das Volle und die Gier, die es beherrscht.«
»Leider haben wir dazu nicht die Mittel«, erwiderte Feuer des Himmels. »Der Jadering hat sich in dem vergifteten Becher aufgelöst und das Schwert aus Pfirsichbaumholz ist zerbrochen. Uns bleibt nur noch das Siegel. Dürfen wir seine Macht gebrauchen und es unter Aufrufe und Verordnungen setzen, in denen wir zum Widerstand gegen den Kaiser aufrufen? Wir sind schließlich nur Mönche.«
Tchung Fu war etwas ratlos, dann sagte er: »Etwas anderes kann ich Euch nicht raten. Das sind Fragen, die über die Kompetenz eines Drachens hinausgehen. Solltet Ihr nicht den Herrscher des Jadereichs aufsuchen, der im Palast der Unsterblichen wohnt?«
»Würdiger Herr Drache«, rief der Buddha des Ostens, »heißt das nicht diesen Mönchen zuviel Wichtigkeit beizumessen? Man kann doch nicht so ohne weiteres den Himmlischen Herrscher belästigen.«
»Das Siegel öffnet ihnen alle Tore«, erwiderte Tchung Fu.
»Also schön«, knurrte der Buddha ungnädig, »gehen wir also zum Palast der Unsterblichen. Aber ich finde allmählich, die Dreistigkeit von euch Mönchen geht ein bißchen weit. Beschwert euch nachher nicht bei mir, wenn der Herrscher des Jadereichs euch nicht empfängt. Er ist sehr beschäftigt, müßt ihr wissen...«
Sie verließen die Wolke, auf der der Drache ruhte, und begaben sich zum Tor des Palastes der Unsterblichen, nachdem sie durch den langen Gang der Heiligen Nebel gewandert waren. Die Mauern des Palastes glitzerten wie Kristall. Jeder Stein darin war so selten und kostbar, daß er allein die Welt und all ihre Schätze aufwog.
Der Wächter am Tor hielt sie auf: »Wer seid ihr, Unglückliche, die ihr es wagt, euch diesem Ort zu nähern, den kein Lebender kennen darf?«
Der Buddha des Ostens erklärte: »Es sind die Träger des Siegels der großen Bodhisattva Kuan Yin. Sie bitten, von dem Herrscher

des Jadereichs empfangen zu werden, um ihn um Rat zu fragen.«
Der Wächter erwiderte: »Wer beweist mir, daß es keine Schwindler sind?«
Feuer des Himmels öffnete seinen Gürtel und ließ ihn das Siegel sehen.
»Übergebt mir dieses Siegel«, befahl der Wächter.
»Es wurde mir von einem Ming anvertraut und nur ein Ming wird es aus meinen Händen empfangen«, erwiderte der Abt.
»Dann lest mir wenigstens die Inschrift vor«, entgegnete der Wächter, »die in das Dreieick auf diesem Siegel eingraviert ist...«
»Das kann ich nicht«, erwiderte Feuer des Himmels. »Die vier Zeichen auf dem Siegel kenne ich nicht. Aber ich weiß, daß sie die alte Devise der Ming-Dynastie wiedergeben.«
»Wartet hier«, sagte der Wächter. »Ich werde mich bei meinen Vorgesetzten erkundigen, ob ich Eurer Bitte entsprechen kann.« Und damit schloß er die Tür.
»Was sind das für Leute?«, rief der Befehlshaber der Wache, der Marschall des Himmlischen Hofs. »Hat man je eine so bodenlose Unverschämtheit erlebt? Diese Sterblichen wagen es, in den Palast einzudringen, ohne vorgeladen zu sein! Werft sie zurück in die Leere, aus der sie kommen!«
»Verzeiht mir«, bemerkte der Wächter, »aber sie haben das Siegel der Glückseligen Bodhisattva...«
»Raus!« schrie der Marschall, den der Widerspruch seines Untergebenen in Harnisch brachte. »Diese verflixten Buddha-Geschichten gehen mich überhaupt nichts an!« Und damit ließ er den Wächter einfach stehen.
Dieser öffnete einen Spaltbreit die Tür, steckte den Kopf heraus und sagte: »Eure Bitte ist abgeschlagen.«
Er wollte gerade seinen Kopf wieder einziehen und die Türe schließen, als Feuer des Himmels auf ihn lossprang, ihn am Zopf packte und heftig daran zog. Der Wächter verrenkte sich den Hals, verlor das Gleichgewicht und fiel nach vorn. Dadurch öffnete sich die Tür

wieder. Die sieben Gefährten schritten flugs über die Schwelle, obwohl der Buddha des Ostens, völlig fassungslos vor Schreck über das Geschehene, heftig protestierte.
»Was soll denn das?« rief der Marschall, als er die fünf Mönche und die beiden Fährmänner vor sich stehen sah. »Ihr verschwindet hier augenblicklich!« Vor Wut war er krebsrot im Gesicht.
»Exzellenz«, sagte der Abt und verneigte sich ehrerbietig, »wir sind die Träger des Siegels und bitten um eine Unterredung mit seiner Hoheit dem Herrscher des Jadereichs, um ihm eine Frage zu stellen, die uns sehr am Herzen liegt...«
Dem Marschall blieb vor Wut die Luft weg. Einen Augenblick lang stand er wie versteinert, dann schrie er: »Wache! Ergreift diese Unverschämten!«
Von überall her tauchten Wachsoldaten auf und stürzten sich auf die sieben Männer, die übrigens keinerlei Widerstand leisteten. Durch lange Gänge führte man sie in den Kerker.

XII

Drei Jahre vergingen. Der Kaiser Schi tsu setzte zwar Himmel und Hölle in Bewegung und ließ keinen Winkel in ganz China unerforscht, aber die Mönche blieben unauffindbar, als hätten sie sich in Luft aufgelöst. Seine Laune war dementsprechend abscheulich. Er schlief kaum noch, und wenn die Müdigkeit ihn überfiel, drehten sich all seine Träume nur um das Siegel. Er hatte seinem Marschall immer herrischere Befehle gegeben, damit er seine Nachforschungen vorantrieb. Da sie sich aber als völlig erfolglos erwiesen, hatte er diesen Befehlshaber seiner Armeen abgesetzt, um einen anderen, erbarmungsloseren an seine Stelle zu setzen, dann einen dritten und einen vierten, einer grausamer als der andere. Und als er schließlich zum siebten kam, ernannte er ein herrschsüchtiges und heimtückisches Ungeheuer, an das die Geschichte sich voller Abscheu unter dem Namen Blutrünstiges Tier erinnert, einem Namen, auf den er selbst noch stolz war.

Kaum hatte dieser neue Marschall sein Amt übernommen, verwandelte sich das Reich in einen Schlachthof. Durchsuchungen und Verhaftungen waren an der Tagesordnung. Eine öffentliche Hinrichtung folgte der anderen, und eine war grauenvoller als die andere. Die Unglücklichen, die man ins Gefängnis warf, wurden gefoltert, Frauen und Mädchen vergewaltigt und an den Pranger gestellt, die Kinder zu den gleichen Strafen verurteilt wie die abscheulichsten Verbrecher, wobei diese meist noch Gnade bei der Polizei fanden, die bald nur noch aus den lasterhaftesten Bürgern bestand.

Das gequälte Volk verkroch sich, jeder fürchtete jeden, denn das Denunziantentum war zur höchsten Bürgerpflicht erklärt worden. Aber im geheimsten Winkel seiner gefolterten Seele betete das Volk, ein Wunder möge es von der Herrschaft des Kaisers Schi tsu und seines abscheulichen Marschalls befreien. Es flehte den Himmel an und rief: »Fluch der Mandschu-Dynastie, die nur Leid und Schrecken über uns bringt!« Und sie erinnerten sich an den

Abt des Klosters von Shiu Lam, an Feuer des Himmels. Flüsternd erzählte man sich von seinen vergangenen Heldentaten, dem Kampf gegen die Eleuthen und seiner Flucht vor der Feuersbrunst, der fast alle Mönche zum Opfer gefallen waren. Auf seine Rückkehr hoffte das Volk.

»Was ist denn da los?« fragte sich der Buddha des Ostens, den die Schmerzensschreie, das Prasseln der Flammen, das Brüllen der Henker und die heißen Gebete des Volkes allmählich beunruhigten. Er verließ seine Wolke und begab sich hinunter zur Erde, um festzustellen, was der Grund für dieses Tohuwabohu sei. Doch kaum hatte er den Fuß in die Provinz Fukian gesetzt, wich er erschrocken zurück vor dem Bild, das sich seinem Blick bot: Abgehackte Köpfe, aufgeschlitzte Bäuche und riesige Leichenhaufen. Augenblicks verließ er diese Provinz und begab sich weiter nach Kuangtung. Aber auch hier waren die Szenen die gleichen. Daraufhin ging er weiter nach Yün-nan, Hunan und Tschekiang. Die Provinzen des Reichs waren zu einem riesigen Schlachthof geworden. Es wurde ihm bei ihrem Anblick so schlecht, daß er so schnell er konnte, die Erde wieder verließ und sich auf seine Wolke flüchtete. Dort lag er mehr als eine Stunde auf den Knien und klapperte mit den Zähnen. Dann faßte er sich wieder und begab sich stracks zur Bodhisattva Kuan Yin. Die Glückselige lehrte einige Seelen, die des Himmlischen Glücks teilhaftig geworden waren, die Gartenkunst.

»Was ist denn jetzt schon wieder?« fragte sie, als sie den Buddha ohne anzuklopfen eintreten sah. »Ihr legt es offenbar darauf an, meine Schüler zu erschrecken ...«

»Ehrwürdige, Göttliche Freundin«, sagte der Buddha des Ostens, »ich wundere mich, wie Ihr hier seelenruhig über Pflanzen und ihre duftenden Öle diskutieren könnt, während China einem überschwappenden Kessel voller kochendem Blut gleicht, der den Himmel verpestet!«

Kuan Yin entließ ihre Seelen und fragte: »Wer ist denn an diesem ganzen Grauen schuld?«

»Das wißt Ihr sehr gut... Dieser Fu Gen chen, der sich jetzt Schi tsu nennt, dieser Offizier, der Tien ch'is Sohn gestürzt und sich selbst auf den Thron gesetzt hat...«

Die Bodhisattva schüttelte den Kopf: »Oh nein! Dieser falsche Kaiser ist selbst nur der Spielball eines sehr viel stärkeren Schicksals. Seit das Siegel die Erde verlassen hat, dämmert China im Wahnsinn dahin. Drei Jahre ist es jetzt her, seit der Hüter des Siegels im Kerker des Palastes der Unsterblichen gefangengehalten wird. Drei Jahre der Schändlichkeiten und des Grauens. Und Ihr, Buddha des Ostens, Ihr wart es doch, der Feuer des Himmels und seine Gefährten bis zum Tor des Himmlischen Reichs begleitet hat. Ihr wißt sehr wohl, wie es ihnen dort ergangen ist. Und erst heute wecken Euch die Schreie der Welt?«

»Aber«, stammelte der Buddha, »ich hatte keine Ahnung, daß es da einen Zusammenhang gibt. Ich fand, dieser Abt und seine Mönche haben sich allzu dreist aufgeführt. Deshalb dachte ich auch, ein paar Jahre Gefängnis würden ihnen etwas Disziplin beibringen.«

»Ihr habt das Siegel vergessen...«, erwiderte Kuan Yin. »Ohne das Siegel ist China wie ein Körper ohne Geist. Die Achse ist verschoben. Der Kreisel dreht sich nicht mehr auf seiner Spitze, sondern stößt sich an allen möglichen Gegenständen und wird nach links und nach rechts geschleudert. Nur wenn man diese sieben Sterblichen so rasch wie möglich befreit, wird auf Erden wieder etwas Frieden einkehren.«

Der Buddha war höchst bestürzt. »Was soll ich denn tun?« fragte er.

»Begebt Euch so rasch wie möglich in den Palast der Unsterblichen«, erwiderte Kuan Yin, »verlangt vom Herrscher des Jadereichs, er solle diesen Männern die Freiheit wiedergeben. Helft ihnen dann, nach China zurückzukehren. Denn allein würden sie ja den Weg nicht finden.«

Der Buddha verließ sie, lief durch den Gang der Heiligen Nebel und rannte zum Himmlischen Reich, wo er ganz außer Atem ankam.

Der Herrscher des Jadereichs empfing ihn sogleich.

»Mein guter Freund, was habt Ihr denn? Ihr seht aus, als sei Euch eine Meute von Drachen auf den Fersen.«

»Exzellenz«, sagte der Buddha des Ostens und schnappte mühsam nach Luft, »es haben sich so schwerwiegende Dinge ereignet und China in eine wahre Hölle verwandelt, so daß selbst Yama, der Herr der Verstorbenen, sich voller Grausen abwenden würde.«

»Ich weiß«, entgegnete der Herrscher. »Offenbar rottet man sich dort gegenseitig aus. Komisch, nicht wahr?«

»Exzellenz«, fuhr der Buddha fort, »dieses Massaker muß aufhören. Deshalb müßtet Ihr in Eurer unendlichen Güte jenen Mönchen, die Ihr seit drei Jahren gefangenhaltet, die Freiheit wiedergeben.«

»Mönche, sagt Ihr?« fragte der Herrscher des Jadereiches. »Was für Mönche? Was meint Ihr damit?«

Der Marschall der Himmlischen Wachen hatte ihm nie verraten, daß er Feuer des Himmels und seine Gefährten in den Kerker geworfen hatte. Deshalb mußte der Buddha ihm erst einmal die ganze Geschichte erklären.

»Nein so was!« rief der Herrscher, »das sind mir schöne Neuigkeiten! Wahrscheinlich lande ich eines Tages durch den Übereifer dieses Dummkopfs selbst hinter Gittern, ohne daß ich etwas davon weiß. Wache, holt mir diese sieben Sterblichen!«

Danach rief er den Marschall zu sich und sagte zu ihm: »Habt ihr nicht bemerkt, daß sich seit einiger Zeit immer mehr Menschen vor dem Tor des Totenreichs drängen?«

»Das stimmt, Majestät. Ich habe sogar gehört, daß einige Seelen über vierzig Tage hinaus warten müssen, um aufgenommen zu werden...«

»Und Ihr habt keine Ahnung, Marschall, was an diesem ungewöhnlichen Andrang schuld ist?«

»Wahrscheinlich eine Epidemie oder ein Krieg, vielleicht auch ein Erdbeben oder eine Sturmflut... Oder alles zusammen, was weiß ich.«

Der Herrscher des Jadereichs richtete sich auf seinem Thron auf und rief mit Donnerstimme: »Marschall, diese Epidemie, dieser

Krieg, dieses Erdbeben und diese Sturmflut habt allein Ihr verschuldet!«
Dem alten Soldaten verschlug es fast die Sprache; er stammelte mühsam: »Ich? Ehrwürdiger Herr, das müßt Ihr mir erklären!«
»Ihr haltet seit drei Jahren sieben Sterbliche gefangen. Einer von ihnen trägt das Siegel der Glückseligen Kuan Yin bei sich. Ohne dieses Siegel versinkt China im Chaos. Ihr müßt diese Männer freilassen!«
Der Marschall beteuerte: »Ich habe nur den Befehlen gehorcht.«
»Welchen Befehlen?« fragte der Herrscher.
»Ich sehe jetzt erst, wie sehr ich unrecht hatte«, begann der alte Soldat, »aber damals wußte ich nicht, worum es ging. Ich bin selbst das Opfer einer ungeheuren Täuschung geworden... Es war nämlich so: Als diese sieben Sterblichen sich, begleitet von dem Buddha des Ostens, dem Himmlischen Palast näherten, suchte mich eine einflußreiche Persönlichkeit auf und bat mich, diese Männer gefangenzunehmen, was ich auch tat.«
»Eine einflußreiche Persönlichkeit?« entgegnete der Herrscher verwundert. »Nun sag schon, rede! Wer war das?«
Der Marschall senkte den Kopf und gestand: »Es war der Drache K'an, der Unergründliche.«
»Der Urahn der Eisenarme«, rief der Buddha des Ostens. »Er ist der Ahnherr der Ts'ing, der Begründer der Familie des Kaisers Schi tsu!«
»Ja«, fuhr der Marschall fort. »Und jetzt begreife ich auch, warum der Drache jeden Tag den Abt von Shiu Lam in seiner Zelle aufsuchte. Er wollte das Siegel von ihm haben.«
»Um es dann an seinen Nachkommen, den unrechtmäßigen Herrscher, weiterzugeben«, erklärte der Buddha.
In diesem Augenblick brachte die Wache Feuer des Himmels und seine sechs Begleiter herein, die sich zu den sieben rituellen Ehrbezeugungen auf den Boden warfen.
»Was für eine merkwürdige Geschichte!« begann der Herrscher.

»Vater Abt von Shiu Lam, ist es wahr, daß du das Siegel der Glückseligen Kuan Yin bei dir trägst?«

Feuer des Himmels löste seinen Gürtel, hob den heiligen Gegenstand mit beiden Händen hoch und sagte dann: »Seit drei Jahren verging nicht ein Tag, an dem nicht der Drache K'an in wechselnder Gestalt zu mir kam und das Siegel von mir verlangte. Manchmal bat er, manchmal suchte er mich zu überzeugen, meist drohte er mir und spie Feuer und Eis, um mich einzuschüchtern. Er wußte nicht, daß man mich einst dieser Prüfung unterzogen hatte. Ich bin gehärtet wie die Klinge eines Schwertes. All seine Überredungskünste und seine Drohungen prallten von mir ab. Ich war gegen das Trugwerk gefeit, mit dem er mich zu umgarnen suchte.«

»Ach«, bemerkte der Herrscher des Jadereiches, »leider unterscheiden die Unsterblichen sich kaum von den Menschen. Manche haben ein Herz voller Bosheit. Was diesen Drachen K'an angeht, so nennt man ihn den Unergründlichen, weil wirklich nie jemand gewußt hat, welch ein Abgrund sich in seiner Seele verbirgt. Womit drohte er dir eigentlich, wenn er dich einschüchtern wollte?«

Feuer des Himmels erwiderte: »Ganz China zu einer einzigen Hinrichtungsstätte zu machen, Grauen und Schrecken zu verbreiten, ganze Provinzen auszurotten. Aber ich habe nicht an seine Drohung geglaubt.«

»Leider besitzt jeder Drache eine ungeheure Macht«, entgegnete der Herrscher des Jadereiches betrübt. »Er hat seine Drohungen wahrgemacht, indem er seinen Nachkommen, diesen vermaledeiten Schi tsu, zu all diesen Untaten anstiftete. China leidet, China ringt mit dem Tode. Dein frommer Eigensinn ist daran schuld...«

Der Abt schwieg einen Augenblick lang tief betroffen, dann sagte er: »Oh, allmächtiger, himmlischer Herrscher, leiht einem armen Mönch gütigst Gehör! Als ich vor drei Jahren an das Tor dieses Palastes klopfte, wollte ich Eure Exzellenz um Rat fragen, was mit diesem Siegel geschehen sollte. Jetzt weiß ich die Antwort. Wir,

die Überlebenden des Massakers von Shiu Lam, werden das Siegel unter einen Aufruf setzen, in dem wir das Volk zum Aufstand auffordern und ihn im ganzen Reich verkünden.«
»Ich verstehe dich«, sagte der Herrscher des Jadereiches. »Ja, ich billige deinen Entschluß, und du sollst wissen, daß ich dir helfen werde.«
»Ich werde dir auch helfen«, fügte der Buddha des Ostens hinzu. Die fünf Mönche und die zwei Fährmänner verneigten sich tief und wollten gerade den Ratssaal verlassen, als der Marschall vor ihnen auf die Knie fiel.
»Könnt ihr mir verzeihen? Dieser Drache hat mich hintergangen.«
Sie verziehen ihm.
»Auf, auf!« rief der Buddha des Ostens. »Folgt mir. Ich zeige euch den Weg zurück nach China.«
Und so geschah es. Bald fanden Feuer des Himmels, die vier Mönche und die beiden Fährmänner sich am Ufer der Shih San li-Bucht nicht weit von Ufan wieder, dort, wo die Hütte von Sieh und Wu stand. Der Vater Abt Chu Hung ying, die vier anderen Mönche, Hu Teh ti, Fong Ta hung, Ma Chao hung und Li Sih khai – die die Hung-Überlieferung als die Fünf Ältesten bezeichnet – verfaßten gleich, als sie wieder auf Erden waren, einen Aufruf, den alle fünf unterzeichneten und unter den sie zum erstenmal das Siegel setzten.
Und so lautete der Text dieses Aufrufs: *Bewohner der neun Provinzen, die fünf Überlebenden des Massakers von Shiu Lam grüßen euch! Seit drei Jahren ist das Reich nicht mehr in der Mitte. Es hat sein Gleichgewicht verloren. Wir, die Hüter des Heiligen Siegels der Göttlichen Bodhisattva Kuan Yin erklären, daß der älteste der hohen Offiziere, der Nachkomme der Mandschuren, der sich Macht und Amt des kaiserlichen Thrones angemaßt hat, ein Verräter des Reichs ist. Seine Herrschaft ist unwürdig. Sie verbreitet Schrecken und Tod. Seine Macht ist ein Mummenschanz, eine Parodie der Gerechtigkeit. Himmel und Erde sind geteilt.*
Bewohner der neun Provinzen, erhebt euch gegen den Ts'ing wie

gegen einen fremden Feind. Die Mönche des Klosters von Shiu Lam haben die Eleuthen geschlagen. Im Namen des Ming-Kaisers, von dem sie das Siegel erhalten haben, werden sie auch den Ts'ing besiegen. Mögen Mond und Sonne und die Sieben Sterne wieder glänzen! Möge der Krieg China reinigen und den Frieden zurückbringen.

Die fünf Mönche verbrachten mehrere Tage damit, diesen Aufruf auf Plakate zu schreiben, die sie anschließend den beiden Fährmännern gaben. Diese klebten sie des Nachts auf die Türen aller öffentlichen Gebäude im ganzen Ufan-Bezirk. Die Legende berichtet, ein Schuster namens Wan Yun lung habe als erster bei Morgengrauen den Text gelesen und das Siegel darunter bemerkt. Dieser Mann hatte in den vergangenen Schreckensjahren sein Weib verloren; seine fünf Kinder waren von Soldaten gefoltert und lebendig verbrannt worden. Er lebte versteckt in einem Keller und ging nur des Nachts aus.

Als er den Text gelesen und seine ganze Bedeutung erkannt hatte, sah er sich um und bemerkte auf der Erde frische Fußabdrücke. Sie mußten von denen stammen, die das Plakat angeklebt hatten. Er folgte also diesen Spuren und bemühte sich, sie sorgfältig hinter sich zu verwischen, damit die kaiserlichen Soldaten nicht etwa den Weg fänden. So gelangte er zu der Hütte der beiden Fährmänner.

»Wer ist da?« fragte Sieh, als er das Klopfen hörte.

»Ein Schuster«, erwiderte Wan Yun lung.

»Seit wann repariert man nachts Sandalen?« entgegnete Wu mißtrauisch.

»Himmel und Erde sind getrennt«, erwiderte der Schuster. »Es wird Zeit, China zu reinigen und den Frieden wieder herzustellen.«

Die beiden Fährmänner erkannten die Sätze, die die fünf Mönche in ihrem Aufruf geschrieben hatten, öffneten einen Spaltbreit die Tür und fragten weiter: »Kannst du denn lesen?«

Der andere, der ihr Mißtrauen sehr gut verstand, entgegnete: »Mögen Mond und Sonne und die Sieben Sterne wieder glänzen!«

Da ließen sie ihn ein.

»Gehört ihr zu den Überlebenden des Massakers von Shiu Lam?« fragte der Schuster.
»Die fünf Brüder schlafen. Wir sind nur zwei Fährmänner.«
Wan Yun lung sagte: »Ich habe alles verloren. Ich bin nackt wie ein neugeborenes Kind, dessen Haar noch klebrig ist. Mein einziger Wunsch ist, gegen den Ts'ing zu kämpfen, damit diese Schrekkensherrschaft aufhört.«
»Wir werden die fünf Brüder wecken und mit ihnen zusammen beraten, was wir tun können...«, erwiderten Sieh und Wu. Sie gingen nach hinten, weckten Feuer des Himmels und erzählten ihm, was sie soeben erfahren hatten.
»Das ist gut«, sagte der Abt. »Dieser Schuster ist der erste all jener, die uns bei unserer Aufgabe in Zukunft helfen werden. Was er getan hat und die Worte, die er gesprochen hat, sollen beispielhaft für die Kämpfer jener unsichtbaren Armee sein, die wir aufstellen wollen.« Dann stand er auf und begrüßte Wan Yun lung. »Du hast den Aufruf gelesen und bist ihm gefolgt. Du warst vorsichtig genug, die Spuren, die dich hierhergeführt haben, hinter dir zu verwischen. Ich erkenne daran deinen Wunsch, uns zu helfen. Das Siegel der Glückseligen verbürgt die Worte, die dein Auge zu entziffern wußte. Bei diesem Siegel heiße ich dich willkommen und nehme dich in den Kreis der Ming-Hüter auf.« Immer noch an den Schuster gewandt, fragte er weiter: »Warum ist dein Haar so kurz?«
Wan Yun lung erwiderte: »Der Mandschu hat das Tragen des Zopfes verboten. Denen, die dem Gesetz zuwiderhandeln, wird der Kopf abgehackt.«
»Welch ein Aberwitz«, klagte Feuer des Himmels, »was einst die Zierde eines Mannes war, soll ihm jetzt zur Unehre gereichen!« Er rief die vier anderen Mönche und die beiden Fährmänner zu sich und sagte ihnen: »Wie sollen wir kämpfen? Im geheimen. Der Aufruf von Ufan wird der einzige bleiben, denn es wäre nicht gut, wenn unser Vorhaben schon jetzt öffentlich bekannt würde. Wir wären besiegt, noch ehe wir uns sammeln konnten. Immerhin haben einige das Zeichen des Siegels gesehen. Sie werden die Worte

des Aufrufes an andere weitergeben, die ihn nicht gelesen haben. Die Kunde davon wird von Mund zu Mund gehen, und so wird insgeheim jene unsichtbare Armee gegen den falschen Kaiser aufstehen.«

Und tatsächlich, bevor noch die kaiserlichen Soldaten die Plakate abreißen konnten, hatten genügend Bürger den Aufruf gelesen und gaben seine Worte an andere weiter, die wiederum anderen unter vorgehaltener Hand davon berichteten. Und so kannte man in allen Provinzen des Reichs in weniger als einem Mond den mit dem Siegel gezeichneten Text auswendig, ohne ihn je gesehen zu haben. Das Volk, das in den vergangenen drei Jahren durch eine so harte Prüfung gegangen war, faßte neuen Mut. Doch hatten diese Jahre es gelehrt, allem und jedem zu mißtrauen, und so hüteten sich die Bewohner der neun Provinzen vor öffentlichem Aufruhr und verhielten sich still.

Kaiser Schi tsu dagegen geriet ganz außer sich vor Zorn, ließ den siebten der von ihm ernannten Marschälle, Blutrünstiges Tier, rufen und sagte zu ihm: »Was soll das heißen? Die Mönche, die das Siegel besitzen, sind wieder aufgetaucht! Wo hatten sie sich denn versteckt, daß niemand sie trotz aller Versprechungen, Drohungen und Strafen gefunden hat?«

»Herr«, erwiderte der Marschall, »wir wissen jetzt, daß sie sich im Bezirk von Ufan verborgen halten. Ich habe bereits all unsere Truppen und die gesamte Polizei dorthin geschickt. Keine Handbreit Boden, kein Baum, kein Strauch und kein Grashalm sollen ihrer Aufmerksamkeit entgehen. Sie werden jedes Haus, jedes Zimmer, jedes Möbelstück, jede Mauer, jede Decke und jeden Fußboden absuchen. Man wird die Flüsse und die Schiffe schärfstens beobachten, die Felsen und das Meer durchkämmen...«

»Das Meer durchkämmen!« schrie Schi tsu. »Ihr solltet besser jedes Flüstern überwachen, jedes Murmeln, jedes Augenzwinkern, jede Handbewegung, jedes kaum wahrnehmbare Zeichen! Was ich befürchtet habe, ist nun geschehen: Die Mönche und das Volk verschwören sich gegen das Reich. Jener Chu Hung ying, genannt Feuer des Himmel, der Vater Abt des Klosters von Shiu Lam, ist ein ehrgeiziger Heuchler, der sich auf allerlei Zauberkünste versteht. Durch abscheuliche Machenschaften hat er das Siegel an sich gebracht und benutzt es jetzt gegen den, dem er eigentlich voller Achtung und Ehrfurcht begegnen müßte, nachdem er geduldig und hinterhältig auf seine Stunde gewartet hat. Was will er überhaupt? Der letzte Nachkomme der Ming ist vor Hunger und Verzweiflung im Kerker gestorben. Sein Skelett haben die Ratten abgenagt. Niemand kann eine tote Dynastie wieder zum Leben erwecken. Nein, der Ehrgeiz dieses abscheulichen Mönchs geht dahin, mich zu stürzen, um meinen Platz einzunehmen, den hohen Rat der Adelsfamilien aufzulösen und ihn durch eine Volksversammlung zu ersetzen. So sieht die Wahrheit aus.«

Inzwischen war bereits ein riesiges Heer von Soldaten in Ufan einmarschiert, wie der Marschall Blutrünstiges Tier es dem Kaiser versprochen hatte. Jeder Winkel wurde durchsucht. Doch Feuer des Himmels hatte diese Reaktion des kaiserlichen Befehlshabers vorausgesehen. Ein paar Stunden, nachdem der Schuster in ihren Kreis aufgenommen worden war, hatten die acht Gefährten die Hütte am Ufer der Shih San li-Bucht verlassen. Nach einem langen Marsch waren sie in die benachbarte Provinz gekommen, wo sich der Tempel von Kao chai erhob, und erst einmal dort geblieben.

Der Tempel war sehr alt und nur noch eine Ruine. Schon seit langer Zeit wohnte kein Mönch mehr dort. Er lag an einem bereits in grauer Vorzeit bekannten Fluß; daher stammte auch sein Name.

»Hier wollen wir uns ausruhen«, sagte Feuer des Himmels. »Es ist ein heiliger Ort, obwohl niemand sich mehr um ihn kümmert. Keine Pilgerfahrten, kein Opfer. Dabei wurde, lange bevor mit dem buddhistischen ›Dreikorb‹* die heilige Lehre ihren Weg von Indien nach China fand, an diesem Altar ein unbekannter Gott

* Sog. Tripitakam, der Kanon der Heiligen Schriften. Der Name erklärt sich aus seiner Einteilung in die drei Hauptgruppen: Korb der Ordenszucht, Korb der Lehrvorträge und Korb der Metaphysik. (A. d. Ü.)

verehrt, dessen Name nur von einigen wenigen ausgesprochen werden durfte. Ihn meinte unsere Herrin Kuan Yin, als sie sagte: ›Vor dem einen war das andere und vor diesem anderen das eine. Und dieses eine ist die Beständigkeit!‹« Sie suchten sich einen Platz aus, um sich etwas auszuruhen, denn sie waren lange gelaufen und hatten sich keine Rast gegönnt. Aber als sie gerade einschlafen wollten, rief der Schuster, der die Wache halten sollte: »Vater Abt und ihr, meine Brüder, kommt und seht! Welch ein Wunder!«

Sie sprangen alle auf und liefen zu Wan Yun lung, der am Flußufer stand. Da sahen sie, was der Schuster ihnen zeigen wollte: Auf den Wellen schwamm eine Räucherpfanne aus weißem Porzellan.

Feuer des Himmels bückte sich und holte das kostbare Gefäß aus dem Wasser. Dann hielt er es vorsichtig an den beiden Henkeln hoch. Er bemerkte, daß auf ihm Schriftzeichen in roter Farbe standen. Nachdem er sie entziffert hatte, murmelte er: »Es geschehe der göttliche Wille.« Er küßte andächtig die Räucherpfanne und reichte sie seinen Gefährten weiter, die einer nach dem anderen die Zeichen lasen.

Danach wiederholten alle: »Es geschehe der göttliche Wille« und küßten voller Ehrfurcht die Räucherpfanne.

»Ming Fuh Ts'ing Fu«, das waren die vier Zeichen, die auf dem weißen Porzellan standen: Ts'ing stürzen und Ming wieder einsetzen.

XIII

Als die acht Gefährten am nächsten Tag erwachten, rissen sie vor Staunen die Augen auf. Der alte Tempel hatte sich in ein Schiff verwandelt, das auf dem Fluß schwamm. Wie das geschehen war, wußten sie natürlich nicht. Aber es bestand kein Zweifel: Der Tempel war zu einem Schiff geworden. Neugierig näherten sie sich ihm: Es war groß genug, um sie alle bequem aufzunehmen. Auf seinem roten Rumpf stand das Hung-Zeichen. Über die Strickleiter kletterten sie an Bord.

Auf dem Schiffsdeck erhoben sich drei Altäre. Auf dem ersten standen eine Schale mit Reis und Stäbchen, eine Teekanne mit heißem, parfümierten Tee und eine Tasse dazu sowie eine Schale, in der drei Münzen lagen, in die die vier Zeichen der alten Ming-Devise eingeraviert waren. Die Münzen waren rund und hatten in der Mitte ein rechteckiges Loch.

Die beiden Fährmänner riefen: »Welch großzügige Gastfreundschaft! Da ist genug zu essen und zu trinken! Und der Schiffsherr hat sogar daran gedacht, uns für den Rest der Reise ein bißchen Geld dazulassen.«

Sie wollten gerade nach der Schale auf dem Altar greifen, als Feuer des Himmels ihnen befahl: »Rührt weder Schale noch Kanne an und vor allem nicht das Geld!«

»Wieso denn nicht?« fragten Sieh und Wu. »Wir haben solchen Hunger!«

»Gewiß haben wir Hunger und Durst und sind mittellos. Aber man hat uns diese Räucherpfanne geschenkt und wir tragen das Siegel mit uns. Worüber könnten wir uns da beklagen?« Sie gingen weiter zu dem zweiten Altar, ohne etwas zu berühren. Auf dem zweiten Altar lagen völlig verschiedene Gegenstände, und die Gefährten fragten sich, warum ausgerechnet diese Dinge sich dort befanden: eine Schere, ein Schreibkasten mit Pinsel, Tintenfaß, Radiermesser und feste Tintenwürfel, eine rote Lampe, ein Lineal aus Jade, ein Rechenbrett, eine Waage und ein Spiegel.

»Ist das die Auslage eines Händlers?« fragten Sieh und Wu. »Sieht aus wie ein heilloses Durcheinander, aber für jeden einzelnen Gegenstand könnte ein schlauer Mann genug herausschlagen, um sich ein Schwert kaufen zu können. Und das brauchen wir doch dringend.«
»Laßt die Dinge liegen«, sagte Feuer des Himmels, »und lernt, das alles mit anderen Augen zu sehen.«
»Welchen Augen?« riefen die beiden Fährmänner. »Wir haben nur unsere beiden, und die sitzen über unserer Nase, eins rechts und ein links... Was für andere Augen meint Ihr?«
»Hört«, begann der Abt, »alles was wir erleben, kann man auf vielerlei Art deuten. Eine davon wäre zum Beispiel: Die Schere zerschneidet die schwarzen Wolken, die den Himmel der Ming verdunkeln, das Schreibgerät dient dazu, das lichte Gesetz des Himmels und der Erde niederzulegen, die rote Lampe, den falschen Schein von der Wahrheit zu unterscheiden, das Lineal aus Jade bedeutet Treue und Aufrichtigkeit, das Rechenbrett zählt die Tage bis zur Wiedererstehung des Lichts, die Waage wiegt das gute Recht auf der einen Schale und das schlechte Recht auf der anderen. Und der Spiegel, dieser kostbare Spiegel, trennt die Wirklichkeit vom Schein und zeigt so den wirklichen Menschen.«
Sie gingen weiter zum dritten Altar. In seiner Mitte stand ein Holzscheffel mit rotgefärbtem Reis. In den Reis hatte man elf kleine Fahnen gesteckt.
Als der Vater Abt das sah, rief er: »Brüder, geht nicht weiter! Was wir hier vor uns sehen, ist ein unergründliches Geheimnis!«
»Was ist denn da Geheimnisvolles dran?« entgegneten die beiden Fährmänner. »Da steht ein Gefäß mit Reis und ein paar Fahnen darin.«
»Zurück!« rief Feuer des Himmels, und die sieben Gefährten wichen erschrocken zurück, so drohend hatte seine Stimme geklungen.
Da sah man plötzlich eine junge Frau aus dem Innern des Schiffes heraufkommen. Sie trug ein Kleid in der blassen Farbe des Mondscheins. Ihr Gesicht war schön und nachdenklich. Es sah aus, als

hätte sie geweint. In den Händen hielt sie eine Schwertscheide, doch ohne Schwert. Die acht Gefährten waren von der Gegenwart einer so schönen Frau an diesem Ort sehr beeindruckt und verneigten sich ehrerbietig.

Dann ergriff Feuer des Himmels das Wort: »Verzeiht uns armen Reisenden, daß wir auf dieses Schiff gestiegen sind, ohne eingeladen zu sein. Aber uns schien, als riefe man uns...«

Die junge Frau erwiderte: »Dieses Schiff ist von jetzt an das eure. Es gehörte meinem Vater, der es als Erbteil erhalten hat. Es ist noch genauso, wie es einst erbaut worden ist. Leider wurde mein armer Vater ermordet, und seit diesem unheilvollen Tag irrt das Boot auf der Suche nach dem umher, der Mut genug hat, an Bord zu gehen.«

»Wer war Euer Vater?« fragte der Abt.

Sie erwiderte: »Mein Vater hieß Chang Kiun tah. Er war der getreue Gefährte des Kaisers Chu Yüan chang, des Begründers der Ming-Dynastie. Als sein verehrter Herr starb, erhielt mein Vater als Vermächtnis dieses Boot, auf dem Ihr seid. Er hatte den Auftrag, es dem zu überlassen, der es vom Meer zur Quelle steuern würde. Und so machte das Schiff von Generation zu Generation immer die gleiche Reise. Doch leider ernannte vor einem Jahr Kaiser Schi tsu einen neuen Marschall, Blutrünstiges Tier. Nicht genug, daß dieser ganz China mit Furcht und Schrecken erfüllte, er wollte sich auch gegen den gerechten Willen meines Vaters dieses Schiff aneignen. Er schickte Soldaten hierher, doch kaum hatten sie sich dem Schiff genähert, waren sie wie vom Blitz getroffen und verloren den Verstand. Mehrere kaiserliche Kompanien kehrten halb von Sinnen nach Bei jing zurück, so daß der Marschall daraus schloß, mein Vater sei ein Zauberer. Und so dachte er sich eine Falle aus. Er täuschte meinen Vater, indem er ihm mitteilen ließ, seine Gemahlin Kuo Sin ying sei schwer erkrankt. Und als dieser sich eiligst auf den Weg zu ihr machte, stürzten sich Soldaten auf ihn und ermordeten ihn. Ich habe mich hierher geflüchtet in der Erwartung besserer Tage.«

»Das hier ist das Siegel der Glückseligen Bodhisattva«, sagte Feuer

des Himmels und hob den heiligen Gegenstand mit beiden Händen hoch.
Das junge Mädchen verrichtete die sieben Ehrbezeugungen und rief: »Mein Vater Chang Kiun tah hat prophezeit, eines Tages würde jemand das kostbare Siegel an Bord dieses Schiffes bringen.« Da holte der Schuster Wan Yun lung die Räucherpfanne hervor, die er unter seinem Mantel versteckt hatte.
»Heil und Segen!« sagte Cheng Yu lan – denn so hieß das junge Mädchen – »das große Licht des Hung ist uns zurückgegeben!«
Und sie sprach folgendes Gedicht:

»Niemand kannte den Weg des roten Reises,
den die elf Standarten der alten Stämme bezeichneten,
nur der, der das Siegel der Kuan Yin besaß
und die Räucherpfanne, die auf den Wellen schwamm.

Glücklich sind die, die auf dem Hung-Schiff fahren,
denn ihnen scheint das Licht des Großen Bären,
dessen Sieben Sterne Sonne und Mond den Weg weisen.
Und das Herz der Reisenden zum Ursprung leiten.«

Feuer des Himmels ergriff das Wort: »Tochter des berühmten Chang, der Jadering und das Schwert aus Pfirsichbaumholz sind verloren. Und die Scheide, die du in deiner Hand trägst, ist leer.«
»Vater Abt des Klosters von Shiu Lam«, erwiderte sie, »das Schiff wird dich hinführen, wohin du willst.«
Da unterbrachen sie die beiden Fährmänner und riefen: »Das ist ja alles gut und schön, aber während wir uns hier über dieses seltsame Schiff unterhalten, verbreitet der Ts'ing weiter Furcht und Schrecken in den neun Provinzen. Das Volk wartet nur auf ein Zeichen zum Aufstand. Wir müssen uns entscheiden.«
»Welche Ungeduld!« erwiderte Feuer des Himmels. »Ein offener Widerstand ist noch nicht möglich. Das Volk würde sofort niedergeworfen werden. Wir müssen die Truppen zu unseren Verbündeten machen. Aber dazu brauchen wir das Schwert des höchsten

Befehls. Laßt uns mit dem Hung-Schiff den Fluß hinauf bis zu seinem Quell fahren.«

Und sogleich setzte sich das Schiff flußaufwärts in Bewegung, ohne daß er die Segel hätte setzen müssen.

Am Abend dieses ersten Tages kamen sie zu einer Stelle, an der zwei Flüsse, der eine von links, der andere von rechts, sich mit dem ihren vereinigten, der weiter geradeaus floß. Hier legte das Boot an.

»Dieser Ort heißt ›Die drei Flüsse‹«, erklärte das junge Mädchen. »Hier ruht der erste Kaiser, der Glückselige Chu Yüan chang, der Begründer der Ming-Dynastie, der aus der Hand der Göttlichen Kuan Yin das Siegel empfing.«

Sie verließen das Schiff und begaben sich schweigend zum Grab des alten Herrschers. Es war ein Erdhügel, auf dessen Mitte sich ein langer, eckiger, schmuckloser Stein erhob.

»Ich wußte nicht«, sagte der Abt, »daß Kaiser Chus letzte Ruhestätte bekannt ist.«

»Sie ist es auch nicht«, erwiderte das junge Mädchen. »Nur das Hung-Schiff kann die Sterblichen hierherbringen. Aber ein Drache streicht hier immer umher, in der Hoffnung, den Ming ihr Geheimnis zu entreißen. Dieser Drache ist der unergründliche K'an, der Urahn der Familie der Eisenarme, der auch der Mandschu-Kaiser Schi tsu angehört.«

»Wir haben schon von diesem Drachen und seinen hinterhältigen Machenschaften gehört«, erwiderte der Abt. »Er hat mich sogar drei Jahre lang tagtäglich aufgesucht, als der Herrscher des Jadereichs uns, ohne es zu wissen, in seinem Palast gefangengehalten hat. Erst hat er es mit Schmeichelei, dann mit Drohungen versucht, um von mir das Siegel zu bekommen. Aber er hatte keinen Erfolg damit.«

»Du eingebildeter Mensch«, brüllte da eine Stimme. »Du armseliger Mönch! Ich habe auf dich gewartet! Glaubst du, ich hätte dich auch nur einen Augenblick lang aus den Augen gelassen, seit du auf die Erde zurückgekehrt bist?«

Es war der Drache K'an, der während dieser drohenden Worte mit

seinem riesigen Schwanz schlug. Aus seinen Nüstern schnaubte er Feuer.
»Wer vom Drachen spricht, muß nicht lange auf ihn warten«, sagte Feuer des Himmels. »Ich dachte mir schon, daß wir miteinander noch nicht fertig sind.«
Die sieben Gefährten zitterten wie Espenlaub.
»Hör zu, du jämmerliches Etwas...«, rülpste der Drache, »im Palast der Unsterblichen vermochte ich nichts gegen dich. Aber hier, wo ich durch den Eid der Götter nicht gebunden bin, fordere ich dich heraus! Drei Jahre lang hast du es gewagt, mir die Stirn zu bieten! Gib mir jetzt das Siegel oder ich entfessele meine ganze Macht gegen dich!«
»Eine sonderbare Macht«, erwiderte Feuer des Himmels spöttisch, »wenn ein Drache wie du Himmel und Erde in Bewegung setzen muß, um sich eines so winzigen Gegenstandes zu bemächtigen. Sollte vielleicht dieses Siegel, so klein es auch ist, mehr Macht besitzen als ein Drache wie du, so mächtig er auch sein mag?«
Bei diesen schimpflichen Worten wurde der unergründliche K'an flammendrot. Sein Körper glühte vor Wut. Er scharrte so heftig mit seinen Klauen auf dem Boden, daß sich ganze Felsbrocken lokkerten und durch die Luft flogen. Der nahe Wald wurde wie von einem wütenden Sturm gepeitscht. Die sieben Gefährten versteckten sich hinter dem Grab des ersten Kaisers.
»Das ist alles gut und schön«, sagte Feuer des Himmels, »und eines stolzen Drachens durchaus würdig. Aber was meinst du, solltest du mich nicht auch einmal angreifen?«
In diesem Augenblick verwandelte sich der unergründliche K'an in einen Riesen, höher als zwei Berge übereinander. Er trug eine rotglühende Eisenrüstung. Feuer stob aus seinem Helm. Er zog ein Schwert, das nach allen Seiten Blitze schleuderte. Aus seinem zahnlosen Rachen drang ein gellendes Gelächter. »Verteidige dich, du Sohn eines Niemand!« schrie das Ungeheuer und hob seine Waffe.
Da öffnete sich mit Donnergetöse das Grab in der Mitte. Der hohe Stein darauf stürzte krachend um. Aus der Erde wuchs ein Schwert mit einer Klinge aus Pfirsichbaumholz. Sein Griff war rot

wie Feuer und Blut. Das junge Mädchen lief hinzu, entriß es der unsichtbaren Hand, die es hielt, und brachte es eilends Feuer des Himmels, dem sie es ehrerbietig reichte. Er ergriff es, küßte den Schwertknopf, hob die Waffe hoch über sein Haupt und rief: »Es geschehe der Wille Gottes!« dann wuchs und wuchs er, bis er so groß war wie der Riese, der ihm gegenüberstand.
So begann der berühmte Kampf zwischen Feuer des Himmels und dem Drachen, wie er in den alten Büchern überliefert ist. Wie lange dauerte er? Niemand weiß es. Einige behaupten sogar, er sei noch immer nicht zu Ende. Wir halten uns an die Deutung des berühmten Wu Thian ching, den unsterblichen Verfasser der *Abhandlung über die beiden Drachen*, der zu dieser Frage folgendes schreibt: *Bei der Beantwortung dieser entscheidenden Frage ist große Vorsicht geboten. Ich bin mir dessen bewußt. Da es sich aber um eine grundlegende Frage handelt, will ich sie trotzdem beantworten: der Kampf zwischen den beiden Drachen ist ewig. Wenn sie sich die Perle streitig machen, so geht es nicht darum, daß einer von beiden sie an sich bringt, denn dann würde die Perle auf ewig verschwinden. Bei dem Kampf zwischen dem Mönch Chu Hung ying und dem Drachen K'an dagegen müssen die beiden Gegner auf irgendeine Weise ein Ende gemacht haben, denn die Überlieferung berichtet uns von weiteren Abenteuern des Vater Abt von Shiu Lam. Es gibt jedoch keinen Beweis dafür, daß er siegreich aus dem denkwürdigen Streit hervorgegangen ist, denn der Drache K'an ließ dabei nicht etwa sein Leben.*
Alles deutet darauf hin, daß die beiden Gegner nach stundenlangem unerbittlichem Kampf beschlossen, voneinander abzulassen. Und so gab es weder Sieger noch Besiegten. Doch gilt es, die Fügung des Schicksals zu bedenken, denn der Drache K'an ging, wie er erschienen war, während Feuer des Himmels nicht nur das Siegel behielt, sondern noch dazu das Schwert aus Pfirsichbaumholz empfing. Und was für ein Schwert! Die Waffe des Gründers der Ming-Dynastie, in dessen Klinge das Bild der beiden Drachen mit der Perle sowie die alte Devise des Reichs eingraviert waren.

»Gelobt sei Dharma Buddha, unser Herr!« riefen die sieben Gefährten, als sie sahen, wie der Drache das Feld verließ. Sie umringten den Abt, der zu ihnen sagte: »Es gibt zwei Mächte in der Welt. Sie werden nie aufhören, einander zu bekämpfen. Der finstere Drache hat sich entfernt. Anderswo geht der Kampf weiter. Wir jedoch müssen dieses Trugbild hinter uns lassen, denn ebenso wie das Siegel ein Dreieck ist, löst der Dualismus sich in der Drei auf.«

Und das junge Mädchen sprach ein Gedicht:

»So lange die Erde sich am Himmel dreht,
streiten die beiden Drachen um die Perle.
Aber wenn der Kampf je aufhört,
löst alles sich im Nichts auf.

Die beiden Drachen streiten um die Perle,
und wenn der Mensch Himmel und Erde vereinigt,
dann flammt die Perle auf
und das Nichts löst sich in allem auf.«

Sie beteten noch eine Weile am Grab des Kaisers Chu Yüan chang, stellten den umgestürzten Stein wieder auf, sprachen noch ein Gebet und gingen dann zurück zu dem Hung-Schiff, das an dem Ort der Drei Flüsse auf sie wartete. Doch kaum waren sie an Bord gegangen, brach zwischen den beiden Fährmännern Sieh und Wu ein Streit aus. An dieser Stelle nämlich vereinigten zwei andere Flüsse sich mit dem ihren. Sieh behauptete, man müsse dem Lauf des linken folgen, während Wu versicherte, es sei besser, dem des rechten zu folgen. Das Schiff allerdings fuhr ganz eindeutig geradeaus weiter.

Feuer des Himmels fing an zu lachen: »Jetzt macht ihr es schon so wie die Drachen!«

Die Fährmänner und die Mönche stimmten in sein Lachen ein. Nur Changs Tochter blieb nachdenklich. Der Abt ging auf sie zu und fragte sie, warum sie plötzlich so traurig sei.

»Es ist die Erinnerung an meinen Vater«, erwiderte sie, »aber auch der Schmerz darüber, Euch bald verlassen zu müssen.«
»Warum solltet Ihr uns verlassen?« fragte Feuer des Himmels.
»Weil am Ende dieses Flusses ein großer Markplatz liegt. Er heißt der Markt des Allumfassenden Friedens. Ihr werdet ihn betreten und Ihr werdet verstehen; aber danach wird alles Eurem Blick entschwinden.«
Tatsächlich, kurz darauf hielt das Schiff vor einem großen Markt. Aber um dort hinzugelangen, mußte man eine Brücke überqueren, deren eine Seite aus Eisen und die andere aus Kupfer war.
Das junge Mädchen sagte zu den acht Gefährten: »Steigt alle aus. Nehmt das Siegel, die Räucherpfanne und das Schwert aus Pfirsichbaumholz mit, auch die drei Münzen, die in dieser Schale sind. Und vergeßt nie die drei Altäre und die Gegenstände, die darauf waren. Vergeßt nie das Hung-Schiff!«
Sie gingen an Land und wollten gerade die Brücke überqueren, doch in diesem Augenblick stürzten drei alte Männer auf sie zu und sagten zu ihnen: »Wer wagt es, hier hinüberzugehen, ohne den Zoll zu bezahlen?« »Was wollt Ihr haben?« fragte der Abt.
»Ich will zumindest die Räucherpfanne; eine runde Münze mit viereckigem Loch würde es allerdings auch tun.«
Feuer des Himmels gab dem ersten Greis eine der Münzen, die er mitgenommen hatte.
»Holla!« sagte der zweite Alte. »Wer wagt es, hier hinüberzugehen, ohne den Zoll zu bezahlen?«
»Was wollt Ihr haben?« fragte der Vater Abt erneut.
»Ich will zumindest das Schwert aus Pfirsichbaumholz; eine runde Münze mit viereckigem Loch würde es allerdings auch tun.«
Feuer des Himmels gab dem zweiten Greis eine der beiden Münzen, die ihm noch geblieben waren. Sogleich trat der dritte Alte auf ihn zu: »Wer wagt es, hier hinüberzugehen, ohne den Zoll zu bezahlen?«
»Was wollt Ihr haben?«
»Ich will zumindest das Siegel; eine runde Münze mit viereckigem Loch würde es allerdings auch tun.«

Und der Vater Abt gab dem Greis seine dritte Münze.
So gelangten sie auf die andere Seite der Brücke. Dort verkaufte ein vierter alter Mann Pfirsiche der Unsterblichkeit. Man mußte nur einen von ihnen essen, um unsterblich zu werden. »Die müssen wir kaufen ...«, sagten die Gefährten.
»Was kostet einer dieser Pfirsiche?« fragte Feuer des Himmels.
»Drei runde Münzen mit viereckigem Loch«, erwiderte der Händler.
»Schade«, erwiderte der Abt, »wir haben damit unseren Zoll bezahlen müssen ...«
»Schön«, schlug der alte Mann vor, »es reicht auch, wenn Ihr mir die Räucherpfanne aus weißem Porzellan, das Schwert aus Pfirsichbaumholz und das Siegel der Ming-Kaiser gebt. Was wollt Ihr mit diesen Kleinigkeiten schon anfangen.«
Feuer des Himmels wich erschrocken zurück.
»Niemals!« rief er. »Was nützte uns die Unsterblichkeit, wenn wir China seinem unseligen Schicksal überließen?«
»Das ist wahr«, riefen die Gefährten wie aus einem Mund.
»Dann tut es mir leid«, sagte der Händler. »Ohne Geld oder diese paar Kleinigkeiten keine Unsterblichkeit.«
Sie drehten sich nach dem jungen Mädchen um, aber sie sahen es nicht mehr. Übrigens schien der Markt sich plötzlich geleert zu haben; die Händler waren verschwunden. Die Brücke, die sie überquert hatten, war wie in Nebel gehüllt.
»Seht!« rief der Abt. »Dort hinten auf der Insel liegt die Stadt der Weiden, in deren Mitte sich der Pavillon der Roten Blume erhebt.«
Sie sahen alle die Insel, die Stadt und den Pavillon, die sich auf ewig ihrem Gedächtnis einprägten. Aber schon senkte sich ein immer dichter, immer kälter werdender Nebel über alles, so daß sie bald tastend wie Blinde ihren Weg suchen mußten.
»Das also meinte das junge Mädchen«, sagte Feuer des Himmels. »Wir haben den Platz betreten, wir haben alles gesehen. Und jetzt ist er unserem Blick entschwunden. Nie mehr in diesem Leben werden wir das Hung-Schiff mit den drei Altären und den Gegen-

ständen, die auf jedem von ihnen lagen, wiedersehen. Nie mehr werden wir die Brücke aus Eisen und Kupfer überqueren und den Markt des Allumfassenden Friedens betreten. Aber unser Gedächtnis wird sich getreulich an jeden dieser Augenblicke erinnern. Wir werden das Erlebte weitergeben, damit andere den Sinn begreifen lernen. Und eines Tages werden wir im Tod wieder diesen Fluß befahren.«

Als sie am nächsten Tag erwachten, ruhten sie im Schatten des ehrwürdigen Tempels von Kao chai. Auf diese Weise endete, was die Hung später *die mystische Reise der acht Gefährten* nannten, eine Reise, die großen Einfluß auf Gründung und Tradition der berühmten Himmel- und Erdgesellschaft – auch Trias-Gesellschaft genannt – haben sollte. Das Hung-Schiff wurde zum Modell der Logen, in denen die drei Altäre aufgestellt wurden, auf denen man die symbolischen Gegenstände verteilte, die die Reisenden gesehen hatten. Der Kampf der beiden Drachen um die Perle wurde zu einem der bekanntesten Symbole der Gesellschaft. Und es gibt keine Hung-Loge, in der nicht die Räucherpfanne, das Schwert und das Siegel ihren Platz haben. Das gleiche gilt für die Brücke aus Eisen und Kupfer und die Stadt der Weiden, in deren Mitte sich der Pavillon der Roten Blume erhebt. In ihm steht der dritte Altar mit dem Holzscheffel aus rotem Reis und den elf Standarten der alten Stämme.

IXV

Nun geschah es, daß ein Dorfbewohner die fünf Mönche von Shiu Lam, die beiden Fährmänner und den Schuster erkannte. Er lief zu ihnen und sprach sie an: »Edle Herren, man verehrt euer Gedächtnis in den neun Provinzen, wenn auch noch niemand es wagt, aufzustehen und von euren ruhmreichen Taten zu reden. Die behaarten Tiere sind in der Übermacht. Sie halten sich in jedem Winkel versteckt, suchen das Dunkel, die Feuchtigkeit und den Schimmelgeruch. Man sagt, es seien Menschen, aber der Marschall, der sie befehligt, ist kein Mensch. Er ist ein grausamer Vampir. Deshalb hat man ihn auch Blutrünstiges Tier genannt. Alle, die ihm gehorchen, werden genauso wie er. Ihre menschliche Haut fällt ab und statt dessen tragen sie den haarigen Panzer der Insekten.«
»Mein Freund«, erwiderte Feuer des Himmels, »was erwartest du von uns?«
Der Bauer fiel auf die Knie und sagte: »Wir sind arme Leute. Und jetzt will man uns mit dem Leben auch noch die Würde nehmen. Was macht es uns schon aus, zu unseren Vorfahren einzugehen. Früher oder später müssen wir das alle. Aber wir erwarten einen ehrenhaften Tod. Doch diese behaarten Tiere hängen uns an den Füßen auf, schneiden uns Ohren und Zunge ab, reißen uns die Augen aus und danach werfen sie uns noch halb lebend auf einen Misthaufen. Unsere Frauen und unsere Töchter entehrt man in aller Öffentlichkeit. Unsere Kinder werden zu den schändlichsten Dingen gezwungen. Dann pfählt man sie lebend vor dem Dorftor, übergießt sie mit Pech und zündet sie an wie Fackeln.«
»Weh über so schändliche Taten und die, die sie vollbringen!« rief Feuer des Himmels voller Zorn. »Mein Freund, wir sind nur acht Reisende, aber Abscheu und Mitleid erfüllen unsere Herzen. Unser Blut empört sich und unsere Muskeln werden zu Eisen! Führ uns in dieses Dorf.«
Der Mann stand auf. Sie folgten ihm über die Felder und kamen bald vor die Tore von Tchon Gai, in dessen Mauern sich diese ab-

scheuliche Dinge abgespielt hatten. Schon von weitem sahen sie die halbverbrannten Leichen, die man auf Pfähle rechts und links vom Tor aufgespießt hatte.
»Die Worte dieses braven Mannes waren noch zu schwach«, riefen die acht Gefährten, »um ein so gräßliches Schauspiel zu beschreiben.«
Sie gingen in das Dorf hinein. Die meisten Männer brannten noch. Verstümmelte Leichen lagen zuhauf auf dem Boden. Tote Kinder und abgestochene Tiere hatte man einfach übereinandergeworfen. Auf dem Marktplatz stand ein Scheiterhaufen; die verkohlten Reste waren noch deutlich zu sehen. Das Pflaster war rot von getrocknetem Blut.
»Wo sind diese Ungeheuer?« fragte der Abt.
»Nach getaner Arbeit sind sie in ein anderes Dorf gezogen...«, erwiderte der Mann und zitterte am ganzen Körper.
»Wir brauchen Pferde!« sagte der Abt.
Aber die kaiserlichen Soldaten hatten die wenigen Pferde mitgenommen, die die Bauern besaßen.
»Ohne Pferde können wir nichts ausrichten«, gaben die acht Gefährten zu bedenken. »Wo könnten wir denn welche finden?«
»Ich kenne Pferdehändler, die im Gebirge wohnen«, erwiderte der Bauer. »Sie halten sich dort versteckt, aus Angst, die behaarten Tiere könnten ihnen ihre Pferde wegnehmen. Offengestanden, diese Händler sehen eher aus wie Diebe als wie anständige Bürger, aber Pferde haben sie wenigstens.«
Sie brauchten einen Tag und eine Nacht, um den Felsweg zu erreichen, der in das Versteck der Pferdehändler führte. Es war ein schwer erreichbarer Ort, fast eine Art Festung, in die sich diese merkwürdigen Männer zurückgezogen hatten, in der Hoffnung auf bessere Tage. Es waren fünf; sie hießen Wu Thian lao, Li Sih chi, Hung Thai sui, Yao Pieh tah und Lin Yung chao.
Nachdem sie die acht Gefährten begrüßt hatten, sagten sie zu ihnen: »Wir haben euch schon von weitem kommen sehen und euch doch weitergehen lassen, ohne die Fallen in Gang zu setzen, mit denen wir den Weg bestückt haben. Wißt ihr weshalb?«

Der Abt verneinte. Da fingen die fünf Pferdehändler an zu lachen: »Erinnert ihr euch an jene Diebe, die ihr halbtot geschlagen habt, als wir den alten Marschall Li Shi choh überfallen haben? Aus Furcht vor den Eleuthen war dieses feiste Schwein aus der Hauptstadt geflohen. Aber ihr und die anderen Kahlköpfe habt euch auf uns gestürzt wie Adler auf ihre Beute und uns windelweich geschlagen. Wir geben das auch gern zu, denn später erfuhren wir, wer ihr seid, welche Heldentaten ihr vollbracht habt und wie man es euch dankte, indem man euer Kloster in Brand setzte. Kurz und gut, als wir sahen, wer uns da besuchen wollte, fühlten wir uns sehr geehrt. Gewissermaßen seid ihr Gesetzlose, genauso wie wir.«

»Habt Dank für euren freundlichen Empfang«, sagte Feuer des Himmels. »Und es stimmt, wir sind Gesetzlose, wenn man darunter das Gesetz der Ts'ing versteht.«

»Oh«, entgegneten die Pferdehändler, »sich in den Besitz eines Thrones zu setzen, ist ein sehr viel größerer Diebstahl als der eines Pferdes zum Beispiel. Aber mehr ist es auch nicht und offengestanden, wir halten nicht viel von Eigentum. Was wir jedoch unerträglich finden, sind Gewalttätigkeit, Folter und Mord. Wir haben uns hier versteckt, um unsere Pferde in Sicherheit zu bringen. Aber diesen Ungeheuern würden wir ganz gern einen Denkzettel verpassen.«

Der Abt rief: »Meine Freunde, der Augenblick ist gekommen, uns zu verbünden, um Lüge und Haß zu stürzen und das Licht wieder leuchten zu lassen!«

»Hoppla«, erwiderten die Pferdehändler, »das sind allzu große Worte für uns. Wir kennen kein anderes Licht als das der Sonne und des Mondes. Aber wenn ihr diese Mordgesellen bestrafen wollt, so kann uns das nur recht sein.«

Dann luden sie die acht Gefährten ein, den Tee mit ihnen zu trinken, während der Bauer, der sie bis hierher geführt hatte, nach Tchon Gai zurückkehrte, um seinen Toten ein würdiges Begräbnis zu geben.

»Jetzt erklärt uns doch einmal«, fragte Wu Thian lao, der älteste

der Pferdehändler, »weshalb ihr es nicht fertigbringt, die Henkersknechte dieses blutrünstigen Marschalls genauso zu vernichten, wie ihr es mit den Truppen der Tataren getan habt.«
»Die Eleuthen sind uns als geschlossene Armee gegenübergetreten«, erklärte der Abt. »Die kaiserlichen Soldaten sind überall – das heißt nirgendwo! Natürlich könnten wir einige von ihnen vernichten, aber dafür stehen wieder andere an anderen Orten auf. Deshalb gründet sich unsere Strategie auf einen Volksaufstand.«
»Da habt Ihr gewiß recht«, erwiderte Wu Thian lao, »aber ein paar aufsehenerregende Kämpfe würden das Volk aufrütteln und ihm das fehlende Selbstvertrauen wieder zurückgeben. Wie wär's, wenn wir den Truppen hier und da eine kleine Lektion erteilten, die, wenn wir Glück haben, dem Volk neuen Mut gibt und Blutrünstiges Tier ein bißchen in seinem eitlen Selbstvertrauen erschüttert.« Dieser Vorschlag fand einstimmigen Beifall. Die fünf Pferdehändler und die acht Gefährten wählten die besten Pferde aus und machten sich schon am nächsten Morgen auf den Weg hinunter ins Tal, um die Spur der Soldaten zu finden, die die Bewohner von Tchon Gai ermordet hatten. Leider war nichts einfacher als das, denn die Grausamkeit dieser Männer hatte den Weg übersät mit verkohlten Leichen, gefolterten Männern und erstochenen Tieren. Am Morgen darauf kamen sie nach Tu Li, wo die Ungeheuer gerade ihr abscheuliches Werk vollendeten.
Auf dem Dorfplatz hatten sie alle Frauen und Kinder zusammengetrieben und sie mit dem Beil enthauptet. Rechts lagen die Köpfe auf einem Haufen, links die Körper. Gerade wollten diese Schlächter alles in Brand setzen, da nahten sich plötzlich in raschem Galopp die dreizehn Reiter, die angesichts des grauenvollen Schauspiels wie angewurzelt stehen blieben. Die Soldaten, die glaubten, es handele sich um ihre Kameraden, fuhren häßlich grinsend in ihrem Werk fort. Doch bald erstarrten ihre Züge zu einer Maske feindseligen Hasses.
Da richtete Feuer des Himmels folgendes Gebet zum Dharma Buddha: »Höre unser Flehen, der du uns in unserem Kampf gegen den

äußeren Feind beigestanden hast! Erlöse uns von einer sehr viel größeren Geisel: dem inneren Feind.« Dann zog er sein Schwert aus Pfirsichbaumholz, hob es gen Himmel und rief mit lauter Stimme: »Wir, die Mönche des Klosters von Shiu Lam, Träger des kaiserlichen Siegels, befehlen diesen Toten, diesen unschuldigen Opfern, aufzustehen und mit eigener Hand ihre Peiniger zu strafen! Steht auf!«

In dem Schweigen, das seinen Worten folgte, hörte man eine Art fernes Grollen. Und plötzlich standen die kopflosen Körper der Frauen und Kinder von Tu Li auf und begannen, auf die Soldaten zuzugehen, die wie gelähmt vor Schrecken nicht einmal zu fliehen wagten. Fassungslos sahen die Pferdehändler, wie diese leblosen Gestalten ihre zarten Hände um den Hals der kräftigen Soldaten legten, und diese einer nach dem anderen, mit vor Grauen geweiteten Augen und gebrochenem Genick zu Boden sanken. Es war die Rache, die diese Märtyrer beseelte und die Kraft, die Buddha ihnen lieh. Die Finger, die sich um die Kehlen ihrer Henker schlossen, waren stark wie ein Schraubstock.

Als alle Soldaten erwürgt waren, legten die kopflosen Körper sich wieder auf den Boden und versanken erneut in ihren ewigen Schlaf.

»Bei meiner Seele«, rief der älteste der Pferdehändler, »das geht über meinen Verstand!« Er kniete vor Feuer des Himmels nieder und sagte zu ihm: »Eure Macht ist schrecklich, was sind wir in Euren Händen?«

Der Vater Abt richtete ihn auf: »Ich habe keine andere Macht als das Gebet. Nur Buddha konnte ein so großes Wunder vollbringen. Er, nur er allein hält uns in seinen Händen.«

»Das ist wahr«, ließ sich eine Stimme vernehmen.

Die dreizehn Gefährten drehten sich um und sahen einen in Lumpen gehüllten Greis, der auf sie zukam.

»Wer bist du?« fragte Feuer des Himmels.

»Das weiß ich nicht...«, erwiderte der alte Mann. »Ich war gerade in Pien Kao, dem benachbarten Dorf, als Soldaten kamen und uns alle umbrachten.«

»Außer dir«, bemerkte der älteste der Pferdehändler.
Der Greis erwiderte: »Man hat mich mit Schwertern durchbohrt, mich mit allen möglichen Waffen erschlagen, geübte Hände haben mich zerhackt, ich wurde in die Flammen geworfen und doch bin ich hier.«
»Sehr sonderbar«, bemerkten die beiden Fährmänner, die Mühe hatten, den Ereignissen zu folgen.
»Das stimmt«, fuhr der Unbekannte fort, »um so sonderbarer, als ich mich nicht mehr an meinen Namen erinnere und auch nicht weiß, was ich in diesem Dorf eigentlich zu tun hatte. Offenbar habe ich bei all der Aufregung das Gedächtnis verloren...«
»Mein armer Freund«, sagte Feuer des Himmels, »zeig uns den Weg, der zu dem Dorf führt, aus dem du kommst. Wir wollen die strafen, die diese gräßliche Untat begangen haben.«
Der alte Mann wies auf einen Hügel ganz in der Nähe. Und sogleich galoppierten die dreizehn Reiter auf ihn zu.
Pien Kao bot das gleiche Bild wie die anderen Dörfer. Aber hier hatten die kaiserlichen Soldaten einige Bauern von einem hohen Turm hinuntergeworfen und sie auf Piken aufgespießt; andere hatten sie an den Ästen der Bäume aufgehängt, die den großen Dorfplatz umgaben. Sie saßen schon im Sattel und wollten gerade ihren Weg fortsetzen, als der Vater Abt, gefolgt von seiner kleinen Schar, sie überraschte. Es waren mehr als zweihundert Männer.
»Halt!« rief Feuer des Himmels. »Wer ist euer Offizier?«
Ein Reiter trieb sein Pferd nach vorn: »Dieser Offizier bin ich. Und wer seid ihr, daß ihr es wagt, euch uns in den Weg zu stellen?«
»Wir sind die Mönche des Klosters von Shiu Lam. Wir besitzen das kaiserliche Siegel«, erwiderte Feuer des Himmels. »Wer hat Euch den Befehl gegeben, diese braven Bauern zu ermorden?«
»Der Marschall der Armeen ist unser Herr«, erwiderte der Offizier, »und er selbst steht im Dienst unseres geliebten Kaisers. Wer Ihr seid, das weiß ich jetzt. Dem, der Euch tot oder lebendig in den Palast bringt, winkt eine hohe Belohnung. Und diese Belohnung werde ich mir verdienen!«
Die dreizehn Männer zu Pferde lachten.

Da gab der Offizier seinen Soldaten den Befehl, ihre Waffen zu ziehen und die kleine Schar zu überwältigen, was sie, nur auf mäßigen Widerstand gefaßt, augenblicklich versuchten. Da stießen die kaiserlichen Reiter plötzlich auf eine unsichtbare Mauer, die wie aus dem Boden gewachsen schien und Angreifer und Angegriffene trennte. Die Pferde galoppierten auf Feuer des Himmels und seine Gefährten zu, prallten jedoch mit ihren Nüstern gegen dieses durchsichtige Hindernis und stürzten mitsamt ihren Reitern wie betäubt zu Boden.
»Vater Abt von Shiu Lam«, schrie der Offizier, »über welch finstere Zauberkräfte gebietest du?« Dann gab er seinem Pferd die Sporen und ließ seine Männer mit ihren gestürzten Pferden allein.
»Auf, dem Feigling nach!« rief der älteste der Pferdehändler.
Feuer des Himmels hielt ihn auf: »Es ist besser, wir lassen diesen Maulhelden davonkommen. Er wird geradewegs zu Schi t'su galoppieren und ihm von unseren Taten berichten ...«
Wu Thian lao leuchtete ein, daß der Vater Abt recht hatte. Inzwischen hatten die Soldaten sich wieder aufgerappelt, und Feuer des Himmels wandte sich an sie mit folgenden Worten: »Wie soll ich euch nennen? Ihr seid keine Menschen mehr, ihr habt euch selbst den räuberischen Tieren der Nacht zugesellt! Keine Strafe kann so ungeheuerlich sein wie euer Verbrechen! Wie viele Kinder habt ihr der Brust ihrer Mutter entrissen? Wie viele Verlobte und Gatten habt ihr auf immer getrennt? Wie viele Greise habt ihr entehrt? Die Sonne verbirgt sich ob so vieler grauenvoller Taten!«
Die Ungeheuer fielen auf die Knie. »Erbarmen, verehrter Vater!«
Feuer des Himmels zuckte mit den Schultern und fuhr fort: »Nur Buddha ist Richter eurer Verbrechen. Nur er straft euch nach seinem Zorn.«
Er hob das Schwert aus Pfirsichbaumholz gen Himmel und sogleich verwandelten die kaiserlichen Soldaten sich in Statuen. Jeder erstarrte mitten in der Bewegung, in der er sich gerade befand. Aber es blieb nicht dabei: Die Standbilder bekamen Risse, zerbrachen, fielen in Stücke auf den Boden, lösten sich in Staub auf, den

ein plötzlich aufkommender Wind in der Ebene verteilte. Bald blieb nichts mehr von ihnen übrig.
»Wenn man sich um diese Pferde ein wenig kümmert, werden das Prachtexemplare«, sagten die Pferdehändler und halfen den Tieren aufzustehen. So kamen sie zu guter Letzt noch zu einer prächtigen Reiterei, die sie eiligst in ihr Versteck im Gebirge brachten. Dort wollten die dreizehn Männer beratschlagen, was man jetzt unternehmen sollte. Eins war ihnen klar: Der Kaiser würde bald erfahren, daß sie sich im Bezirk von Li Tsang aufhielten. Und sein Marschall Blutrünstiges Tier würde keine Zeit verlieren und den Großteil seiner Truppen dort zusammenziehen. Wenn man sie dann geschickt herausforderte – und wenn es der Wille Dharma Buddhas war –, konnte man sie mit einem Schlag vernichten.
Während dieser Zeit öffnete der Heilige Buddha, der auf der unsterblichen Lotus-Blüte ruht, ein Auge und fragte: »Wo sind die Tao-Götter?«
Der Buddha des Ostens trat zu ihm, vollführte die elf Ehrbezeugungen und sagte: »Höchster Buddha der Wahrheit, die Tao-Götter warten im Vorzimmer.«
»Sie sollen eintreten«, sagte der Buddha der Gerechtigkeit und der Barmherzigkeit. Die Tür des himmlischen Ratssaals öffnete sich weit, und die Tao-Götter traten feierlich ein.
Huang-ti, der Gelbe Kaiser, schritt ihnen voran, begleitet von dem dreimal Heiligen Chuan-hsü und gefolgt von dem Dynastiegründer Yü dem Großen. Dann kamen die Unsterblichen: P'eng tsu, der achthundert Jahre lang lebte dank seiner Vorliebe für Zimt und Blätterpilz, und Tong Fang cho, der Narr des Königs, dessen Gesicht verschleiert war. Diese fünf hohen Persönlichkeiten begrüßten den Vollkommenen Buddha, verneigten sich elfmal, wie Sitte und Brauch es befahlen, und setzten sich auf kleine Bänke, die man gegenüber dem Ewigen Lotus aufgestellt hatte.
»Es ist schon eine ganze Weile her, seit ich das Vergnügen hatte, euch zu begrüßen...«, sagte Buddha.
»Begrüßter und Begrüßender sind eins«, erwiderte Huang ti.

»Warum kommt ihr mich nicht öfter besuchen?«, fragte der Erhabene Glanz.
»Was bedeutet ein Warum?«, fragte Yü der Große.
»Und was bedeutet kommen und nicht kommen?« fügte P'eng tsu hinzu.
»Die Flucht des Ichs«, rief Chuan-hsü.
»Den Sturm in der Stille begrüßen, die Stille im Sturm«, schloß Tong Fang cho. Dann blieben sie schweigend auf ihren kleinen Bänken sitzen.
»Ihr ändert euch wirklich nie...«, bemerkte der Höchste Buddha. »Seit Jahrhunderten strebt ihr danach, die Sprache in Schweigen zu verwandeln. Aber trotzdem bleibt immer noch ein kleines Geschwätz übrig.«
Huang ti erwiderte: »Unsere Worte sind leicht zu verstehen und leicht zu sprechen; nur leider findet sich auf der Welt niemand, der fähig wäre, sie zu verstehen oder zu sprechen.«
»Wirklich schade«, entgegnete der Erhabene, »denn mein Schweigen versteht man recht gut und es gibt viele, die es auch sprechen. Ihr seid in der Esse geboren und schwingt ewig den Hammer, ihr großen Geheimnisergründer! Das Bündnis von Eisen und Kupfer ist nicht mein Fall.«
Die Tao-Götter blieben gelassen auf ihren kleinen Bänken sitzen.
Der Heilige Buddha fuhr fort: »Ihr betätigt euch wieder ganz eifrig in China. Seit die Schriften von Indien in die neun Provinzen des Reichs gebracht wurden, war euer Eifer etwas erkaltet. Doch seitdem stelle ich fest, wie ganz unmerklich euer Einfluß wächst, den wir bereits verdrängt zu haben glaubten. Stimmt das nicht?«
Die fünf Götter schienen eingeschlafen zu sein.
»Laßt uns offen miteinander reden«, fuhr der strahlende Buddha der Wahrheit fort. »Ich habe mein ganzes Vertrauen in diesen Vater Abt des Klosters von Shiu Lam gesetzt, den würdigen Chu Hung ying. Er war mir ergeben. Seine Gebete und die seiner Mönche stiegen zu mir auf wie der Duft des reinsten Räucher-

werks. Dann kam der Überfall der Eleuthen, dieser Barbaren aus dem Norden, und damit fing ein riesiges Täuschungsmanöver an. Denn jedes Mal, wenn Feuer des Himmels mich um Hilfe anflehte, wart ihr ihm sofort zu Diensten. Wer ist denn dieser Erhabene Späher Hung Khi shing? Doch einer der euren, und vielleicht sogar einer von euch?«

»Hung Khi shing ist der alte Meister«, erwiderte Huang-ti. »Wir sind alle der alte Meister und alle sind wir Unwissende.«

Buddha zuckte mit den Schultern und entgegnete mit stoischer Ruhe: »Ihr habt diesen braven Mönch in eure Schmiede gelockt und seinen Körper in ich weiß nicht was für einen geheimnisvollen Stoff verwandelt...Dann habt ihr ihm befohlen, sich den Schenkel mit seinem Schwert zu durchbohren und Blitze ausgesandt, die in den Fels einschlugen. Von seinem Geröll wurden die Tataren erschlagen. Ich hatte mit dieser Sache nichts zu tun. Dieses Zauberwerk ist euer Geheimnis; ich habe kein Geheimnis.«

Die Tao-Götter auf ihren kleinen Bänken rührten sich noch immer nicht. Der Barmherzige Buddha in seiner Langmut fuhr fort: »Als der Ehrwürdige Kaiser T'ien ch'i dem Vater Abt das Siegel der Kuan Yin anvertraut hat, veranlaßtet ihr ihn, noch zwei Geschenke aus eurer eigenen Zauberküche hinzuzufügen: einen Jadering und ein Schwert, die den Mönchen dazu dienten, mit der List und der Übermacht der kaiserlichen Soldaten fertigzuwerden, und zwar wieder durch die Kraft der Magie. Und als sie zum Himmel emporsteigen mußten, wohin kamen da diese meinem Dienst geweihten Mönche? Auf diesem Regenbogen, halb aus Eisen und halb aus Kupfer, liefen sie sozusagen geradewegs in den Palast der Unsterblichen, wo der Herrscher des Jadereichs, euer Herrscher, ihr Gläubigen des Tao, residiert.«

Yü der Große ergriff das Wort: »Jede Sprache entlarvt die Sprache. Wenn ich Euch recht verstehe, beschuldigt Ihr uns, diesen Feuer des Himmels gewissermaßen abgeworben zu haben. Anders ausgedrückt, ihn nach und nach von der buddhistischen Religion zur Tao-Philosophie gebracht zu haben, von einem Glauben zum anderen. Aber was wäre denn ohne unsere Zauberkraft aus dem Siegel der Glückseligen Kuan Yin geworden? Wir haben es durch unsere Künste unablässig geschützt. Tao im Dienste Buddhas, wenn man es recht sieht. Worüber beklagt Ihr Euch da?«

»Eine etwas spitzfindige Logik«, erwiderte Buddha unverändert heiter. »Tao bedeutet der Weg. Buddha ist der Erleuchtete. Weshalb sollte der Weg, der ein Mittel ist, nicht im Dienst des Erleuchteten stehen, der das Ziel ist? Gegen eure Schwarze Kunst protestiere ich, eure Schmelztiegel und eure Elixiere, eure Gießöfen und eure Pulver. Wurde nicht diesem unglücklichen Feuer des Himmels, wenn er meinen Namen anrief, die Hilfe eurer Trugbilder zuteil? Die Enthaupteten stehen wieder auf, unsichtbare Mauern wachsen aus dem Boden! Welch eine Unordnung in der Welt!«

»Die Welt versteht nur den falschen Schein«, sagte Tong Fang cho, dessen Gesicht hinter einem Schleier versteckt war. »Das Leere ist die Illusion des Vollen und umgekehrt. Nichtsdestotrotz schaffen unsere Trugbilder, wie Ihr sie nennt, dort Ordnung, wo sich dank Eurer Großmut die Unordnung eingeschlichen hat. Warum habt Ihr den Sturz der Ming-Dynastie geduldet?«

»Für mich sind Ts'ing und Ming das gleiche, ebenso Yang und Yin, mit denen ihr mir ständig in den Ohren liegt«, erwiderte Buddha. »Wo ich stehe, existieren diese Gesetze nur scheinbar. Und daß die Menschen sterben und leiden, ist das nicht das zwangsläufige Schicksal derer, die sich an das Leben klammern? Ich bitte stets die Barmherzige Kuan Yin, ihr Leid zu lindern, aber kann man das überhaupt, wenn das Übel in ihrem Kopf sitzt?«

»Was erwartet Ihr von uns?« fragte Huang-ti. »Daß wir unseren Einfluß auf China und insbesondere auf Feuer des Himmels aufgeben? Damit braucht Ihr gar nicht erst zu rechnen. Dagegen sind wir durchaus bereit, auch Eure erhabene Person in unsere Pläne mit einzubeziehen.«

»Ich machte euch einen Vorschlag«, erwiderte Buddha. »Wie wäre es, wenn wir, statt uns zu bekämpfen, gemeinsam ein Werk in Angriff nähmen... Diese Hung-Gesellschaft, die ihr vorbereitet...«

Die fünf Tao-Götter sprangen verblüfft von ihren kleinen Bänken auf: »Wißt Ihr denn, worum es geht?« fragten sie beunruhigt.
»Nicht so ganz«, entgegnete der Dharma Buddha, »aber diese Schiffsreise, die drei Altäre und vor allem der Kampf mit dem Drachen, das hat mir schon großen Spaß gemacht.«
Die fünf Götter setzten sich wieder. Huang-ti ergriff das Wort: »Eure Exzellenz ist gut informiert. Wolltet Ihr uns deshalb sehen, um darüber mit uns zu verhandeln?«
Buddha schloß die Augen und schwieg.
»Erhabener«, bat der Dreifach Heilige Chuan-hsü, »erlaubt uns, weiterhin Feuer des Himmels und seinen Gefährten zu helfen...«
»Aber keine Zauberkünste mehr«, erwiderte Buddha. »Ihr würdet sonst alles verderben.«
Die Götter besprachen sich miteinander, dann ergriff Huang-ti in ihrem Namen das Wort: »Wir werden nicht mehr durch Zauberwerk, sondern durch die Weisheit unserer Ratschläge eingreifen. Die Hung-Gesellschaft wird unsere Bräuche bewahren, aber sie soll Eurer Heiligkeit gewidmet sein. Die Perle der Unsterblichkeit wird also im Lotus der Glückseligkeit versteckt sein. Ist Eure Exzellenz damit einverstanden?«
Der Allgegenwärtige ließ seinen milden Blick auf den Tao-Göttern ruhen und sagte: »Eure Redegewandtheit ist ebenso beeindruckend wie eure magische Kraft. Ich weiß nicht, was ihr mit eurer List bezweckt und was für ein Spiel ihr in China betreibt. Aber die Art, wie ihr eure Künste mißbraucht, spricht diesem Gleichgewicht Hohn, das ihr ständig im Munde führt. Deshalb werde ich auch euer mehr oder minder makabres Blendwerk nicht mehr dulden, von dem ihr uns erst vor kurzem ein trauriges Beispiel geliefert habt.«
Huang-ti stand auf: »Wir werden die in Zukunft verbotene Magie durch ein neues Verfahren ersetzen, das Eurer Erhabenheit alle Ehre machen wird. Es handelt sich um eine Kunst der Transmutation, mit deren Hilfe der Eingeweihte dem purpurnen königlichen Weg zu folgen vermag. Indem er die Natur verändert, wird er sich

selbt verwandeln. Man wird das die Alchimie nennen. Denen, die ihre Regeln befolgen, wird die Unsterblichkeit gegeben sein.«
Buddha fing an zu lachen: »Na schön, einverstanden mit der Alchimie. Aber wie geschickt ihr euch aus der Affäre zieht! Man verbietet euch das Wasser und die Luft und ihr wählt die Erde und das Feuer!«
Die Tao-Götter vollführten die elf rituellen Ehrenbezeugungen und verließen dann, einer nach dem anderen, schweigend den himmlischen Ratssaal.

XV

Es waren zweihundertzweiundzwanzig Pferde, die Feuer des Himmels und seine Gefährten in das Versteck im Gebirge brachten. Der Vater Abt sprach zu ihnen mit folgenden Worten: »Ihr Herren Pferde, ist es nicht eine Schande, Menschen zu gehorchen, die keine anderen Gesetze als Haß und Blutvergießen kennen? Welcher Dämon hat euch getrieben, euch zu diesen grauenvollen Schlächtereien herzugeben, über die die ganze Welt schamrot wird?«

Ein Pferd trat aus der Reihe, machte ein paar Schritte auf Feuer des Himmels zu und erwiderte hochmütig: »Wir sind kaiserliche Pferde. Es ist unsere Pflicht, den Befehlen des Herrschers zu gehorchen. Mit Euch haben wir nichts zu schaffen.«

Da sagte der Vater Abt zu den Pferden: »Die unter euch, die lieber nach Bei jing zurückkehren möchten, um weiter Blutrünstigem Tier und seinen Truppen zu Willen zu sein, sollten das lieber gleich tun. Wir wollen hier keine mürrischen Tiere um uns haben.«

Die Pferde berieten sich. Zweiundzwanzig unter ihnen stellten sich abseits und riefen: »Ruhm und Ehre dem Kaiser Schi t'su! Gehorsam dem Marschall der Armeen!«; dann liefen sie in raschem Galopp den Bergpfad hinunter in die Ebene.

Gleich darauf kamen die fünf Pferdehändler zu Feuer des Himmels und sagten zu ihm: »Nicht weit von hier lebt ein Mann, den Ihr kennenlernen müßt. Er heißt Chan Kan nam und hat einst dem Kriegsrat des Kaisers T'ien ch'i angehört. Ein paar Wochen vor dem Überfall der Eleuthen hat man ihn wegen eines Verbrechens angeklagt und ihm seine Ämter genommen. Seitdem versteckt er sich in diesem Gebirge, um nicht ins Gefängnis geworfen zu werden.«

»Welches Verbrechen hat man ihm vorgeworfen?« fragte der Abt.

»Ein Mann ist durch seine Hand gestorben, der seine Frau und seine Tochter entehrt hatte. Kein Gericht hätte ihn verurteilt, wenn nicht Marschall Li Shi choh aus Neid und Mißgunst die Richter unter Druck gesetzt hätte, um seine Karriere zu zerstören.«

»O, dieser Li Shi choh!« rief Feuer des Himmels. »Nicht den Zopf, den Hals hätte ich ihm abschneiden sollen! Wo lebt dieser Chan Kan nam? Einen Mann wie ihn können wir brauchen.«

Sie begaben sich zu der Höhle, in der sich Chan Kan nam seit fast vier Jahren versteckt hielt. Durch lange Meditation war er zur höchsten Weisheit gelangt. Als Feuer des Himmels ihn sah, warf er sich zum Zeichen der Demut auf den Boden und sagte zu ihm: »O, Glückseliger, der du Mond und Sonne zu vereinigen wußtest, auf Erde und Mensch deinen mitleidigen Blick ruhen läßt, hör einen unglückseligen Mönch an, der in seiner ganzen Armseligkeit vor dir kniet. Eine so schreckliche Last liegt auf meinen Schultern, daß ich fürchte, von ihr erdrückt zu werden.«

Chan Kan nam hob den Vater Abt sogleich auf: »Bruder«, sagte er zu ihm, »du bist wie ich zur Quelle gelangt, du bist zu den Drei Flüssen gekommen und hast den Drachen bekämpft. Und immer hast du das Siegel bewahrt. Zwischen dir und mir ist also kein Unterschied. Komm, setz dich an meine Seite.«

»Das kann ich nicht«, erwiderte Feuer des Himmels, »denn in mir ist immer noch ein Gefühl der Bitterkeit.«

»Auch dieser Stachel im Fleisch ist notwendig«, entgegnete Chan Kan nam. »Eines Tages wird die Galle sich in Honig verwandeln.«

Dann bat er die Pferdehändler, sie allein zu lassen.

Als dies geschehen war, fuhr der alte Mann aus der Höhle fort: »Ehrwürdiger Chu Hung ying, du bist mit deinen Gefährten auf dem Hung-Schiff gefahren. Ihr habt die Räucherpfanne aus weißem Porzellan empfangen, die das Gebet um Barmherzigkeit bedeutet, und das Schwert aus Pfirsichbaumholz, das das Handeln für die Gerechtigkeit ist. Die Stunde ist gekommen, den Schwur der Brüderlichkeit zu tun und damit die erste Loge der Großen Trias, der Himmels- und Erd-Gesellschaft zu gründen, unter dem heiligen und geheimen Gesetz der Hung. Wisse, daß der Ort, an

dem du dich befindest, der Pavillon der Roten Blume ist, derselbe, den du von weitem gesehen hast, als du auf dem Markt des Allumfassenden Friedens warst.«
Der Abt fragte: »Wie ist das möglich? Das Anderswo ist nicht hier.«
»Du irrst dich«, erwiderte Chan Kan nam, »es ist hier. Denn so wie es kein Anderswo gibt, gibt es auch kein Hier, oder, was das gleiche ist: Alles, was anderswo ist, ist hier. Du mußt nur deinen Blick ändern. Deshalb ist anderswo oder hier nicht hier oder anderswo, sondern dein Blick, der das Hier und das Anderswo ist, bleibt immer hier.«
Feuer des Himmels erwiderte: »Hier ist der Pavillon der Roten Blume, der ewige Lotus, der in seinen Blütenblättern die Perle alles Wissens und aller Treue birgt.«
»Ruf deine Männer«, sagte Chan Kan nam. »Sie müssen den Schwur leisten.«
»Auch die Pferdehändler?« fragte der Abt.
»Obwohl sie das Hung-Schiff nicht kennen und nicht mit ihm zur Quelle hinaufgefahren sind, haben sie in gewisser Weise gegen den Drachen gekämpft«, sagte der alte Mann aus der Höhle. »Sie werden den gleichen Eid leisten, aber es wird, ohne daß sie es wissen, zwei Arten von Logen geben: Die, die von den fünf Ältesten geleitet, und die, die von den fünf Händlern verwaltet werden. Wir werden ihnen den Namen Tiger-Generäle verleihen.«
»Warum soll es zwei Logen geben?« fragte Feuer des Himmels.
Chan Kan nam erwiderte.
»Die, deren Stand das Amt verdient, sind selten; sie gehören zur Loge der Fünf Ältesten. Die, deren Amt einem Stand vorausgeht, den sie vielleicht nie erreichen werden, bilden die Loge der Fünf Tiger-Generäle. Zumindest geben sie dann das Amt weiter, bis jemand, der auch den Stand besitzt, es bekleiden wird. Dies ist ein Geheimnis, das nicht nur nützlich, sondern auch von großer Gerechtigkeit ist.«
Der Abt rief seine Gefährten, die vier Mönche des Klosters von Shiu Lam, die beiden Fährmänner, den Schuster und die fünf Pfer-

dehändler. Mit Feuer des Himmels waren es dreizehn, denen sich Chan Kan nam zugesellte. Sie verteilten auf drei Altären all die Gegenstände, die sie auf dem Hung-Schiff gesehen hatten. Dann stellten sie die Räucherpfanne neben den Scheffel mit Reis, in dem die elf Standarten der alten Stämme steckten.
In diesem Augenblick schlug aus der Räucherpfanne eine Flamme. Ein Duft von Weihrauch erfüllte die ganze Höhle. Sie sahen in diesem Geschehen ein gutes Zeichen. Der Vater Abt zog sein Schwert aus Pfirsichbaumholz. Alle legten die rechte Hand auf seine Schneide, so daß das Blut aus ihrer Handfläche drang. Sie fingen es in einem Kelch auf und mischten es mit Wein.
Dann tranken sie, einer nach dem anderen, dieses heilige Getränk und sprachen: »Ts'ing stürzen. Ming wieder einsetzen.«
Daraufhin trat Feuer des Himmels auf Chan Kan nam zu und rief in feierlichem Ton: »O, Glückseliger! Wenn du doch der höchste Meister dieser ersten Loge der Himmels- und Erd-Gesellschaft unter dem heiligen und geheimen Gesetz der Hung werden würdest!« Und er übergab ihm das Schwert aus Pfirsichbaumholz. Alle Brüder im Eid billigten diese Entscheidung.
Chan Kan nam, der weise Alte, ergriff das Wort: »Brüder, der heilige Krieg, den wir führen, dient vier Zielen. Das erste besteht darin, den neun Provinzen Chinas den Frieden wiederzubringen. Das zweite besteht darin, in uns die bösen Tiere zu töten und die Tugenden wiederzuerwecken. Das dritte besteht darin, die Brücke zwischen der Erde und dem Himmel neu zu bauen. Und das vierte, die Welt und Buddha zu vereinigen.«
Nach einer Weile fügte er hinzu: »Einst irrte ich im Wald umher, nachdem ich mein Verbrechen begangen hatte. Nach langen Tagen und nicht enden wollenden Nächten begegnete ich einem alten Mann, der sich wie ich zwischen all diesen Bäumen verirrt hatte. Er war einmal Kaiser gewesen, und man hatte ihn abgesetzt. Eine treue Hirschkuh begleitete ihn. Er erzählte mir seine Geschichte. Und gemeinsam suchten wir einen Weg heraus aus diesem finsteren Wald.
Jeden Abend übrigens lief die Hirschkuh immer weiter in den

dichten Wald hinein, als fordere sie uns geradezu auf, uns noch weiter zu verirren. Wir jedoch weigerten uns, ihr zu folgen, und die Zeit verging, ohne daß wir einen Weg fanden, der uns aus unserer mißlichen Lage herausgeführt hätte. Aber eines Abends, aller Dinge und meiner selbst am meisten überdrüssig, zog ich meinen Gefährten mit und folgte der Hirschkuh tiefer in den Wald hinein. Und dadurch fanden wir heraus in die Freiheit. Wir stiegen dann diesen Berg hinauf und suchten hier in der Höhle Zuflucht.
Dann geschah eine erstaunliche Veränderung. Mein Gefährte wurde von Tag zu Tag jünger. Als Greis hatte ich ihn kennengelernt. Er wurde ein Erwachsener und bald darauf ein junger Mann. Gestern noch war er ein Jüngling und heute ist er ein Kind.«
Die Gefährten traten zur Seite und sahen ein siebenjähriges Kind, von einer Hirschkuh begleitet, das in ihren Kreis trat. Es war von solchem Adel und solcher Schönheit, daß ein Licht wie das der aufgehenden Sonne von seinem Gesicht und seiner Gestalt ausging.
»Wie heißt du?« fragte Feuer des Himmels.
»Ming«, erwiderte das Kind, und alle fielen vor ihm nieder und berührten mit der Stirn den Boden.
Das Kind hob die Brüder einen nach dem anderen auf und sagte zu ihnen: »Mein anderer Name ist Chu Hung chieh, denn mein Vorfahre war der große Kaiser Hung-wu, besser bekannt unter dem Namen Chu yüan-chang, dem Begründer der Dynastie. Er war Hung, ich bin Hung und ihr seid Hung durch den Schwur der Brüderlichkeit, der euch bindet. Also gehören wir alle zu derselben Familie. Nur, sollte ich mein Reich nicht wiedererlangen, wie kann dann der Friede in der anderen Welt herrschen? Das andere ist dasselbe, so daß wir, wenn wir die Erde erneuern, auch den Himmel erneuern.«
Der Abt rief: »Der Himmel hat uns den kaiserlichen Prinzen wiedergegeben! Das also ist der Wille Gottes! Und so wollen wir dem Himmel gehorchen und mit Umsicht handeln.«
Damit hatte er die drei Sätze gesagt, die die Worte der Dankbarkeit

der Anhänger der Großen Trias wurden. Die Brüder kamen überein, sie nur insgeheim und nie zusammen zu sprechen, um die auf die Probe zu stellen, die sich aus Neugier oder um sie zu verraten in ihre Reihen einschleichen würden, ohne vorher den Schwur geleistet zu haben. Dann gingen sie daran, einen Thron zu bauen, um das Kind darauf zu setzen, aber es gebot ihnen Einhalt.

»Brüder, ich will keinerlei Ehren. Schi t'su hat geglaubt, den Thron zu erobern und das Reich zu beherrschen. Seine Hände sind leer. Deshalb ist auch seine Wut so groß und sind seine Taten so böse. Für mich erwarte ich nichts anderes als daß Ts'ing gestürzt und Ming wiedereingesetzt werde. Begreift ihr, was das in Wirklichkeit bedeutet?«

Feuer des Himmels nahm das Siegel aus seinem Gürtel, hob es über seinen Kopf und sagte:

»Prinz, Euch gebührt das Siegel der Glückseligen Bodhisattva Kuan Yin, das diese einst Eurem Vorfahren übergeben hat, dessen ruhmreichen Namen Ihr tragt. In Erwartung dieses glücklichen Tages hatte Kaiser T'ien ch'i es mir anvertraut.« Das Kind nahm sehr behutsam das kostbare Siegel aus den Händen des Abts von Shiu Lam, hob es hoch über seinen Kopf und ging dann schweigend, gefolgt von der Hirschkuh, zurück in die Tiefe der Höhle, woher es gekommen war.

Die Brüder jedoch ließen jetzt ihrer Freude freien Lauf. Voller Rührung umarmten sie einander.

Dann ergriff Chan Kan nam, der große Meister, wieder das Wort:

»Brüder, wir sollten uns ernstlich unsere elende Lage vor Augen führen, damit die, die nach uns kommen, sich stets an unser Exil erinnern. An unseren Füßen tragen wir Sandalen aus geflochtenen Pflanzen. Unsere Kleider sind aus grobgewebter Baumwolle und überall zerrissen. Unsere linke Schulter und unser linkes Bein sind nackt, und unser Haar ist wirr. Wir sind wahrhaftig auf Reisen und verdienen den Namen Ehrwürdiger Reisender. Wir sind wahrhaftig im Krieg und verdienen den Namen Edler Krieger. Mögen unsere Nachkommen sich daran erinnern!«

Der unsterbliche Verfasser von *Die Perle im Lotus des Roten Sees*, der geniale Wu Thian ching, schreibt: *Dann begann der berühmte Dialog zwischen dem Großen Meister Chan Kan nam, mit der Königswürde bekleidet, und Chu Hung ying, der die Priesterwürde vertrat, ein Dialog, der uns durch die Hung-Logen selbst überliefert ist. ›Woher kommt Ihr?‹, fragte Chan Kan nam. ›Aus dem Osten‹, erwiderte der Vater Abt. Und sie fuhren fort: ›Zu welcher Stunde?‹ – ›Bei Sonnenaufgang, wenn der Osten in Flammen steht.‹ – ›Warum gerade zu dieser Stunde?‹ – ›Als ich auf dem Kamm der Berge wanderte, war die Sonne noch nicht sichtbar, aber mein Herz wandte sich unwillkürlich gen Osten. Als die Hähne bei Morgengrauen krähten, sehnte ich mich nach dem Land meiner Geburt, und die glänzende Perle erhob sich und tauchte die Erde in ihr rotes Licht.‹ – ›Wessen seid ihr fähig?‹ – ›Ich kenne die Kriegskunst.‹ – ›Und von welchem Ort genau kommt Ihr?‹ – ›Aus dem Pavillon der Roten Blume, wo ich den Lehren Meister Hungs lauschte.‹ Und so stellte der Große Meister die dreihundertdreiunddreißig rituellen Fragen, die Feuer des Himmels gewissenhaft beantwortete. Da er mit dem Hung-Schiff den Fluß hinaufgefahren war, hatte er mit eigenen Augen gesehen, was Chan Kan nam ihn fragte.*

Dann verließen alle die Höhle in folgender Reihenfolge: der Große Meister, dann der Vater Abt und die vier Mönche, gefolgt von den zwei Fährmännern und dem Schuster und zum Schluß die fünf Pferdehändler, was vierzehn ergab, oder eins und vier, das heißt fünf. Sie ließen das kaiserliche Kind, den letzten Träger des Siegels, zurück im dunklen Gebirge und begaben sich zu dem Versteck, wo sie die Pferde verborgen hatten.

Chan Kan nam richtete das Wort an sie: »Ihr Herren Pferde, der Krieg, der euch erwartet, ist so schrecklich, daß ich euch in aller Aufrichtigkeit vor der Gefahr warnen will, die euch erwartet. Die meisten unter euch werden dabei umkommen. Andere werden schwer verwundet werden. Sicherlich wird keiner von euch ganz unversehrt davonkommen. Aber ich will, daß meine Gefährten mir freiwillig und aus Überzeugung folgen. Deshalb können die,

die sich fürchten, sogleich dieses Gebirge verlassen. Ich halte sie nicht zurück.«
Die Pferde berieten sich, und zweiundsiebzig unter ihnen traten aus der Reihe und riefen: »Wir haben nur ein Leben und das wollen wir nicht bei irgendwelchen Angriffen aufs Spiel setzen, deren Sinn wir gar nicht begreifen. Friede sei mit euch allen!«
Dann liefen sie in raschem Galopp den Felsweg hinunter ins Tal. Freiwillig und aus Überzeugung blieben also hundertachtundzwanzig Pferde, und die vierzehn Brüder lobten sie wegen ihrer Wahl. Die Zeichen übrigens, die das Wort Hung bilden, bedeuten auch die Zahlen drei gleich Trias, acht, zwei und eins, was achthunderteinundzwanzig ergibt, die umgekehrte Zahl der hundertachtundzwanzig Pferde, die als die hundertachtundzwanzig Stufen des Weges betrachtet werden. Und auch die Leiter, die hinauf ins Hung-Schiff und damit auch in die Hung-Loge führt, besteht aus acht, dann zwei und schließlich einer Sprosse.
Chan Kan nam sagte: »Brüder, unser Kreis ist noch nicht vollständig. Es fehlt uns noch der, der den Namen Ältester Bruder tragen wird: Hung Khi shing, der Erhabene Späher. Mit seiner Hilfe konnten Feuer des Himmels und seine Mönche die Eleuthen besiegen, mit seiner Hilfe konnten sie durch den Roten Wolkengang fliehen, als ihr Kloster in Flammen stand. Wir wollen ihm entgegengehen.
Sie schwangen sich alle in den Sattel und ritten hinunter in die Ebene.

XVI

Der kaiserliche Offizier, der bei den Ereignissen von Pien Kao mit dabeigewesen und anschließend geflohen war, seine Männer und die Pferde ihrem Schicksal überlassend, begab sich so rasch er konnte zum Marschall der Armeen, um ihm zu erzählen, was er gesehen hatte. Blutrünstiges Tier glaubt zunächst, der Offizier habe sich die Szene nur ausgedacht, um sich zu rechtfertigen. Er drohte, ihn auf der Stelle hinzurichten, wenn er ihm nicht die Wahrheit sage. Da aber der Offizier sonst immer aufrichtig und mutig gewesen war und auch unter der Drohung nichts an seinen Aussagen änderte, suchte der Marschall mit ihm zusammen Kaiser Schi t'su auf.

»Was gibt es denn schon wieder?« fragte der Herrscher in unwilligem Ton.

»Ehrwürdiger Herr«, erwiderte der Marschall, »dieser Offizier ist aus der Provinz zurückgekehrt, und bringt uns eine ausgezeichnete Nachricht: Der Abt von Shiu Lam, der das Siegel besitzt, ist wieder aufgetaucht.«

»Ausgezeichnet«, rief Schi t'su. »Habt Ihr mir das Siegel gebracht?«

Blutrünstiges Tier räusperte sich und erwiderte in unterwürfigem Ton: »Allmächtiger Herrscher, wir haben den Abt zwar gefunden und wissen jetzt, in welcher Gegend er sich aufhält. Aber durch widrige Umstände sind wir im Augenblick daran gehindert, ihn und seine Schüler zu ergreifen.«

Der Kaiser fiel in sein dumpfes Brüten zurück; dann fragte er: »Ist dieser Mönch etwa fähig, der kaiserlichen Armee die Stirn zu bieten, wie einst den Truppen der Barbaren?«

»Er ist ein mächtiger Zauberer«, entgegnete der Marschall und bat den Offizier zu erzählen, was er erlebt hat.

»Eine unsichtbare Mauer, auf die eure Pferde prallten?« schrie Schi t'su und erwachte plötzlich aus seiner Lethargie. »Das ist doch absurd! Ihr seid von Sinnen! Meine Armee ist von Sinnen!

Dieser Feuer des Himmels hat sie mit seinen Taschenspielerkünsten alle um den Verstand gebracht.« Er sprang auf und begab sich eilends in seine Privatgemächer. Dort ließ er einen Geisterbeschwörer rufen, der seit einigen Tagen in seinem Dienst stand, und sagte zu ihm:
»Du rühmst dich doch, die Toten zum Sprechen zu bringen. Jetzt werden wir sehen, was deine Kunst vermag... Ruf in meinem Namen den Ahnherrn der Familie der Eisenarme an, den berühmten Drachen K'an. Er soll mir einen Weg weisen, um das Reich von diesem verfluchten Feuer des Himmels zu befreien. Und außerdem soll er mir verraten, wie ich mir das Siegel der Glückseligen Kuan Yin verschaffen kann.«
Der Geisterbeschwörer begann an allen Gliedern zu zittern: »Herr, wie kann ich den berühmten Drachen anrufen, der doch unsterblich ist?«
»Jenseits ist jenseits«, erwiderte Schi t'su. »Sterbliche und Unsterbliche sind eins in diesem dichten Nebel, in den wir alle einmal eingehen müssen, ob wir wollen oder nicht. Gehorche meinem Befehl! Ruf den Drachen an oder ich lasse dir die Ohren abschneiden!«
»Mögen die unsterblichen Götter mir vergeben...«, murmelte der Geisterbeschwörer voller Furcht und begann, die Zaubersprüche zu sagen, mt denen man die Geister der Luft anruft.
Plötzlich füllte eine riesige Rauchwolke den Saal. Die Mauern fingen an zu schwanken wie bei einem starken Sturm.
Die Tür wurde aus den Angeln gerissen und eine heisere, weithin hallende Stimme rief: »Wer wagt mich zu rufen?«
Der Kaiser ging auf die Stimme zu: »Ich, Schi t'su, dein Nachkomme, der Begründer der Ts'ing-Dynastie.«
»Unglücklicher...«, grollte der Schatten. »Warum rufst du mich, obwohl ich genau weiß, was du von mir willst? Du willst das Siegel des höchsten Befehls, und ich, K'an der Unergründliche, habe alles getan, was in meiner Macht stand, um es dem Mönch zu entreißen, dem es anvertraut ist. Ich hab es mit List und Drohungen versucht. Nichts hat geholfen. Als wir miteinander kämpften, gab es weder Sieger noch Besiegten.«

»Ist denn dieser Mönch so mächtig wie ein Drache?«, rief Schi t'su.
K'an der Unergründliche erwiderte: »Wer das Siegel besitzt, steht einem Drachen in nichts nach.«
»Was also soll ich tun?« fragte der Kaiser.
»Kämpfen! Selbst wenn ein Sieg unmöglich ist, du mußt kämpfen! Versammle deine Truppen und eröffne den Kampf gegen die Ming-Anhänger. Sie sind zahlreich, aber zerstreut. Warte nicht, bis sie sich vereinen und ein Reich im Reich bilden. Das wäre dein Untergang! Aber du mußt auch wissen, daß sie wie der Phönix immer wieder aus der Asche aufsteigen.«
»Kannst du uns denn überhaupt nicht helfen?« fragte Schi t'su weiter.
Aber schon löste die Rauchwolke sich auf, und der Wind ließ nach. Der Urahn der Ts'ing war verschwunden.
»Ich werde selbst meine Truppen anführen!« rief der Kaiser. »Was ein Drache nicht vollbrachte, ich werde es zu Ende führen!« Entschlossen verließ er seine Privatgemächer und überließ den ohnmächtig gewordenen Geisterbeschwörer seinem Schicksal.
Währenddessen kamen die Brüder Hung zu einem mächtigen Kloster. »Das ist das Kloster des Allumfassenden Friedens«, erklärte Chan Kan nam, der Große Meister. »Zwölf Mönche wohnen dort, denen ein Vater Abt mit Namen Wan Yu tang gebietet. Dieses Kloster wurde vor vielen Jahrhunderten von dem berühmten Fo Hi gegründet, der die Menschen die Schriftzeichen lehrte. Später weilte auch der verehrte Lao tse hier, und an diesem Ort errichtete er seinen Schmelzofen der Verwandlung.«
»Dieses Kloster wurde nicht zum Ruhm Dharma Buddhas gebaut!« rief Feuer des Himmels.
»Wer weiß?« erwiderte Chan Kan nam. »Die Erde ist die Erde, der Himmel ist der Himmel, und plötzlich wird die Erde zum Himmel und der Himmel zur Erde. Das ist der Sinn aller Religionen. Der Rest ist, wenn auch notwendiges, Bilderwerk.«
Sie gingen auf das große Tor zu, das verschlossen war, und klopften an.

»Ja, ja«, ließ sich eine tiefe Stimme vernehmen. »Wer klopft denn da?«
Chan Kan nam erwiderte: »Wir sind die Brüder Hung.«
Von der anderen Seite der Tür hörte man eine Art Grunzen und dieselbe Stimme fuhr fort: »Wie kann man nur so heißen? Und du, wer bist du?«
»Mein Name ist Chan Kan nam, aber man nennt mich auch Tien Yu Hung: Der Himmel schützt Hung.«
»Das ist ja lächerlich! Niemand heißt Himmel. Von wem bist du geboren?«
»Mein Vater ist der Himmel, meine Mutter die Erde, der Mond ist mein Bruder und die Sonne meine Schwester. Der Himmel gebar die Sonne und den Mond, um uns die Ordnung zu geben. Deshalb heiße ich ›der Himmel schützt Hung‹.«
Das Grunzen wurde jetzt immer lauter: »Und was für einen Beweis hast du?«
Chan Kan nam erwiderte: »Wir sind den Fluß bis zum Ursprung hinaufgefahren und haben die Quelle gefunden. Wir kennen die alten Gedichte. Die Ts'ing-Anhänger haben von unserem Land Besitz ergriffen. Wir sind durch unseren Eid an die Ming-Dynastie gebunden und wollen sie wiederaufrichten. Solange jedoch die Gesetze des Himmels den Menschen nicht verwandelt haben, können wir den Frieden nicht finden.«
Die Tür ging auf, und es erschien einer der zwölf Mönche aus dem Kloster des Allumfassenden Friedens, der das Pförtneramt versah. Er hatte das Gesicht eines Schweins, aber seine Züge drückten größtes Wohlwollen und heitere Gelassenheit aus.
Er sagte zu ihnen: »Seid willkommen in diesem Kloster. Wir haben eure Abenteuer aufmerksam verfolgt und sind glücklich darüber, daß ihr es nicht versäumt habt, uns zu besuchen. Unser Vater Abt, der ehrwürdige Wan Yu tang, wird sich besonders freuen, euch kennenzulernen.«
Sie schritten durch die Festungsmauer und ließen die Pferde im Hof. Dann geleitete sie der Mönch mit dem Schweinsgesicht zum Tempel, in dem die anderen Mönche gerade beim Gebet waren. Sie

hatten ihren kahlgeschorenen Kopf in dem Ärmel vergraben, um sich so besser von der Welt absondern und mit größerer Sammlung meditieren zu können. Die Brüder Hung verharrten hinter ihnen in der Lotusstellung und vereinten ihre Gebete mit denen der Tao-Mönche. Das dauerte einen Tag, eine ganze Nacht und noch einen Morgen. Dann hoben die Klosterbrüder den Kopf und wandten sich zu den Neuankömmlingen um.
»Meine Güte!« rief der älteste der Pferdehändler. »Was sind denn das für Leute?«
Auch seine Gefährten konnten ihre Überraschung nicht verbergen. So wie der Bruder Pförtner den Kopf eines Schweins trug, hatten auch die anderen Mönche alle ein Tiergesicht: Hund, Hahn, Affe, Ziege, Pferd, Schlange, Drache, Hase, Tiger, Büffel und Ratte. Doch obgleich ihr Gesicht wirklich das eines Tieres war, erhellte ihre Züge eine von innen leuchtende Schönheit.
Höflich verneigten sie sich alle fast gleichzeitig und riefen, ebenfalls im Chor: »Willkommen im Kloster des Allumfassenden Friedens!« Dann umringten sie die Hung-Brüder mit fast kindlicher Neugier und Ausgelassenheit.
»Wer von euch ist der Abt?«, fragte Feuer des Himmels.
Sie fingen an zu lachen: »Niemand von uns! Niemand von uns!«
»Es ist uns eine Freude, so heiteren Menschen wie ihr es seid zu begegnen«, sagte Chan Kan nam, »aber wir möchten dieses Kloster nicht verlassen, ohne zuvor den Vater Abt begrüßt zu haben.«
»Ausgezeichnet, ausgezeichnet«, rief der Mönch mit dem Affenkopf. »Euer Wunsch ehrt euch. Aber wer ist unser Vater Abt?«
»Ja ja«, fuhr der Bruder mit dem Rattengesicht fort, »wer ist wer, das ist die Frage.«
»Frage? Keine Frage!«, rief der Hahn. »Ein Vater Abt?«
»Er sei gesegnet«, sagte der Büffel.
»Alle und niemand bilden die Mitte...«, sprach die Schlange.
»Genug jetzt!«, rief der Drache. »Wer redet hier von der Mitte? Und der Rest, meine Freunde? Der Rest!«

Die Hung-Brüder sahen sich bestürzt an. Die zwölf Mönche umflatterten sie schnatternd wie die Enten.
»Brüder!« rief Chan Kan nam mit lauter Stimme. Sogleich hörten sie mit ihrem Herumgehüpfe auf und nahmen eine ernste Haltung ein. »Brüder«, fuhr der Große Meister fort, »wir wissen, wer ihr seid. Euer Ruf erstreckt sich von einem Ende Chinas bis zum anderen und selbst weit über seine Grenzen hinaus. Allerdings sagt man euch gelegentlich Übermut nach und daß ihr euch von der Launenhaftigkeit der Sterne beherrschen laßt. Dabei seid ihr einem allmächtigen Herrn untertan.«
Der Mönch mit dem Hundegesicht ergriff das Wort: »Verzeiht uns armen Mönchen gütigst unsere Naivität. Es stimmt, man nennt uns launenhaft, aber nur, wenn man uns nicht kennt. Die, die in unserem Herzen zu lesen wissen, erkennen die erhabenen Symbole.«
Die Pferdehändler mischten sich in das Gespräch ein: »All das ist doch sehr seltsam! Wir beten stundenlang gemeinsam mit diesen Mönchen, doch als sie sich umdrehen, sind ihre Köpfe die von Tieren. Dann fangen sie an, herumzugackern und herumzuflattern, bis sie sich schließlich beruhigen und uns etwas von erhabenen Symbolen erzählen. Ihr, Chan Kan nam, kennt sie offenbar. Erklärt uns doch, wer sie sind und was ihr Treiben bedeutet...«
»Sie sind zwölf wie die zwölf Abschnitte des Himmels«, erwiderte der Große Meister. »Je nach den Monden werden sie von den einzelnen Planeten beherrscht. Dadurch wechselt scheinbar ihre Stimmung, aber das ist nur äußerer Schein. Unter all ihren Masken wacht ein einziger Gott.«
»Wer ist dieser Gott?« fragten die beiden Fährmänner.
»Ein Bär und seine Kinder«, erwiderte Chan Kan nam. »Um sie drehen sich die zwölf unablässig.«
Dann trat er auf Feuer des Himmels zu, sah ihn lange an und fragte ihn: »Verstehst du das?«
Der Vater Abt von Shiu Lam erwiderte zögernd: »Vor langer Zeit habe ich gegen den Anführer der Barbaren, Phan Lung tien, gekämpft. In meinen Augen war er nichts weiter als ein sturer, blut-

gieriger Feind. Doch er verkörperte die Bewegung, im Gegensatz zum Reich, das erstarrt war. Aber hätte ich ihn deshalb weiter vorstoßen lassen sollen? Und unter Berufung auf welches astronomische Gesetz?«
»Du hast ganz richtig gehandelt«, erwiderte Chan Kan nam. »Und die Götter selbst haben dir bei deinem Werk geholfen... Aber es ist wichtig, daß du über die Zufälligkeiten hinaus die wahren Kräfte erkennst und das beständige Gleichgewicht begreifst. Weil du denen, die sich vorwärts bewegten, Einhalt geboten hast, fingen die Schlafenden an, sich zu regen. Der in Dreifachem Bär erstickte Eifer erwachte in Feurigem Tiger. So geht es mit den Geschöpfen und den Dingen der Erde.«
Die zwölf Mönche verbeugten sich ehrerbietig, und einer unter ihnen, der mit dem Rattenkopf, ergriff das Wort: »Der Vater Abt dieses Klosters, unser Oberer, ist ständig auf Reisen, obgleich er nie diese Mauern verläßt. Sein Gedächtnis ist vollkommen, obgleich die Ereignisse an ihm abprallen, ohne ihn zu berühren. Er ist überaus wortgewaltig, obgleich er immer schweigt. Und so haben die zahllosen Jahre, die er hinter sich gelassen hat, weder seinen Körper noch seinen Geist gezeichnet. Trotz seines hohen Alters ist er wie ein Kind.«
Chan Kan nam sagte zu Feuer des Himmels: »Laß uns noch weiter durch dieses Kloster gehen.«
Der Abt war einverstanden, die anderen Brüder jedoch fühlten sich müde und beschlossen, bei den zwölf Mönchen zu bleiben, die sie zu einem Festessen einluden. Und so gingen der Große Meister und der Abt allein weiter. Erfüllt von innerem Frieden wanderten sie durch einen Hof voller Waffen, einen Garten, in dem die schönsten Blumen in tausend Farben blühten, dann über eine Brücke. Schließlich kamen sie an einen Ort, an dem man weder Erde noch Himmel mehr sah, sondern nur einen Mann, vor dem sie reglos stehenblieben.
Der Mann sprach zu ihnen: »Ihr, Chan Kan nam und Chu Hung ying, habt euch aus dem Kreis der äußeren Erscheinung befreit. Die Zeit ist gekommen, mich euch unter den beiden Namen zu

zeigen, unter denen ich den von mir Erwählten erscheine: Wan Yu tang, der Älteste der Waffen, und Hung Khi shing, der Erhabene Späher. In dieser letzten Gestalt habt ihr beide mich bereits getroffen. Nun neigt sich mein irdischer Kreislauf dem Ende zu. Nachdem ich diese Welt lange zum heiligen Gedächtnis gemahnt habe, naht die Stunde meiner Rückkehr zum Ursprung. Deshalb will ich euch, bevor ich entschwinde, meine Waffen übergeben, um meinen letzten Augenblick bei den Menschen mit einer siegreichen Tat zu vollenden.«

Der Große Meister und der Abt verbeugten sich ehrfurchtsvoll und erwiderten: »Wir werden die Ts'ing zu einem großen Kampf herausfordern. Dank Eurer Waffen, verehrter Hung Khi shing, werden wir siegen.«

»Ja, wir werden siegen«, sagte der Erhabene Späher, »aber erhofft euch auch nicht mehr von diesem Ereignis.«

Feuer des Himmels, der allmählich besser sah, bemerkte, daß ihr hochberühmter Bruder am Fuß einer Weide saß.

»Ja«, sagte Hung Khi shing, »dies hier ist die Stadt der Weiden in der Mitte des Klosters des Allumfassenden Friedens. Nach dem großen Kampf gegen die Ts'ing müßt ihr euch die Erinnerung an diesen Ort bewahren. Aus dem Holz dieses Baumes wurde das Hung-Schiff gebaut.«

»Und wann wird der große Kampf sein?« fragte Chan Kan nam.

Der Erhabene Späher stand auf, ging auf die beiden Brüder zu, legte ihnen freundschaftlich die Hand auf die Schulter und sagte: »Wann beginnt er? Wann endet er? Das weiß niemand. Die Schlacht, in der wir unsere Kräfte mit denen des Kaisers Schi-tsu messen werden, ist das Gleichnis des Kommens und Gehens in der Welt. Wir werden siegen, das ist wahr, aber danach wird alles wieder von vorne beginnen. Wie die Ming sind die Ts'ing ewig. Kann die Leere ohne das Volle bestehen und das Volle ohne das Leere? Der große Kampf ist das Gleichgewicht.«

Sie gingen zurück zu den anderen Brüdern und den zwölf Mönchen. Die waren gerade dabei, mit so großem Appetit und solcher Zufriedenheit zu essen und zu trinken, daß niemand von ihnen auf die drei Großen Urväter achtete, als sie das Refektorium betraten.

Da stieg Chan Kan nam auf eine Bank und, nachdem er um Schweigen gebeten hatte, sprach er: »Brüder, der Vater Abt dieses ehrwürdigen Klosters ist bereit, seine Truppen aufzubieten, um uns bei dem großen Kampf gegen den Marschall Blutrünstiges Tier zu helfen. Wer von euch wird mit uns ziehen?«

»Wir werden mit euch kämpfen!« riefen die fünf Pferdehändler, die vier Mönche von Shiu Lam, die beiden Fährmänner und der Schuster.

»Und ihr, Brüder?« fragte der Erhabene Späher.

Die zwölf Mönche mit den Tierköpfen standen einer nach dem anderen auf und riefen: »Die meiner Erde und die meines Himmels sind euch sicher!« Und während jeder von ihnen diese Worte sagte, erhoben sich die jungen Männer des Volkes, die dem himmlischen Zeichen angehörten, dem der Mönch befahl. Wie von einem inneren Willen angetrieben brachen sie von dort, wo sie gerade waren, auf und begaben sich in die Provinz Yünnan, genauer in die Ebene von Shan U. Dort versammelte sich eine riesige Menschenmenge, unendlich wie der Ozean, unter den elf rechteckigen Standarten der alten Stämme.

Niemand hat je erfahren, wie viele sie waren und wie sie überhaupt alle an diesem Ort Platz fanden. Als jedenfalls Marschall Blutrünstiges Tier erfuhr, was vor sich ging, und sah, wie all diese jungen Männer entschlossenen Schrittes ihr Dorf verließen, begriff er, daß das Volk sich wie auf ein geheimes Losungswort hin gegen den Kaiser erhob. Er befahl also seinen Truppen, diese Leute daran zu hindern, sich in der Provinz Yünnan zusammenzufinden, doch ohne Erfolg. Der Strom war zu stark. Wenn sie zwei töteten, standen hundert für sie auf. Ganz China antwortete dem schweigenden Ruf des Erhabenen Spähers und seiner Mönche.

Da stieg Kaiser Schi-tsu auf sein Pferd und, gefolgt von seinen Truppen, begab auch er sich in die Ebene von Shan U. Der unsterbliche Verfasser von *Streiflichter auf dem Berg des Tigers*, der geniale Wu Thian ching, schreibt:

Die Legende des Großen Kampfes ist eine der geheimnisvollsten unter all denen, von denen uns die Mandarine berichten. Nachgewiesenermaßen beruht sie auf einer geschichtlichen Tatsache: Dem Volksaufstand von Yünnan. Doch die Rolle, die die buddhistischen und taoistischen Mönche dabei spielten, ist bisher nicht genügend geklärt. Wir wissen zwar, daß Kaiser Schi tsu die Schließlung der Klöster und eines Großteils der Tempel verfügt hatte, aus Furcht, das Volk könne bei den Mönchen Unterstützung für seinen Aufstand finden. Es besteht kein Zweifel, daß diese Entscheidung letztendlich dazu geführt hat, den Groll der Mönche gegen die kaiserlichen Armeen zu schüren. Doch wir wissen nicht genau, welche Rolle dabei der undurchsichtige Wan Yu tang, der Älteste der Waffen, und der Erhabene Späher Hung Khi shing gespielt haben.
Offenbar hat ersterer die Kräfte des Volkes gegen den Kaiser mobilisiert, während letzterer nur eine legendäre Bedeutung gehabt hat. Zumindest läßt seine Persönlichkeit darauf schließen, daß dieser Wan Yu tang ein Mönch von höherem Rang war, wahrscheinlich ein Meister des Tao. Es ist auch durchaus bekannt, daß die verfolgten Buddhisten sich oft zu Tao-Anhängern flüchteten, die sie schützten. Die legendäre Geschichte von Chu Hung ying, dem Vater Abt von Shiu Lam, ist dafür der beste Beweis.
Der Kaiser rückte mit seinen Truppen zwar immer näher an die Ebene von Shan U heran, mußte aber bald feststellen, daß er nicht weiterreiten konnte, weil das Volk sich ihm drohend entgegenstellte. Er ließ seine Soldaten also ihr Lager im Tal nordwestlich von Shan U aufschlagen. Dort suchte ihn zwei Tage später eine Abordnung auf, die von dem Erhabenen Späher geschickt worden war. Es waren dies die fünf Pferdehändler und die vier Mönche von Shiu Lam, angeführt von Chan Kan nam, dem Großen Meister.
Der Kaiser hatte sein Zelt mitten im Lager errichten lassen. Er empfing die zehn Männer auf höchst unhöfliche Weise.
»Was hat das alles zu bedeuten?« schrie er. »Seit ich den Thron bestiegen habe, hetzt ihr unablässig das Volk gegen mich auf.«

Chan Kan nam erwiderte: »Möge seine Majestät gütigst in Betracht ziehen, daß das Volk der neun Provinzen auf die ungerechteste Weise unterdrückt wird. Es zu verteidigen ist eine heilige Pflicht...«
Schi-tsu wollte sich das nicht länger mit anhören. Er rief: »Der Verrat spricht aus euch Mönchen! Der Kaiser, von dem hohen Rat der Adelsfamilien in sein Amt eingesetzt, ist der Vermittler der himmlischen Gesetze. Jede Religion kommt von ihm, jeder Gedanke hat seinen Ursprung in seinem Geist. Er allein weiß, was gut oder was schlecht ist für das Reich. Aber ihr hinterhältigen Mönche habt euch, nachdem euer Aufstand fehlgeschlagen ist, jahrelang versteckt gehalten und euch mit zwielichtigen Gestalten gemein gemacht, um das Volk aufzuwiegeln. Nicht etwa aus Liebe zu diesem Volk, sondern um mit seiner Hilfe dem Fürsten die Macht zu nehmen, die ihm vom Himmel verliehen wurde. Der Beweis dafür ist, daß ihr mir zu Unrecht das Siegel vorenthaltet, das allein dem Kaiser zukommt.«
Chan Kan nam erwiderte: »Sicherlich weiß Eure Majestät, daß wir nie gegen unseren geliebten Kaiser T'ien ch'i, nicht einmal gegen seinen Sohn Ch'ung chen, gekämpft haben. Im Gegenteil, die Mönche des Klosters von Shiu Lam haben sich den Truppen der Eleuthen entgegengeworfen...«
»Das reicht!« schrie der Kaiser außer sich vor Wut. »In eurer Naivität habt ihr es euch wohl in den Kopf gesetzt, die Ming-Dynastie wiederaufzurichten? Aber leider, leider, ihr armen, kahlgeschorenen Strohköpfe, euer Ch'ung chen liegt seit vielen Monden in einem finsteren Verlies des Palastes. Er ist ohne Nachkommen gestorben. Ihr kämpft für ein Skelett!«
»Ming lebt!« erwiderte Chan Kan nam.
Schi-tsu war zunächst sehr verblüfft über diese Behauptung, doch dann brach er in ein schallendes Gelächter aus: »Wirklich eine schöne Legende, die ihr ebenso wie eure Drachen-Geschichten verbreitet! Nun, meine teuren Freunde, ihr werdet Zeit genug haben, über euren gerupften Phönix in Gesellschaft seiner Gebeine nachzudenken. Ich werde euch in denselben Kerker werfen lassen,

in dem er kinderlos gestorben ist. Dort könnt ihr dann seine Knochen abnagen!«
Er rief seine Wache, die sogleich die zehn Brüder ergriff. Aber Chan Kan nam entgegnete ihm: »Der Jäger ist sich der Gefahr bewußt, wenn er sich der Höhle des Tigers nähert. Deshalb ist das Lager Eurer Majestät von einer riesigen Menschenmenge umzingelt. Wenn man uns nicht zurückkommen sieht, wird sie Euch überwältigen. Wir können Eurer Exzellenz deshalb nur raten, mit uns über einen Kampf gemäß den Regeln zu verhandeln, statt Euer Hochwohlgeboren einem Massaker auszusetzen, das auf so grausame Art Eure segensreiche Herrschaft beenden würde ...«
Der Kaiser dachte zähneknirschend nach. Dann ließ er den Marschall Blutrünstiges Tier rufen, der ganz außer Atem und mit hochrotem Gesicht herbeigerannt kam.
»Herr«, rief dieser abscheuliche Mensch, »unsere Truppen sind in diesem Tal gefangen. Tausende bewaffneter Bauern haben uns umzingelt. Bis jetzt halten unsere Soldaten sie noch zurück, aber wenn sie auf uns losmarschieren, sind wir verloren. Gegen das Meer sind wir machtlos.«
»Einen Kaiser zwingen zu verhandeln!« rief Schi-tsu. »Hat es je etwas derart Abscheuliches auf der Welt gegeben?«
Chan Kan nam erwiderte ungerührt: »Eure Majestät kann ganz beruhigt sein: Es geht nur darum, einen Kampf den Regeln gemäß vorzubereiten. Wie auch immer er ausgehen mag, wir möchten auf keinen Fall, daß man uns vorwirft, wir hätten uns nicht an Sitte und Brauch gehalten.«
»Jetzt redet er schon wie ein kaiserlicher Offizier!« spottete der Kaiser. »Schön, besprecht Euch mit dem Marschall der Armeen, setzt die Truppenverbände fest, ihre Anzahl, die Kriegsstrategien und das Datum. Aber jetzt macht, daß ihr wegkommt! Eure Frechheit ist unerträglich!«
Die Abgesandten verbeugten sich vor Schi-tsu und begaben sich in das Zelt des Marschalls, in dem die Verhandlungen stattfanden. Chan Kan nam, der einst dem Kriegsrat Kaiser T'ien ch'is angehört hatte, diskutierte so sachkundig alle militärischen Fragen, daß der

Marschall ganz erstaunt war. Man beschloß, jede Armee solle fünftausend Mann auswählen, die sich zu fünf Truppen, darunter zwei Kavallerieverbänden, zusammenschließen sollten.
Folgende Strategien wurden ausgewählt: Die des berühmten Lin Piao, genannt *die nach oben kriechende Raupe*, die des Generals Ku shi, genannt *mit so viel Bienen*, die des erfahrenen Mi Fu cheng, genannt *die Kämpfer im Morgenlicht* und schließlich die des ehrwürdigen Chen, genannt *der Angriff der Ameisen*.
Die Wahl des Zeitpunkts erwies sich als sehr viel schwieriger. Man ließ berühmte Wahrsager kommen, die die Sterne befragten und Dutzende von Schafgarbenstengeln auf die Erde warfen. Aber sie konnten nicht einen Mond im ganzen Jahr entdecken, der den kaiserlichen Armeen günstig gewesen wäre. Als es schon fast so aussah, als käme man überhaupt nicht weiter, sah man plötzlich am Himmel zwei Kraniche auftauchen, die, nachdem sie anmutig über das Lager geflogen waren, ein paar Federn fallen ließen, die neben den Wahrsagern zu Boden flatterten.
Man zählte die Federn zur Rechten und die zur Linken, was zwanzig und acht ergab. Und so beschloß man, die Schlacht solle am zwanzigsten Tag des achten Mondes stattfinden, also zweiundzwanzig Tage später. Der Marschall ließ den zehn Abgesandten das Geleit bis jenseits des Tales geben, wo sie von dem begeisterten Rufen des versammelten Volks begrüßt wurden. Dann kehrten sie zurück in das Kloster des Allumfassenden Friedens.

XVII

Am zwanzigsten Tag des achten Mondes wurde die Bodhisattva Kuan Yin noch vor Morgengrauen von zwei ihrer besorgten Hofdamen geweckt. Jemand klopfte heftig an die Tür und, da sie noch nicht einmal die Zeit gehabt hatten, sich zu kämmen, sahen sie sich außerstande zu öffnen.

»Habt ihr euch denn erkundigt, wer vor der Tür steht?« fragte die Glückselige.

»Es ist der Buddha des Ostens«, erwiderten sie. »Er scheint ganz außer sich zu sein, und wir fragen uns, ob er nicht heut nacht ein bißchen zu viel Ambrosia zu sich genommen hat.« Kuan Yin stand auf und sogleich fingen tausend Vögel an zu zwitschern, die Blumen öffneten sich und verbreiteten ihren Duft zu Ehren der strahlenden Schönheit der Allbarmherzigen.

Dann öffnete sie selbst dem Buddha des Ostens die Tür. Er stürzte herein, bemerkte nicht einmal, daß die Glückselige noch im Nachtgewand war, und rief: »Das Ende der Welt ist nah! Über der Ebene von Shan U haben sich die schwärzesten Wolken zusammengeballt! Oh anmutige Kuan Yin, deren Barmherzigkeit selbst den Unermeßlichen Buddha rührt, erbarmt Euch Chinas.«

Sie bat den Buddha des Ostens, sich doch erst einmal zu setzen, und sagte: »Mein armer Freund, wie könnt Ihr Euch bloß so aufregen? Was bringt Euch denn auf den Gedanken, das Ende der Zeiten sei gekommen?«

»Das chinesische Volk hat eine Armee gebildet, die unter dem Befehl des Ehrwürdigen Hung Khi shing gegen die kaiserlichen Truppen zum Kampf antreten wird. Fünftausend Männer auf der einen Seite, fünftausend auf der anderen.«

Kuan Yin erwiderte: »Der edelsteingeborene Buddha, unser Herr, hat den Tao-Göttern die Zauberkünste verboten. Er hat damit ganz recht getan, denn wo kämen wir hin, wenn die Regeln der Natur in Unordnung gerieten? Kurz und gut, den Mönchen blieb nichts anderes übrig, als das Volk zu den Waffen zu rufen und sich

Schi-tsus Armeen zu stellen. Dieser Kampf wird heute früh beginnen.«
Der Buddha des Ostens wunderte sich: »Hochehrwürdige Bodhisattva, seid Ihr denn nicht wie ich erschrocken über dieses grauenvolle Massaker? Rührt denn kein Mitleid Euer Herz, wenn Ihr an diese Schlächterei denkt? Tausende von Menschen werden dabei umkommen!«
»Leider haben die Menschen den Verstand verloren«, entgegnete die Glückselige. »Außer denen, die sich unter dem stolzen Namen Hung zusammengefunden haben, haben sie Ohren und sind so stocktaub, als hätte man ihnen das Trommelfell mit Zement verstopft; sie haben Augen und sind so blind, als hätte man ihnen Blei in die Augenhöhlen gegossen. Sie, die die Brücke zwischen Erde und Himmel sein sollten, glauben nicht mehr an den Himmel, so daß ihnen die Erde unerklärlich geworden ist.«
»Aber wäre das jetzt nicht die beste Gelegenheit«, sagte der Buddha des Ostens, »um sie von ihren Illusionen zu heilen? Die Blinden verdienen unser Mitleid. Wollt Ihr sie auf den Abgrund zu laufen lassen?«
»Die, deren Herz verstockt ist, sollen sterben«, sagte Kuan Yin. »Was vermag ich denn gegen das Schicksal, in das sie sich selbst verstrickt haben? Ihr Herz schlägt schon nicht mehr. Die anderen, die wenigstens noch ein winziger Funke beseelt, werde ich verschonen. Die Lanzen werden von ihrer Brust abprallen, die Äxte an ihrem Kopf heruntergleiten, die Schwerter werden an ihren Gliedern zerbrechen und die Pfeile zu ihren Füßen niederfallen.«
»Und der Kaiser Schi-tsu?«, fragte der Buddha.
»Um das Gleichgewicht aufrechtzuerhalten, gibt es nur zwei Wege: wenn der Kaiser überlebt, wird sein Heer vernichtet werden; wenn der Erhabene Späher den Tod findet, werden das Volk und die Mönche siegen. Oder umgekehrt: Wenn der Kaiser getötet wird, tragen seine Truppen den Sieg davon; wenn Hung Khi shing am Leben bleibt, wird die Volksarmee untergehen. So ist im Schwarzen ein weißes Auge und im Weißen ein schwarzes Auge. Niemand kann dem entgehen.«

Der Buddha des Ostens runzelte die Stirn. Er verstand von diesen Dingen nicht allzuviel. Deshalb zog er es vor, sich damit zufriedenzugeben. Und da die Barmherzige nicht geneigt zu sein schien, diesem Massaker Einhalt zu gebieten, mußte er sowieso so rasch wie möglich zu den Heiligen Wolken des Ostens zurückkehren, seinem Gebiet, um den Empfang derer vorzubereiten, die im Kampf umkommen würden. Über diese Scharen von Seelen hatte er das Urteil zu fällen, bevor er sie unter irgendeiner angemessenen Gestalt wieder auf die Erde zurückschickte. »Was für eine absurde Idee! Welch ein Wahnwitz«, murmelte er auf dem Rückweg unablässig vor sich hin. Dabei fragte er sich, ob er überhaupt genug Hilfskräfte hatte, um die Arbeit nach diesem Kampf bewältigen zu können.
Gegen acht Uhr sah man die kaiserlichen Truppen vor der Ebene in Stellung gehen, während die Männer des Erhabenen Spähers im Süden Position bezogen. Ein leichter Wind hatte sich erhoben, der die Fahnen und Standarten leise flattern ließ. Der Kaiser und sein Gefolge begaben sich feierlichen Schritts nach Osten, um dem Kampf beizuwohnen, während Chan Kan nam, Feuer des Himmels, die Mönche, die Pferdehändler, die Fährmänner und der Schuster ihren Platz im Westen einnahmen. Hung Khi shing hatte nämlich von den Brüdern Hung gefordert, daß sie an diesem Kampf nicht teilnahmen. Er wollte es nicht riskieren, daß die Himmel- und Erd-Gesellschaft auch nur ein einziges ihrer Mitglieder verlor, und das in einem Augenblick, in dem es darum ging, ihren Einfluß in ganz China zu verbreiten.
Um neun Uhr vollzogen die Wahrsager die üblichen Riten; dann stiegen die beiden Anführer der Armeen vom Pferd, traten aus ihrer Reihe und begaben sich, von ihrem persönlichen Standartenträger und ihrem Schwertträger begleitet, in die Mitte der Ebene, in gleicher Entfernung zu den beiden Truppen. Dort grüßten sie sich, wandten sich in die vier Himmelsrichtungen und stampften mit ihrem rechten Stiefel dreimal auf den Boden. Danach setzten sie sich auf die Erde einander gegenüber und aßen aus derselben Reisschüssel, die ein Diener ihnen gebracht hatte. Zum Schluß

wurde die Schüssel in die Luft geworfen und zerbrach auf dem Boden. Da sprangen sie beide auf, griffen nach ihrem Schwert und stießen es dreimal in die Erde. Dabei ließen sie ihren persönlichen Kriegsruf ertönen und anschließend den Kriegsruf ihrer Armee, den jede der Armeen wiederholte. Als das geschehen war, wandten sie einander den Rücken zu, schritten würdig in ihre Reihen zurück und stiegen wieder auf ihr Pferd, während die Trompeten ertönten und die Männer ihre Waffen bereithielten.

Eine Bibliothek mit hunderttausend Fächern könnte nicht all die Rollen und Bücher fassen, die über den Großen Kampf in der Provinz Yünnan geschrieben worden sind. Einige haben ihn nur unter seinem militärischen Aspekt geschildert und kommentiert, aber die meisten ergehen sich in symbolischen und philosophischen Deutungen. In ihren Gemütern verwandelte sich dieser denkwürdige Kampf bald in einen kosmischen, metaphysischen Krieg zwischen den Ts'ing, die als die Söhne des Mondes, und den Ming, die als die Söhne der Sonne galten. Er wurde für sie zur Wiederholung des Kampfes zwischen den beiden Drachen, die die Geschichtsschreiber und Philosophen als die Verkörperung von Yin und Yang sahen, den beiden ergänzenden Kräften des Tao, von weiblich und männlich, links und rechts und noch vieler anderer Gegensätze, die einander nur für den oberflächlichen Beobachter ausschließen.

Das Buch der drei Himmelsleitern sieht den Großen Kampf als ein Gleichnis der Stufen der alchimistischen Verwandlung. Für ihn geht es um nichts weniger als darum, Sonne und Mond zu vereinen, sie in einem einzigen Schmelztiegel zu verschmelzen und so zur Unwandelbaren Mitte zu kommen, dem Punkt, der von dem Großen Bären und seinen sieben Sternen dargestellt wird: *Nun hört und seht, wie die beiden Armeen aufeinander zu gehen und einander durchdringen. Das Blut, das aus den Wunden rinnt, ist das überströmende Bad, das sie erneuert. Die ganze Ebene von Shan U fängt an zu kochen wie ein dreifüßiger Kessel. Durch dieses langsame und vorsichtige Sieden wurden die bösartigen Säfte entzogen, die Schlacken aufgelöst, und die oberflächlichen*

Dämpfe konnten entweichen. Zurück blieb das reine Elixier. Der Schmerz, der Todeskampf und der Tod gebaren die Unsterblichkeit.

In *Die drei Stufen vor dem Scheffel* schreibt der Verfasser: *Der Kaiser, dem das Siegel fehlt, kann sich nicht auf seinen Wagen setzen. Sein Wagen jedoch ist der Scheffel. Und was anderes ist der Scheffel als der Große Bär? Der Wagen des Kaisers fährt in der Mitte. Er beherrscht die Himmelsrichtungen, die vier und die fünfte, weil er sich in der fünften aufhält. Er ist der Beherrscher der Elemente. Er zerstreut und er fügt zusammen. Aber der Kaiser, dem das Siegel fehlt, besitzt nicht den Scheffel. Er ist flüchtig und beherrscht nichts. Die Elemente verzehren ihn. Die Himmelsrichtungen irren durch den Raum. Alles fliegt vor ihm davon und sucht seinen Fixpunkt außerhalb von ihm. Ist er der Kaiser? Er ist es nicht. Ist er wenigstens ein Mensch? Er ist es nicht.*

Und so liegt der Sinn des Großen Kampfes darin, den Kaiser und das Siegel wieder zu vereinen, damit Sonne und Mond, nachdem sie sich bekriegt haben, ihre Waffen tauschen und gemeinsam zum Himmel steigen, um die Eins des Scheffels zu erreichen, in den sie sich setzen. Der Große Kampf ist der Vorhof zum Allumfassenden Frieden.

Ein anderer Aspekt der Schlacht von Shan U wird in »*Die Perlen des Roten Sees*« angesprochen, wenn der Geschichtsschreiber Han K'ang po erklärt:

Die beiden Gegner übten sich in der Verwandlung, die am Anfang und am Ende des ewigen Kreislaufs der Geschöpfe steht, denn wenn ein Wesen sich erschöpft, verwandelt es sich. Das weibliche verwandelt sich am Ende seines Laufs in das männliche, das sich seinerseits am Ende seines Laufs in das weibliche verwandelt. Wenn eines wächst, nimmt das andere ab, und wenn das andere sich füllt, verzehrt sich das eine. Sonst wäre die Rechnung nicht gerecht, das Gleichgewicht stimmte nicht und das Universum würde verschwinden.

In *Die dreiunddreißig Kommentare über die Gestalt der Götter*, schreibt der unbekannte Verfasser:

Gibt es einen allerersten Anfang, wenn die allerersten Anfänge mit dem allerletzten Ende zusammenfallen und der Oberste Drache sich im Samen des Ursprungs vollendet? Das erste ist das Echo des letzten. Und so ist der Große Kampf die unendliche Mischtrommel, die zur Vollendung des einen in allem notwendig ist.

Der Kampf, der am zwanzigsten Tag des achten Monats begann, zog sich mit seinen drei Phasen bis zum neunten Tag des neunten Mondes hin. Diese drei Phasen, über die sich alle Historiker einig sind, wurden die *Drei Stufen* genannt. Sie fallen mit den drei Höhepunkten des Kampfes zusammen. Die erste, die die Zeitspanne umfaßt, in der die beiden Strategien der *Raupe* und der *Bienen* angewandt wurden, nennt man auch: *Die Stufe der ersten himmlischen Gestalt.*

Während dieser Phase trat die Kavallerie auf den Plan. Es gab dabei zweitausendzweihundertdreiundzwanzig Tote auf jeder Seite. Ebenso viele Pferdekadaver bedeckten die Erde. Die Geschichtsschreiber berichten übereinstimmend, daß während dieses Angriffs am Himmel die drei Damen allen Ursprungs erschienen: Die purpurne Dame, die gelbe Dame und die weiße Dame. Geboren aus dem Nichts gebaren sie drei Lüftchen.

Für den Verfasser des *Gartens der hundert Blumen* war das der Augenblick, in dem der purpurne Reiter aus dem ersten Bad des Blutes und aus der *Vereinigung der Männer und der Pferde* geboren wurde. *Aus dem roten Ozean tauchte er auf, in jeder Hand ein Schwert. Durch seinen Schwur ist er von nun an an Sonne und Mond gekettet, die ihm, wenn er geht, wie treue Tiere folgen. Sein Gang ist der gleiche wie der Yüs des Großen; unsere Urahnen vor der Geschichte lernten von ihm: Der rechte Fuß nach vorn, dann der linke Fuß im rechten Winkel hinter dem rechten Absatz und das drei Mal; so hat Yü die Welt abgeschritten, als er sie messen wollte.*

Die zweite Phase wurde *die Stufe der zweiten himmlischen Gestalt* oder auch *der Durchbruch der beiden Ozeane* genannt. Während dieses Zeitraums kamen die Strategien des *Morgenlichts* und der *Ameisen* zur Anwendung. Die Infanteristen prallten aufeinander, und jede Armee hatte tausendsiebenhundertacht Tote zu beklagen. Währenddessen erschien am Himmel der schöne weißhaarige Greis, der die drei Lüftchen empfing, die die drei himmlischen Damen geboren hatten. Sein Name ist Tong, weil dieses Wort gleichzeitig Höhle, Schmelztiegel, Tiefe und Durchbruch bedeutet.

Weiter heißt es im *Garten der hundert Blumen*:

Dies war der Augenblick, in dem der purpurne Reiter seinen Weg fortsetzte und zu den Wolken kam, die die roten Felder verdunkeln. Er erreichte diesen hohen Gipfel des unsichtbaren Berges nur dank Yüs Schritt, der ihn über das feine Sternennetz führte. Hätte er es verlassen, wäre er unweigerlich abgestürzt. Auf diesem Weg begleiteten ihn die vier edlen Tiere, die an den vier Himmelsrichtungen stehen: der Tiger, die Schildkröte, der Drache und der Phönix. In der Mitte, die er einnahm, waren eine Leere und eine Fülle zugleich. Die dritte Phase des Großen Kampfes nennt sich die *Ankunft im Scheffel* und fällt mit dem letzten Angriff der beiden Armeen zusammen. Ein Kampf Mann gegen Mann, der drei Tage und drei Nächte dauerte und in dessen Verlauf die Überlebenden sich bis zum letzten Mann umbrachten. Dabei wandten sie auch keine Strategie mehr an. Während dieser Phase sah man auf einer Wolke das rubinfarbene Kind erscheinen, das mit seiner rechten Hand zur Erde und mit der linken zum Himmel zeigt. Einige nennen es auch den göttlichen Knaben im Bade, denn er badet in dem Elixier der Unsterblichkeit.

In dem *Garten der hundert Blumen* wird dieser Augenblick folgendermaßen beschrieben:

Nachdem er den Gipfel verlassen hatte, wurde der purpurne Reiter von einem Wirbelwind ergriffen, der ihn in der Auflösung des einen in allem festhält, während der Jadeklang der äußersten Harmonie ertönt. Es gibt nicht mehr das Weibliche und nicht mehr das Männliche: Der Kaiser ist der Herrscher der Mitte. Das Licht wendet sich ab, denn in Zukunft empfängt der Reiter in dem Palast des Anfangs und des Endes den Widerschein seines eigenen Blickes.

Auf dem Feld, auf dem zehntausend Tote ruhten, schritten jetzt Blutrünstiges Tier, schwer von all seinem Blut, und der leichtfüßige, fast durchsichtige Erhabene Späher aufeinander zu. Als sie in der Mitte der Ebene angekommen waren, hoben sie gleichzeitig ihre Schwerter, aber Hung Khi shing war schneller: Er durchbohrte den fetten Bauch des Marschalls. Sogleich drangen ganze Ströme von Blut aus der Wunde, die noch nach Stunden nicht versiegten.

Und während all dieses Blut sich über die Erde ergoß, hob der Erhabene Späher, den während der ganzen Schlacht und auch während dieses Zweikampfs keine Waffe berührt hatte, den Arm und stürzte zu Boden. Seine Zeit war abgelaufen. Doch während sein Körper leblos dalag, war sein Geist bereits, wie man wohl erraten hat, in der Gestalt des purpurnen Reiters zum Großen Bären aufgestiegen.

Schi-tsu und sein Gefolge erhoben sich, verbeugten sich tief und gingen schweigend zurück zu ihren Pferden. Chan Kan nam, Feuer des Himmels und die anderen Brüder Hung knieten neben der Leiche ihres Meisters nieder, der den doppelten Namen Erhabener Späher und Ältester der Waffen getragen hatte. Sie stellten fest, daß er nirgendwo verwundet war. Er hatte nur, nach getaner Arbeit, seinen Körper verlassen. Sie legten ihn auf eine Bahre und machten sich auf den Weg ins Gebirge, wo sie in der Höhle das kaiserliche Kind, Chu Hung chieh, und die Hirschkuh, die es begleitete, zurückgelassen hatten. Sie wollten, daß der Prinz den Sieger des Großen Kampfs, den unsterblichen Krieger Hung Khi shing, den Vater Abt des Klosters des Allumfassenden Friedens, ein letztes Mal grüße.

XVIII

In ehrfürchtigem Schweigen zogen sie durch China. Die fünf Pferdehändler gingen voraus. Ihnen folgten die vier Mönche des Klosters von Shiu Lam, die die Totenbahre trugen. Hinter ihnen ging Feuer des Himmels, umgeben von den beiden Fährmännern. Der Schuster beschloß den Zug. Überall, wo sie vorüberkamen, vergoß das Volk Tränen der Trauer und Tränen des Glücks, denn der Tod des Erhabenen Spähers hatte ihm die Befreiung gebracht.

Vierzig Tage lang geleiteten die Brüder Hung ihren ältesten Bruder zum Berg des höchsten Gipfels, wo sie das kaiserliche Kind zurückgelassen hatten, um das Siegel zu bewahren. Während dieser Wanderung konnte man übrigens zum letzten Mal die Mitglieder der Himmel- und Erd-Gesellschaft zusammen und ohne Schleier sehen. Ihre Anordnung um die Bahre ist als ein zusätzliches Zeugnis ihrer Lehre überliefert worden, denn sie bildeten dabei das alte Zeichen für die Verbindung zweier Gegensätze. Daher kommt auch der Name dieses Leichenzuges: *Der doppelte Weg der roten Wächter*.

Doch als sie zum Ort kamen, an dem der Berg gewesen war, gab es dort keinen Berg mehr. Dabei hatten doch die fünf Pferdehändler einst sich selbst und ihre Tiere auf diesem Felsrücken versteckt. Und in einer Höhle hoch über dem Tal war der Ehrwürdige Chan Kan nam zu lächelnder Weisheit gelangt. Aber vor allem hauste in diesem heiligen Berg der Nachkomme der Ming, Chu Hung chieh, das wohllöbliche Kind. Und gleichzeitig mit dem Fels war auch der kaiserliche Prinz verschwunden.

»Was ist denn geschehen?« fragte Chan Kan nam die Bauern in der Gegend.

Einer von ihnen ergriff, an allen Gliedern zitternd, das Wort: »Guter Herr, hört, was vor mehr als einem Mond geschehen ist. Ich arbeitete gerade mit meiner zweiten Frau und meinen sechs Töchtern auf dem Reisfeld, als wir plötzlich ein lautes Geräusch hörten und etwas, das wie Flügelschlagen klang. Wir hoben den Kopf und

was sahen wir? Vier weiße Drachen, die jeder an einer Seite den Fuß des Berges gepackt hatten, diesen langsam und ganz offensichtlich ohne große Mühe hochhoben und mit ihm dem Himmel zu flogen, so daß wir sie bald aus dem Auge verloren.«
Da versanken die Brüder Hung in tiefe Trauer. Vierzig weitere Tage lang blieben sie an diesem Ort und wußten nicht, was sie tun sollten. Dennoch errichteten sie dort, wo der Berg einst gestanden hatte, eine Säule. Auf ihrem Schaft ritzten sie die Worte ein: *Hier war der Mittelpunkt der Erde.* Dann setzten sie ihren Trauerzug nach Nordwesten, in Richtung des Phönix-Gebirges fort. Sie waren nämlich der Meinung, daß er sich vom Namen her am besten als Grabstätte für den Ältesten der Waffen, den Ehrwürdigen Späher Hung Khi shing eigne.
Als sie endlich am Fuß des Berges angekommen waren, blieben sie stehen. Es war ein Winterabend, und sie waren sehr müde. Sie errichteten in aller Eile ein Zelt und drängten sich eng aneinander, denn es war sehr kalt. Die Bäume stöhnten unter dem Frost. Da geschah es, daß sich einer der Stämme in der Mitte öffnete und vor den erstaunten Augen der Brüder ein wunderschönes junges Mädchen ihm entstieg, das sie fragte: »Warum klagt ihr denn so?«
»Weil wir den Sinn unseres Lebens verloren haben«, erwiderte Chan Kan nam. »Wir hatten einen Prinzen, und er wurde zum Himmel entrückt. Wir hatten einen ältesten Bruder, und er ruht in diesem Sarg. Was soll nur aus uns werden?«
Das junge Mädchen trat aus der Weide und näherte sich dem Feuer, das die Hung angezündet hatten und um das sie dichtgedrängt saßen.
»Ich heiße Kleine Mondfee und war einst die erste Dienerin des Kaisers T'ien ch'i, der euch das Siegel übergeben hat. In der Gestalt einer Hirschkuh war ich auch dabei, als ihr dieses Siegel dem Ming-Prinzen überreicht habt. Deshalb schickt mich die Glückselige Bodhisattva Kuan Yin zu euch.«
»Möge der Segen Dharma Buddhas auf Euch ruhen«, sagte Feuer des Himmels, »denn wir sind sehr unglücklich.«
»O Brüder«, fuhr Kleine Mondfee fort, »warum seid ihr denn

unglücklich, nachdem alles wieder seine Ordnung hat? Wo waren denn die Ts'ing vor dem Großen Kampf? Wo hausten die Ming? Wer waren sie? Die Welt hatte sich in ein unentwirrbares Knäuel verwandelt. Und während des Großen Kampfes wurde alles wieder an seinen Platz gestellt. Ts'ing ist die Erde, Ming ist der Himmel. Kaiser Schi tsu behält die Erde. Der Prinz Chu Hung chieh herrscht im Himmel. Und eure Aufgabe, Brüder Hung, ist es, ständig die Brücke aufrechtzuerhalten, die diese beiden Reiche miteinander verbindet.«

»Wie können wir das tun?«, fragte Feuer des Himmels. »Das Siegel ist wieder im Himmel und hat uns in unserem Exil vergessen...«

Kleine Mondfee lächelte: »Vater Abt von Shiu Lam, weißt du nicht, daß das Siegel auf Erden seine Spur zurückließ, selbst wenn es sie verlassen hat? Dieses Zeichen ist Hung. Ihr weilt auf der Erde Chinas und seid vom Himmel gezeichnet.«

Chan Kan nam stand auf und sagte: »Hört uns an, anmutige Gesandte unserer Barmherzigen Mutter, es ist keinerlei Stolz in unserem Jammer. Wir wissen, daß das Exil so notwendig für die Heimkehr ist wie das Leere für das Volle, der Wunsch für die Erfüllung. Aber sind wir denn jetzt nicht lange genug auf dieser verlassenen Erde umhergeirrt?«

»Sie ist nicht verlassen«, erwiderte Kleine Mondfee. »Das Siegel ist in den Himmel zurückgekehrt, aber Hung ist geblieben. Was sagte die Glückselige Bodhisattva Kuan Yin, als der Allumfassende Buddha sie zu sich ziehen wollte und für sie den Eingang ins Nirwana öffnete? Sie erwiderte: ›Solange nicht auch die allerkleinste Pflanze von der Illusion befreit ist, werde ich bleiben‹. Die Zeit ist gekommen, euch in der Welt zu vollenden, damit die Welt sich vollende. Feuer des Himmels, wo ist dein Schwert?«

Der Vater Abt stand auf und erwiderte: »Ich habe es Chan Kan nam, dem Großen Meister, gegeben.«

Sie wandte sich an Chan Kan nam: »Der du den fünf Ältesten gebietest, den Mönchen des Klosters von Shiu Lam, übergebe ihnen die Leitung der fünf Provinzen. In jeder von ihnen sollen sie

insgeheim die Logen des Himmels und der Erde gründen, damit durch sie die Menschen im Exil sich in Menschen auf dem Heimweg verwandeln.«
»Und wir«, riefen die fünf Pferdehändler, »was soll aus uns werden?«
»Wer von euch hat die Räucherpfanne aus weißem Porzellan?« fragte Kleine Mondfee.
Der Schuster stand auf.
»Du, Wan Yun lung, hattest die Ehre, als erster die Räucherpfanne zu sehen, die auf dem Fluß schwamm, und zu ihrem Hüter zu werden, weil du den mit dem Siegel gezeichneten Aufruf zu lesen wußtest, weil du den Spuren gefolgt bist und sie hinter dir sorgfältig verwischt hast, weil du an die abgelegene Hütte am Ufer des Meeres angeklopft hast. Du warst der erste Eingeweihte der Hung-Gesellschaft. In Zukunft wirst du die Kandidaten vorbereiten und sie in die Loge einführen.«
»Und wir?« fragten die Pferdehändler.
»Ihr beiden Fährmänner, weil ihr die ersten Gefährten der fünf Ältesten wart und sie zum Herrscher des Jadereichs begleitet habt, werdet die Pforten der Loge bewachen, einer zur Rechten und einer zur Linken. Und es wird ebensoviel Türen geben, wie ihr Altäre auf dem unvergeßlichen Schiff gesehen habt. Um ihre Schwelle zu überschreiten, muß man vor euch Zeugnis seines aufrechten Sinns und seines wahrhaften Glaubens ablegen.«
Kleine Mondfee wandte sich an die fünf Pferdehändler: »Und ihr werdet die Einführungslogen in den Provinzen aufbauen, weil ihr auf dem Heiligen Berg gewohnt habt und weil ihr die fünf Ältesten und Chan Kan nam zusammengeführt habt. Ihr werdet die Tigergenerale genannt werden. Deshalb soll noch vor allen Hung-Logen, eine andere Loge eröffnet werden, in der man die künftigen Mitglieder auswählt und vorbereitet. Auf diese Weise werden die Neugierigen, die Betrüger und die Untauglichen gar nicht erst zu der wirklichen Loge gelangen und auch nie von ihrer Existenz erfahren.«
Sie verneigten sich alle vor der ersten Dienerin des Kaisers T'ien

ch'i, der, die er geliebt hatte, und baten sie, der Allgütigen für ihre Botschaft ihren ehrerbietigen Dank zu übermitteln. Kleine Mondfee trat, bevor auch sie sich verabschiedete, auf Feuer des Himmels zu und vertraute ihm das folgende Gedicht an:

»Das Blut, das in unsern Adern fließt, ist Ming,
denn Sonne und Mond haben sich mit dem Großen Bären versöhnt,
und die sieben Farben des Regenbogens mit den sieben Sternen der Mitte,
und das Schiff ist hinaufgefahren zum wahren Ursprung.«

Unsere Brüderschaft wurde besiegelt im Pavillon der Roten Blume,
dort, wo die elf Standarten der alten Stämme aufgepflanzt wurden,
wo der Scheffel mit dem roten Reis Myriaden von Samen enthält,
der durch das Schwert und die Räucherpfanne der Hung aufgehen wird.«

Die drei Greise forderten den Zoll von uns,
aber die Pfirsiche des Marktes blieben uns verwehrt.
Deshalb werden wir sie in der Stadt der Weiden kaufen,
für drei runde Münzen mit viereckigem Loch.

Unter dem ehrwürdigen Baum inmitten des Palasts des goldenen Herzens
gibt es Perlen und Edelsteine die Fülle.
Sie gehören unserem Herrn, dem Vollkommenen Urbuddha,
dem unermeßlichen Lichtglanz Besitzenden.

Feuer des Himmels lauschte aufmerksam diesem Gedicht und bewahrte es getreulich in seinem Gedächtnis. Jeder Bruder Hung muß diese Verse kennen und sie, bevor er das Recht hat, in die Loge einzutreten, Wort für Wort aufsagen.
Feuer des Himmels beugte sich nieder und küßte Kleiner Mondfee den Saum des Kleides. Einen kurzen Augenblick kreuzten sich ihre Blicke. Sie kannten sich nun schon seit so langer Zeit! Dann wandte sie sich um und ging davon. Es fing an zu schneien, und bald entschwand ihre zarte, weiße Gestalt den Blicken der Brüder, löste sich im Schneetreiben auf.
Da sagte Chan Kan nam zu den Brüdern: »Laßt uns unseren Weg fortsetzen, zu dem Ort, an dem der Erhabene Späher, der Älteste der Waffen Hung Khi shing seine letzte Ruhestätte finden soll.«
Die fünf Pferdehändler gingen voran, die vier Mönche von Shiu Lam nahmen wieder die Totenbahre auf, gefolgt von dem Vater Abt, den beiden Fährmännern und dem Schuster. Und so gingen sie im Schneetreiben weiter bis zu den ersten Ausläufern des Phönix-Gebirges. Sie kamen durch ein tiefes Tal und gelangten zum Ufer des Chu-Sees.
Dieser See, rings von Bergen umgeben, lag so geschützt, daß er keine Kälte zu kennen schien. Vögel aller Arten und von allen Farben ließen sich flügelschlagend am Ufer nieder, zwischen seltenen, süß duftenden Pflanzen und zarten Blumen. In der Mitte des glasklaren Sees erhob sich eine Insel. Dorthin, so beschlossen die Brüder, wollten sie Hung Khi shings Leichnam bringen. Doch da weit und breit kein Boot in Sicht war, schickten sie sich an, ein Floß zu bauen.
Da tauchte plötzlich aus der Tiefe des Wassers eine riesige Schildkröte auf und fragte sie: »Könnt ihr die Zeichen lesen, die auf meinem Rücken geschrieben stehen?«
Chan Kan nam beugte sich hinunter; aber er wußte die Zeichen nicht zu deuten.
Auch Feuer des Himmels sah sich den Panzer an und sagte: »Auf deinem Rücken steht das älteste aller Gedichte geschrieben, das

unser Urahn Fo Hi verfaßte, als er die Menschen die Schrift lehrte.«

»Kannst du es lesen?« erkundigte sich die Schildkröte.

»Ja, das kann ich«, erwiderte der Abt, »aber niemand auf der Welt darf die Worte hören, wenn er sich nicht andächtig darauf vorbereitet hat.«

Er beugte sich zum Ohr der Schildkröte hinunter und sagte ihr die Verse auf. Sie schien zufrieden und nickte. Dann sagte sie: »Gib dieses Gedicht an den Großen Meister und die anderen Mönche von Shiu Lam weiter, denn sie werden die fünf Provinzen regieren und die elf Stämme verkörpern.«

Feuer des Himmels gab das alte Gedicht an die fünf Brüder weiter.

Da rief die Schildkröte: »Steigt alle auf meinen Rücken, zusammen mit der Bahre. Ich bringe euch zu der Insel, auf der der Sieger des Großen Kampfes ruhen soll.«

Sie stiegen auf den Panzer und die Schildkröte begann sogleich über den See in Richtung der Insel zu schwimmen. Dort setzte sie die Brüder wieder ab.

Sie hoben das Grab von Südosten nach Nordwesten aus. Als sie Hung Khi shing hineingesenkt hatten, bedeckten ihn die Brüder mit Erde. Dann umgaben sie den Platz mit einem Rechteck aus Steinen. In seiner Mitte stellten sie einen rechteckigen Obelisken auf, auf dessen Vorderseite sie sechzehn Zeichen einmeißelten; sie fügten ihnen drei Tränen zum Zeichen der Trauer hinzu. Diese sechzehn Zeichen bedeuteten: »Hier ruht ein Mann, der kein Mann war, der nirgendwo ruht und vor allem nicht hier, denn dieses Hier ist nicht hier.« Drei Tage und drei Nächte lang verharrten sie andächtig; dann wollten sie wieder auf dem Rücken der Schildkröte den See überqueren. Aber sie sahen, daß vom Ufer zur Insel eine Brücke geschlagen worden war. So gelangten sie hinüber.

Hier endet die überlieferte Geschichte der Hung-Gründung, wie man sie aus den Rollen der Himmel- und Erd-Gesellschaft kennt. Diese Geschichte sagt nichts darüber, was aus den Brüdern wurde, als sie wieder zum Ufer des Chu-Sees zurückgekehrt waren. Doch da wir wissen, wie groß ihr Einfluß auf China und später auch auf andere Länder gewesen ist, zweifeln wir nicht daran, daß Chan Kan nam und die fünf Ältesten den Plan befolgten, den die Glückselige Kuan Yin ihnen durch Kleine Mondfee hatte mitteilen lassen.

Was Kaiser Schi tsu angeht, den ersten Herrscher der Ts'ing-Dynastie, so verlor er das Augenlicht. Nach einem Jahr tiefster Mutlosigkeit erkannte er seine Fehler und regierte von nun an China voller Gerechtigkeit. Der unsterbliche Verfasser der *Drachen der Insel des Westens*, der geniale Wu Thian ching, schreibt:

Nach all dem Leid kehrte nach und nach der Friede zurück. Die Adligen versuchten, den Vertretern des Volkes näherzukommen. Zwar gelang ihnen das nur teilweise, doch zumindest sahen sie in ihnen keine Feinde mehr. Die buddhistischen und taoistischen Mönche wurden nicht mehr verfolgt. Und so wurde mit finanzieller Hilfe der Provinz das Kloster von Shiu Lam auch wiederaufgebaut. In Stille, Weisheit und Heiterkeit wurde das klösterliche Leben dort fortgeführt.

»Friede in dem Großen Kampf« wurde der Wahlspruch der Hung, die sich nach den tragischen Ereignissen in der Ebene von Shan U noch eine ganze Weile von den weltlichen Geschäften fernhielten. Sie widmeten sich jener höheren Alchimie, die Buddha den Tao-Göttern geraten hatte. In allen Provinzen vermehrten sich ihre Logen. Doch ihre Lehren wurden streng geheimgehalten. Auf diese Weise bewahrheitete sich der Spruch, der über dem Hauptportal ihrer Gesellschaft in Bei jing steht: ›Die Welt spricht, Hung schweigt. Die Welt vergeht, Hung bleibt.‹

Dies ist die Geschichte, die in jener Winternacht der sehr ehrwürdige Mao tchan aus dem lächelnden Mund der Dame Hu vernahm.

Nachwort

Sicherlich hat jeder schon von den Boxern gehört, deren Anführer angeblich Sax Romers Fu Manchu war... Fest steht jedoch, daß sich, wenn auch unter anderem Namen, die chinesischen Geheimgesellschaften von der Gründerloge der Hung, der T'ien-ti hui, der Himmel- und Erd-Gesellschaft, noch bekannter unter dem Namen der Großen Trias, ableiteten (und noch heute ableiten).
Diese Gesellschaft und ihre mannigfachen Verzweigungen in ganz Asien spielten in den letzten hundert Jahren eine sehr wichtige Rolle; sei es in China, wo sich der Erfolg des Langen Marsches insbesondere durch die Unterstützung erklärt, die unter Maos Anleitung die in kommunistische Zellen verwandelten Hung-Logen von Dorf zu Dorf leisteten, sei es in Vietnam anläßlich des Aufstands der verweltlichten Logen, die im heftigen Widerstreit mit den traditionellen Logen lagen, die nacheinander die Franzosen, Japaner und Amerikaner unterstützten. Daher auch das berühmte *Phuc Nam phan Phap, Vietnam befreien, Frankreich stürzen*, was zu dem *Sektenkrieg* führte.
Auch heute noch gibt es kein Chinatown in der Welt, das nicht insgeheim unter einer mehr oder weniger verstümmelten Form seine Große Trias hätte, sei sie nun mehr den Spekulationen der taoistischen Alchimie verhaftet oder sehr viel prosaischer mit der Organisation der unzähligen Restaurants beschäftigt, deren Besitzer vorzugsweise ihre Mitglieder sind: Eine Mischung aus Freimaurertum und Mafia, die sich gelegentlich an ihre abenteuerlichen Anfänge erinnert.
Übrigens wird die Geschichte der Hung-Gründung für gewöhnlich von jedem Kandidaten anläßlich seines Eintritts in die Loge vorgelesen. Es geht dabei darum, ihn mit diesen mythischen Anfängen zu verwurzeln, die jedes Mitglied als wichtigste Tradition anzusehen hat. Diese seitenlange historische und symbolische Erzählung wurde im Westen durch Ward und Stirling bekannt, die die englische Übersetzung 1925 in *The Baskerville Press* (London)

unter dem allgemeineren Titel *The Hung Society or The Society of Heaven and Earth* veröffentlichten.
Mein Ziel war es, gewissermaßen dieses Geflecht weiterzuspinnen, um dem Leser eine Erzählung vorzulegen, die sich auf vier verschiedenen Ebenen lesen läßt – darin der chinesischen Tradition folgend –, und zwar allein deshalb, weil unser China sich durchaus mit Jarrys Polen vergleichen läßt und im Nirgendwo, das heißt überall angesiedelt ist, in diesem *in illo tempore*, das kaum etwas mit der Geschichte zu tun hat, sondern seine Wurzeln im Fantastischen und der Überlieferung hat.
Vier Ebenen, sagte ich: zunächst einmal jene der tatsächlichen Ereignisse, denn es gab den Kaiser T'ien chi, die Ming, die Ts'ing und all diese historischen Verwicklungen, von deren dramatischen Verlauf wir hier berichten; dann die moralische, denn die buddhistische Religion und die taoistische Philosophie verleihen der Erzählung ihren besonderen Grundton; die mythische, dadurch, daß die Geschichte hier mit Elementen des Wunderbaren verknüpft wird, unter denen man insbesondere die Phasen des Kampfes zwischen Licht und Finsternis erkennen kann; und schließlich die metaphysische, die die drei anderen Ebenen überhöht, um dem Leser ein Abbild jener essentiellen Innerlichkeit zu geben, die sicherlich geographisch weder dem Osten noch dem Westen zugerechnet werden kann, sondern die zu jener Wurzel des Menschen gehört, die ihm, jenseits aller äußeren Bedeutungen, einen Sinn verleiht.
In den vergangenen dreißig Jahren habe ich einige Erzählungen veröffentlicht, die sozusagen dem Naturalismus in der Romanliteratur abgeschworen haben. Sicherlich lag das daran, daß ich persönlich dem *five o'clock* der berühmten Marquise wenig Interesse abgewinnen konnte, mehr aber noch an meiner angeborenen Neigung zum Fantastischen, das mich von den flämischen Geschichten meiner Kindheit bis hin zu den Tripitaka* und Popol Vuh**

* Tripitaka: Kanon der Heiligen Schriften des Buddhismus. (A. d. Ü.)
** Fopol Vuh: Aufzeichnungen, die die heiligen Überlieferungen eines Teils der Maya enthalten. (A. d. Ü.)

führte. So wie jene Gestalt aus »La Geste Serpentine«, die auf der ganzen Welt nach der Fortsetzung eines arabischen Gleichnisses sucht, habe ich mich bemüht, jenen nicht endenden Diskurs zu verfolgen, der jenseits der einfachen Begriffe von Realität und Traum die Grundessenz des wahrhaft Menschlichen erfaßt, das bekanntlich nicht nur der Mensch ist.

Die Reise des Vater Abt von Shiu Lam, ebenso wie jene des *Singe égal du Ciel* und des *Balthasar Kober** findet in seinem inneren Wesen statt. Die Dörfer, durch die er zieht, die Tempel, die er findet, die Flußfahrt und selbst die Schlachten gehören zu einer Topographie des Bewußtseins, in der sich Erinnerung und Fantasie in Bildern ausdrücken, die symbolhaften Charakter haben. Deshalb begegnen diese umherziehenden Helden nicht nur einem horizontalen Schicksal, zum Beispiel von Bei jing nach Shiu Lam, sondern auch vertikalen Strukturen (Schluchten und Berggipfeln), die ihre Wanderung ins Transzendentale erheben, in dem sich dem Willen der Menschen der Wille der Götter hinzugesellt.

So wie ich in meinen Bildern nach dem Unsichtbaren hinter dem Sichtbaren suchte, könnte es sein, daß in diesen Erzählungen das wirkliche Anliegen ungreifbar, aber eben deshalb um soviel gegenwärtiger ist, als es nicht sofort erkennbar wird. Es ist wahr, daß die Götter von Menschen geboren sind, aber könnte man nicht auch behaupten, daß, während er einen Gott gebiert, der Mensch zu einer Wirklichkeit geboren wird, die ihn verwandelt? Der abwesende Gott ist ein sehr viel stärkerer Appell als der Glaube, so daß unsere Chinesen in einem Meer von Aberglauben herumpaddeln müssen, bevor sie zum Glauben kommen, der die Treue zu den Menschen bedeutet, der den Sinn dem Absurden entgegensetzt, dem Unentwirrbaren oder dem Gegensätzlichen.

Was anderes ist die Erzählung denn als diese seltene, begnadete Spanne Zeit, die das Alltägliche in das Wesentliche verwandeln kann, die Bedeutungslosigkeit oder die verschiedenen Bedeutungen in einen Sinn? Der Held wandert durch das China der gegen-

* Bisher unübersetzte Werke des Verfassers. (A. d. Ü.)

sätzlichen und einander widersprechenden Möglichkeiten, um »den Worten des Stammes einen reineren Sinn zu geben«, um dem Reich einen neuen Weg zu weisen, es eine Sprache zu lehren, die keine ausweichende Diskussion, kein Alibi sein soll, sondern eine Wiederaneignung der Formen durch den Sinn. Er versucht, jenseits aller Zufälligkeiten, die die Erfahrung liefert, die Schlüsselerinnerung seiner Fantasie wiederzufinden, die nun keine spielerische oder Ersatzfunktion mehr hat, sondern ganz aktuell ist.
Die überlieferte Geschichte der Himmel- und Erd-Gesellschaft oder der Großen Trias schien mir besonders geeignet zu sein für diese imaginären Entwicklungen. Die acht Seiten der ursprünglichen Erzählung enthalten bereits in ihrem Keim die Blüte dieser Entfaltung, wie die getrockneten Blumen aus Japan, die nicht größer als ein Fingernagel sind, und, wenn man sie aufs Wasser legt, ihre geheimen Schönheiten zu entfalten beginnen und die Oberfläche, der man sie anvertraut hat, zu überwuchern beginnen. Die Chinesen machten sie zum Gegenstand von Riten, von denen einige noch lebendig sind. Ich habe, bescheidener, dieses Abenteuer daraus gemacht, in dem der aufmerksame Leser sicherlich sich selbst wiederzufinden vermag, so wie sich in jenen Dunkelkammern, in denen nur das rote Licht brennen darf, manchmal die geheimsten, die echtesten Bilder der verlorenen Identität entwikkeln und offenbaren.

F. T.

David Henry Wilson

Ashmadi

Ein Märchen

Aus dem Englischen von Annemarie Böll
Mit 9 Federzeichnungen von
Claus-Dietrich Hentschel
253 Seiten. Geb.

»Die folgende Geschichte wurde mir von einem Mann diktiert, der unter dem Namen Robert bekannt ist. Wie es kam, daß er sich in meiner Obhut befand, wird sich am Ende der Erzählung herausstellen... ich veröffentliche sie, weil ich sie für ein bemerkenswertes und wertvolles Dokument halte, mag sie nun wahr oder erfunden sein.« So beginnt ›Ashmadi‹, und Dr. Erasmus erzählt die phantastische Geschichte einer Ratte, die – statt zu jagen und zu fressen wie ihresgleichen – von dem Phänomen »Mensch« und »Menschenmacht« fasziniert ist. Sie will herausfinden, wie und warum der Mensch zur mächtigsten und gefürchtetsten Kreatur werden konnte. Sie will ihn studieren, seine Methoden erlernen – und ihn schließlich mit seinen eigenen Mitteln schlagen können ... Bei der Verwirklichung ihres Plans wird sie unversehens ins Aschenputteldrama mit einbezogen: Die Lichtfrau, die Ashmadi – eine Küchenmagd – mit schönen Kleidern zum Fest des Prinzen schickt, verwandelt die Ratte in Robert, den Kutscher, der sie zum Schloß des Prinzen bringt. Als Robert um Mitternacht wieder in eine Ratte verwandelt wird, kehrt sie zu ihresgleichen zurück – muß aber feststellen, daß sie die Rattensprache weder sprechen noch verstehen kann.

›Ashmadi‹ ist ein ergreifendes, spannendes und nachdenklich stimmendes Märchen über das Anderssein, über die Liebe, über Menschlichkeit und Wahrhaftigkeit.

Wolfgang Krüger Verlag

fi 519/1

CUM GRANO SALIS